L'HERMINE ÉTAIT POURPRE

Pierre Borromée

L'Hermine
était pourpre

Fayard

L'éditeur remercie Jacques Mazel pour sa contribution.

ISBN : 978-2-213-66595-5

Couverture :
Atelier Didier Thimonier – Photo © plainpicture/Johner/Per Eriksson

À Fabrice.
À Odile.

Prologue

Il aimait ces départs avant l'aube, quand sa voiture s'enfonçait dans la nuit sur ces routes de campagne qu'il connaissait si bien, semblant appareiller pour une destination sans retour, comme un marin fuyant un foyer dont il serait las. Il croyait ainsi oublier ses tourments. Hélas, le répit ne durait que quelques heures, jusqu'au moment de rentrer au port...

Mais il roulait doucement, de peur de toucher un animal pris au piège de la lumière des phares. Ici même, il y a deux ans, au carrefour de la Sente, à la lisière d'un bois profond, il avait heurté un sanglier qui avait donné tête baissée dans son pare-choc. Il s'était arrêté pour mesurer les dégâts. À la lueur d'une lampe rangée dans sa boîte à gants, il avait inspecté la calandre et le phare avant droit défoncés. L'animal, mort, gisait dans un fossé, à vingt mètres de sa voiture. La face et l'épaule du sanglier avaient éclaté sous l'impact, comme un fruit trop mûr. Un sillon noir de sang s'écoulait sur quelques mètres, de la chaussée au fossé.

Il avait examiné le cadavre encore chaud pendant de longues minutes, l'avait touché pour mieux se rendre compte : l'animal sentait fort et, encore tièdes de la vie enfuie, ses soies étaient douces sous les doigts. Et quand il les avait retirées à regret, ses mains poissaient d'un sang gras et lourd.

Pour la première fois, il avait observé de près la mort d'un animal d'une autre taille que celle des carcasses de chats écrasés, d'oiseaux morts, ou même de grenouilles dépecées vives au cours de ses jeux d'enfant. Comment réagirait-il devant un cadavre humain, si l'occasion lui en était donnée ?

En abordant ce carrefour isolé en pleine campagne, à cinq kilomètres du village le plus proche, il se disait chaque fois qu'il serait si simple de mourir comme cet animal. De mourir ou de tuer ? Car il pressentait confusément qu'à celui qui accepterait de mourir, il serait donné de tuer, aussi simplement. La vie des autres ne valait que le prix que l'on voulait bien donner à la sienne. Chaque jour, depuis des mois, il se détachait un peu plus de tout sentiment. Jusqu'au jour où...

La petite route se jetait dans la nationale, comme une rivière dans un fleuve. À l'est, sur sa droite, l'horizon rosissait déjà, et le soleil de novembre dévoilerait bientôt les labours des champs nus.

L'autoroute n'était qu'à trois kilomètres, et dans deux heures, il serait à Nancy où il en aurait fini très vite peut-être de ce dossier peu épais qui reposait sur le siège du passager près de lui. Une demi-heure, oui, si l'autre n'était pas trop long...

Soudain, sans savoir pourquoi, il crut devenir fou, comme accablé par un appel impérieux qui résonnait dans son crâne, le sommant de faire demi-tour et de retourner chez lui. *Rentre à la maison ! Rentre à la maison !* Que se passait-il, bon sang ? *Rentre à la maison !* Sa tête tournait, ses oreilles bourdonnaient, saturées de ces cris pourtant silencieux. *C'est une hallucination ! Tu es malade... Un malaise, sans doute... Tu travailles trop ! Attention à ne pas perdre le contrôle de la voiture...*

Les mains crispées sur le volant, il réussit à s'arrêter sur le bas-côté, trois cents mètres avant l'entrée de l'autoroute. La voix le harcelait toujours, bien que plus faible. *Repose-toi quelques minutes. Ce n'est qu'un malaise qui va passer... Mais tu ne peux prendre la route dans cet état. Repousse l'affaire d'un coup de fil, et rentre chez toi ! Oui, mais le confrère ne consentira jamais à un report... Et si tu ne vas pas à Nancy, le dossier sera évoqué sans toi !*

Que faire ? Rentrer ou continuer ? La voix se perdait dans son esprit, elle n'était plus que chuchotement. Mais il n'avait pas rêvé, quelqu'un l'avait bien appelé par la pensée...

Décide-toi. Une fois engagé sur l'autoroute, il sera trop tard... Il hésitait, mais devinait qu'un mauvais choix engagerait à jamais son destin.

Chapitre 1

Scène de crime

La femme de ménage découvrit la scène morbide, ce matin-là. Elle était payée trois heures par semaine pour nettoyer seulement le rez-de-chaussée de la maison. Madame s'était réservé l'étage où elle n'avait pas la permission d'accéder. Quand elle eut recouvré ses esprits, elle expliqua aux enquêteurs qu'elle *était montée dans la salle de bain du haut, pour y chercher du produit pour les vitres,* parce que la bouteille de la cuisine était vide.

La salle de bain était conçue comme un sas dont la porte du fond s'ouvrait directement sur la chambre de Monsieur et Madame. Surprise, elle avait tout de suite remarqué que cette porte était entrouverte, alors que Madame, qui n'aimait pas qu'elle pénétrât dans la pièce en son absence, prenait toujours soin de la fermer à clef.

Poussée par une curiosité innocente, elle s'était introduite dans le sanctuaire de la maison. Jamais de sa vie elle n'oublierait ce qu'elle y avait vu. Elle était aussitôt ressortie en hurlant. Madame gisait sur son lit de mort, en chemise de nuit, la tête sur l'oreiller, les bras en croix. Elle tirait la langue. Son visage était effroyablement mutilé. Elle ne l'avait pas tout de suite reconnue, mais elle était sûre que c'était elle. La chemise de nuit lui appartenait bien. *Elle n'avait plus de visage…, elle n'avait plus de visage…*, ne cessait-elle de répéter aux gendarmes qui avaient aussitôt été alertés par la voisine chez qui la femme de ménage s'était réfugiée.

Deux hommes de la brigade locale avaient été rapidement dépêchés sur les lieux et avaient confirmé les déclarations de la voisine. *Une femme d'une quarantaine d'années assassinée, vraisemblablement étranglée, le visage réduit en bouillie. Une blessure au ventre, peut-être provoquée par une arme tranchante.* Ils s'étaient bien gardés de toucher au corps, dans l'attente des techniciens qui arrivèrent sur les lieux en fin de matinée.

Ceux-ci étaient accompagnés du procureur lui-même, qui avait pris la peine de se déplacer, en considération de l'horreur du crime et de l'identité probable de la victime. Il s'agissait sans doute de Juliette Robin, la femme de maître Robin, l'avocat, qui reposait sur ce lit de torture. Personne ne l'avait vue le matin, dans le cabinet d'experts-comptables où elle travaillait. Et sa voiture était toujours garée sur le parking du lotissement où elle habitait.

Le magistrat l'avait croisée à plusieurs reprises dans des soirées mondaines où se mêlaient parfois juges et avocats. Conscience professionnelle ou curiosité malsaine, il avait voulu se rendre compte par lui-même. Équipé de chaussons de papier, de la blouse et de la charlotte de rigueur, il était entré dans la chambre où les têtes chercheuses de la gendarmerie se livraient à leurs investigations. Il en était aussitôt ressorti, le cœur au bord des lèvres, horrifié par la vision du corps martyrisé d'une femme qui avait été belle et qu'il avait admirée, peut-être inconsciemment désirée, au détour d'un vernissage ou d'une inauguration quelconque.

Il ne se souvenait pas d'avoir vu de cadavre depuis ses premières années de substitut, lorsqu'à l'occasion de ses permanences, il était appelé par des gendarmes confrontés à une mort suspecte. À cinquante-cinq ans, parvenu au faîte d'une carrière sans gloire, il espérait encore décrocher son bâton de maréchal : il rêvait de finir dans la peau d'un Procureur général à la tête du parquet d'une cour d'appel de province. L'essentiel de son temps était consacré au calcul des statistiques criminelles que lui réclamait régulièrement une Chancellerie avide de chiffres. Depuis longtemps, il ne requérait plus en audience. À dire vrai, il ne mettait les pieds dans une salle correctionnelle que pour le discours annuel – toujours optimiste – sur l'état de la Justice, à l'occasion de l'audience de rentrée du tribunal. Depuis le début de la semaine, son humeur était maussade car les chiffres du mois avaient été médiocres. Même si le volume des affaires pénales élucidées avait augmenté régulièrement sous son égide, les délais d'audiencement avaient tendance à s'allonger fâcheusement, reléguant son tribunal dans les profondeurs du classement national.

La nature de ce crime attirerait sur lui l'attention de la Chancellerie. Mais si cette affaire pouvait servir ses ambitions, elle pouvait aussi en sonner le glas si l'enquête ne progressait pas, suscitant l'impatience de l'opinion.

Qui avait bien pu commettre cette horreur ? À l'abri de toute émotion, il attendit dans sa voiture que l'adjudant en charge des opérations veuille bien lui faire un rapport succinct des premières investigations. Le meurtrier s'était introduit dans la maison par une porte-fenêtre du salon, après en avoir fracturé un carreau pour atteindre la poignée. Aucun acte de vandalisme n'avait été relevé, et le vol n'était apparemment pas le mobile de l'effraction. L'enquête devrait donc être diligentée au titre de l'homicide. La victime avait sans doute été surprise dans son sommeil. Maintenue sur son lit, celle-ci portait des traces d'ecchymoses sur les poignets et de strangulation sur le cou. L'assassin lui avait également donné, de haut en bas, un coup de couteau létal dans l'abdomen. Manifestement, il s'était férocement acharné sur le visage avec un instrument contondant, peut-être avec un marteau, il avait frappé *plus de cent fois*. Aucune trace n'était encore identifiable, mais les prélèvements leur en diraient plus. Le médecin légiste préciserait également si elle avait été étranglée avant d'être éventrée, et si elle avait subi des sévices sexuels.

– Bref, un crime de dingue, monsieur le procureur, s'exclama le gendarme. Les cow-boys du Département des Sciences Criminelles vont débarquer et nous piquer l'affaire. Souhaitez-vous les attendre ?

Mais le procureur en avait assez vu et n'aspirait plus qu'à retrouver la tiédeur de son bureau et le confort rassurant de ses chères statistiques. Sans magistrats ni moyens supplémentaires, comment accélérer le délai de jugement des infractions ? C'était sa principale préoccupation. Au gendarme qui attendait d'autres instructions, il se contenta de demander :

– A-t-on prévenu la famille de la victime ? Maître Robin, l'avocat ?

– Je n'ai pas pu le joindre à son cabinet. Il plaidait à la Cour de Nancy, ce matin. Mais sa secrétaire nous a assuré qu'il serait de retour pour déjeuner chez lui.

Il regarda sa montre et poursuivit :

– Il est midi et demie. Il ne devrait plus tarder. Il vous faudra l'intercepter avant, monsieur le procureur, …il n'est pas encore au courant.

D'effroi, celui-ci leva les yeux au ciel, à la perspective d'annoncer les événements tragiques à Robin. Il se figura le mari descendant de son véhicule, intrigué par la présence des voitures de gendarmes devant chez lui, l'inquiétude perçant sur son visage, l'homme imaginant alors le pire, sans se douter un instant du tragique de la vérité. *Il y a eu un cambriolage ? Un accident ? Ma femme est prévenue. Elle n'a rien, j'espère ?* Et puis, l'horrible nouvelle, annoncée platement mais avec le plus de ménagement possible. *Votre femme est morte. Du courage. Je suis désolé pour vous. Elle a été assassinée ce matin.* Et la violence de son incompréhension. *Comment ? Vous mentez ! Je veux la voir !*

Non, décidément, il ne se sentait pas la force de tenir le rôle de messager du malheur. Il préféra fuir avant l'arrivée de Robin, et abandonner la sale corvée à l'adjudant qui grimaça en entendant le magistrat demander lâchement à son chauffeur de le ramener en ville.

– Je dois me sauver, je déjeune avec le préfet. Je compte sur vous, mon adjudant. Prévenez-le avec tact. Laissez une voiture à l'entrée du village pour l'intercepter avant qu'il n'arrive. Qu'on lui épargne ce spectacle...

Il désignait du regard la demi-douzaine de gendarmes qui s'apprêtait à pique-niquer sur place. Il salua l'adjudant. La voiture s'éloigna rapidement des lieux du drame, sans plus de respect pour les limitations de vitesse que pour la douleur d'un homme.

– Encore faut-il qu'il revienne, monsieur le procureur, lâcha le gendarme entre ses dents.

Dans sa voiture, le procureur préparait déjà la déclaration qu'il livrerait tout à l'heure à la télévision régionale. *Madame Robin a été sauvagement assassinée à son domicile de Villecomte, dans la nuit du lundi au mardi, par un individu qui s'est introduit chez elle, en l'absence de maître Robin en déplacement. Avec la plus vive détermination, j'ai résolu aussitôt de demander l'ouverture d'une instruction. L'enquête a débuté, et, courageusement, la justice et la gendarmerie unissent leurs efforts pour identifier et arrêter au plus vite l'assassin. Je n'exclus pour l'heure aucune piste.*

À la réflexion, *Nous n'excluons aucune piste* serait préférable. Autant mouiller davantage les enquêteurs pour l'opinion. Il n'assumerait la direction de l'enquête que si celle-ci aboutissait, ce qui, à en croire son expérience, était loin d'être certain.

Chapitre 2

Chez le procureur

Le commissaire Baudry franchit à regret les portes du Palais de justice. Il détestait cordialement ce monde de pisse-froid dont le jargon, les ors et l'hermine, même mitée, irritaient son âme simple.

Baudry venait du peuple, de la France d'en bas, et il ne faisait pas mystère de ses origines qu'il portait plutôt en drapeau. Aucun de ses interlocuteurs n'ignorait que l'homme avait été ouvrier métallurgiste à seize ans, qu'il avait suivi les cours du soir et bûché son droit, à la chandelle, la nuit, après l'usine, avant de réussir le concours d'inspecteur.

À vrai dire et à un autre titre, Baudry était issu de la France d'en bas : celle *d'en bas à gauche sur la carte,* avait-il l'habitude de préciser en riant de son bon mot. Né à Castelnaudary, il en avait conservé l'accent rocailleux qui transformait les années en *en-nées.*

En plus de son attachement singulier pour sa femme – petit pruneau noirâtre à l'humeur aussi sèche que la peau –, Baudry n'aimait que lui-même, et... le Sud-Ouest où il rêvait de se retirer, sitôt la retraite sonnée. C'était un homme du soleil, et il vivait comme un exilé, depuis vingt ans que ses mutations l'avaient expatrié dans un *grand Est étranger,* de Meuse en Haute-Marne, ou de Nièvre en Alsace, sans jamais le rapprocher d'une ligne allant de Bordeaux à Marseille, au sud de laquelle il aspirait à une vraie vie paisible.

Au reste, bon flic, tenace et consciencieux, son engagement suppléait son manque de génie. Ses collaborateurs de la Direction interrégionale de la Police judiciaire (D.I.P.J.) le surnommaient Croc-Blanc, ou le Kaiser, en raison de ses moustaches retroussées, mais ne le craignaient guère, en dépit de colères titanesques. Chez Baudry, l'orage ne durait pas, et la colère retombée, le patron redevenait indulgent, incapable de rancune. Au fond, sous ses allures de matamore, et sous son quintal où la graisse l'emportait sur le muscle, ce faible était surtout soumis à ses deux tyrans familiers : sa femme, et la Direction centrale de la

Police judiciaire qui traitait par-dessous la jambe ses vœux de mutation.

Il fut introduit dans le cabinet du procureur par une secrétaire peu avenante. Dans la semi-obscurité du soir tombant, Meunier était assis derrière son bureau de ministre. L'air ennuyé, il conversait avec Tricard – ça ne s'inventait pas ! –, le juge d'instruction en charge du dossier. *Dossier que ces deux zouaves vont me refiler, je le crains*, s'était-il dit avant de déférer à l'invitation du procureur.

Tricard avait la tête camuse d'un faune barbu. Ses instructions se terminaient systématiquement par le renvoi aux assises ou en correctionnelle des malheureux mis en examen qui s'étaient fourvoyés entre ses griffes. Coupable ou pas, peu lui importait : il n'allait tout de même pas en plus se poser la question en son âme et conscience. Ses scrupules n'allaient pas jusque là. Il instruisait méthodiquement, et avec un talent redoutable, toujours à charge, en vertu du principe qu'il valait mieux dix innocents en prison, qu'un coupable en liberté. Rendre une ordonnance de non-lieu lui faisait l'effet d'un échec personnel.

– Bonsoir, monsieur le commissaire. Asseyez-vous, je vous en prie. Je vous remercie tout d'abord d'avoir bien voulu répondre à mon invitation.

Meunier toussa et entama le petit exposé qu'il avait peaufiné à l'avance.

– Comme vous le savez, suite au décès de madame Robin, j'ai confié une information à monsieur Tricard, ... à monsieur le doyen Tricard, se reprit-il. Lui seul est maintenant maître d'œuvre. Vous serez personnellement en charge des commissions rogatoires les plus importantes.

À mon âge, je vais rejouer les enquêteurs, soupira Baudry.

– N'est-ce pas, vous comprenez ma décision, à la mesure de la qualité d'auxiliaire de justice de maître Robin, il n'est pas question de déléguer les actes d'enquête à un simple inspecteur de police.

Voici bien quinze ans que les inspecteurs s'appellent des lieutenants de police, se dit Baudry qui ne releva pas ouvertement l'erreur du magistrat.

– Cette sinistre affaire doit être élucidée dans les meilleurs délais. Nous le devons à la mémoire de cette pauvre femme, bien sûr...

Ce qu'elle s'en fiche, là où elle est, pensa Baudry, sceptique ou agnostique, *et toi aussi, mon procureur, tu t'en fiches, il doit y avoir une autre raison*.

Après un temps de silence, le magistrat reprit :

– Mais surtout, monsieur le commissaire, vous mesurez l'émoi qui s'est emparé du Landerneau judiciaire, à l'annonce de ce crime. Les rumeurs les plus folles vont bon train, allant jusqu'à mettre en cause la probité du monde de la justice dans son ensemble...

Nous y voilà, songea Baudry, *il faut éviter le scandale* !

– On dit tout et n'importe quoi. Il nous faut couper court à ces bavardages, monsieur le commissaire...

Profitant d'une respiration de Meunier, Baudry mit allègrement les pieds dans le plat.

– Je suis au courant, monsieur le procureur. Il se dit même qu'elle et son mari étaient amateurs de parties fines, et qu'elle aurait trouvé la mort à cette occasion...

Malgré le haut-le-cœur du procureur, Baudry poursuivit impitoyablement :

– ... et que ces divertissements auraient rassemblé quelques notables locaux.

Deuxième haut-le-cœur du procureur qui n'en manquait pas !

– Vous savez, monsieur le procureur, depuis le temps que je suis dans la police, je vous assure que c'est toujours le même roman qui passionne l'opinion. À chaque crime sexuel, on fantasme : les ballets roses, l'affaire Baudis, que sais-je encore ? Et pourquoi pas un jour, le directeur d'un organisme international... ? Et la machine s'emballe.

Le procureur l'interrompit sèchement :

– De cela, nous ne voulons à aucun prix. Sur ce point au moins, la Chancellerie a été très claire. Nous devons faire très vite la lumière sur ce crime pour tordre le cou à tous ces ragots. Je veux des résultats, monsieur le commissaire.

Baudry traduisit aussitôt : *Je veux un coupable !*

Le policier se tourna vers le juge d'instruction qui n'avait aucun compte à rendre au parquet, et lui demanda avec une naïveté feinte :

– L'enquête a dû avancer ? J'imagine que les gendarmes ont déjà trouvé quelques indices ?

Il savait pertinemment que les techniciens avaient fait chou blanc...

– Rien, lâcha Tricard. L'assassin portait des gants quand il a fracturé la fenêtre. Il n'a pas laissé d'empreintes, pas l'ombre d'une molécule d'ADN, pas de sperme non plus puisqu'elle n'a pas été violée. Les quelques traces de pas dans l'escalier sont bizarres et probablement inexploitables. D'après les relevés téléphoniques du portable de la victime, et ceux du fixe de la maison, elle n'appelait que sa mère, tous les jours. Pas d'amant apparent. Pas d'opération suspecte sur les comptes bancaires du couple dans les six derniers mois.

– Et l'enquête de voisinage ?

– Elle est en cours. Pas de signalement suspect à la gendarmerie du village ce mois-ci. On a bien relevé un cambriolage dans le coin, la même nuit, mais probablement sans rapport avec le crime. Toutes les gendarmeries de la région contrôlent et vérifient l'emploi du temps des marginaux et squatteurs de la place. Les vidéos des péages, des gares et des rues sont en cours d'exploitation.

– Les analyses ?

– J'attends le rapport complet du légiste, mais l'analyse toxicologique est positive. Elle avait beaucoup bu la veille, et avait encore 0,4 mg d'alcool dans le sang quand elle est morte.

– Et le fichier des délinquants sexuels ?

– Bernique !

– Un tueur en série ?

– Un intermittent, alors, commissaire, sourit le juge, car le dernier assassinat de ce genre dans la région remonte à près de sept ans. Vous vous souvenez du meurtre de la petite Dupuis, à Saint-Martin ? Mais vous n'étiez peut-être pas encore en poste à l'époque ?

Le procureur interrompit la conversation qui tournait à un dialogue de spécialistes auquel il souhaitait rester étranger, manifestant qu'elle n'était pas du niveau de sa fonction.

– Messieurs, je dois vous abandonner, je le regrette, mais je suis encore attendu par le préfet. Avec vous, l'enquête repart sur de bonnes bases. Monsieur Tricard ne peut nous rendre qu'une instruction exemplaire d'efficacité. Monsieur le commissaire, je vous demande de la célérité et du doigté. Beaucoup de doigté, n'allez pas vous mettre à dos tout le barreau... J'ai déjà assez de mal avec eux !

Il les raccompagna tous les deux, pressé d'en finir et de rentrer chez lui pour mieux suivre les informations régionales de 19 heures 30. Au lendemain du crime, la télévision n'avait toujours pas diffusé son intervention...

Tricard et Baudry poursuivirent leur conversation dans les couloirs d'un Palais silencieux à cette heure tardive. Les greffières avaient été remplacées par des femmes de ménage d'origine africaine, qui tiraient laborieusement des chariots chargés de seaux et de balais.

– Soit c'est un extérieur qui a fait le coup, et alors il est peut-être loin, avança Tricard. Soit c'est un proche, et alors là... crac.

Il fit le geste d'une torsion du poignet, avant de poursuivre :

– Je vais vous demander *d'investiguer* dans le premier cercle : les collègues, les relations du couple... Vous aurez la commission rogatoire dès demain matin et pourrez aller interroger tout ce beau monde *in situ*. Inutile de les convoquer à la D.I.P.J., ça ferait des vagues... Il faudra aussi sonder le fichier des anciens R.G. (ce que Baudry avait déjà fait, bien sûr !). Mais entre nous, commissaire, je ne crois guère à la partouze qui aurait mal tourné.

Il avait l'air déçu, se dit Baudry qui lui demanda :

– Pourquoi donc ?

– J'attends toujours le rapport du légiste qui n'en a pas encore fini avec ses découpes... Mais nous savons déjà qu'elle n'a pas été violée et que les organes génitaux sont intacts, excluant l'hypothèse d'un crime sexuel.

– Et Robin, le mari ?

– De Robin, je m'en occupe perso, lui répondit Tricard, en se frottant les mains. Je l'interroge dès demain.

– Vous pensez sérieusement que ce pourrait être lui ? Vous mettriez en examen cet avocat ?

– Non, le proc n'est pas chaud. Ce serait prématuré. Je ne sais pas si c'est lui, mais il n'est certainement pas tout blanc, le Robin, hein ? Rendez-moi compte au jour le jour. Bonne chance, commissaire.

Plantant là le policier, il disparut par une porte qui conduisait au parking souterrain.

De la chance, j'en aurai besoin, murmura Baudry entre ses dents, *et Robin aussi, pour se tirer des pattes de Tricard... Même si ce n'est pas lui l'assassin !*

Chapitre 3

Mathieu & Robin, avocats associés

À l'entrée de l'immeuble, la plaque dorée annonçait ostensiblement « *Société Civile Professionnelle Mathieu & Robin, avocats associés. Marie-Christine Luce, avocat collaborateur* ». Baudry prit l'ascenseur qui ouvrait directement dans les locaux de l'étude. Du « cabinet », se reprit-il en soupirant, les avocats tenaient à cette dénomination, le terme d'« étude » étant réservé aux notaires ou aux avoués.

Trois secrétaires travaillaient, confinées dans de petites alvéoles de verre, comme des abeilles dans une ruche industrieuse. Elles ne fabriquaient pas du miel, mais de la copie qu'elles pissaient sans relâche, remarqua Baudry. Elles frappaient à toute vitesse des actes en tout genre : assignations, conclusions, mémoires, sommations… ne s'interrompant dans leur tâche que pour décrocher, à tour de rôle, un téléphone à la sonnerie péremptoire.

D'énormes piles de dossiers dégueulaient des feuilles de toutes les couleurs montant à l'assaut du plafond, stalagmites bancales. La fille la plus proche de l'entrée ôta son casque pour le saluer. Il se présenta sans faire état de sa qualité de policier, et lui annonça qu'il avait rendez-vous avec maître Mathieu.

À peine installé dans un des fauteuils de la salle d'attente, il vit venir à lui un personnage obséquieux, courbé en deux à la façon d'un mandarin chinois, qui l'entraîna aussitôt dans son sillage.

– Monsieur le commissaire, je vous en prie, suivez-moi.

Il s'effaça pour le laisser entrer dans la pièce qui lui servait de bureau, très vaste et luxueusement meublée. Baudry n'avait jamais su différencier un style d'un autre, mais l'ordonnancement surchargé des lieux lui déplaisait d'instinct. Le décor trahissait son parvenu à dix kilomètres : *plus d'esbroufe que de goût !* Robin lui-même se moquait de son associé dont le bureau ressemblait à un « claque bordélique », selon son expression pléonastique. Les murs étaient tendus de damas rouge. Un énorme bureau noir, d'époque Second Empire – un « bureau de ministre » surchargé d'ors et de bronzes – trônait au milieu de la pièce, en face de deux fauteuils et d'une banquette rubiconds de même style. Un trumeau doré mangeait l'espace d'un pan de mur. Des bronzes lourds et sans grâce, mais probablement authentiques, étaient disposés sur des consoles aux quatre coins de la pièce. L'avocat mélangeait les styles, à la manière d'un antiquaire ou d'un receleur : on y trouvait même une commode massive en acajou surmontée de marbre blanc, de style Louis XVI. Accrochées çà et là, des gravures, les sempiternelles gravures de la basoche, les scènes de genre ressassées de Doré ou de Daumier : « Le président à mortier », « L'audience correctionnelle », « L'avocat racolant le client dans la salle des pas perdus », « Le serment de la première femme avocate »... Seule note moderne dans cette partition désuète, un ordinateur portable était ouvert sur le bureau. Mathieu avait plus de moyens que d'imagination.

L'homme paraissait peu agréable. Petit et gras, il avait le cheveu épais et huileux, soigneusement coiffé de côté. La pointe de son nez crochu semblait se refermer sur la bouche plus mince qu'une fente de boîte aux lettres. Derrière de grosses lunettes à monture d'écaille, le regard et la paupière étaient également lourds, et son teint semblait marqué par des années d'insomnie. Ses traits pouvaient sembler aussi caricaturaux que les Daumier qui décoraient son univers ! Mais sa voix, forgée dans les prétoires depuis trente ans, était profonde et sonore. Manifestement, l'homme avait la parole facile et la formule toute faite aux lèvres.

– Mon cher maître, je suis désolé de vous importuner, mais je dois vous entendre comme témoin, à la demande du juge d'instruction.

– Ce pauvre Robin, quelle horreur ! se lamenta Mathieu.

– Vous me permettrez de prendre quelques notes pour mieux rédiger votre déposition ? Je reviendrai vous la faire signer.

– Naturellement, monsieur le commissaire, je n'ai rien à cacher. J'ai appris la nouvelle par la bande, en sortant de l'audience correctionnelle, hier après-midi. Tout le Palais bruissait déjà de l'horreur de ce crime… Mais qui, mon Dieu, peut l'avoir commis et pourquoi ?

– C'est ce que nous nous efforcerons de découvrir, mon cher maître.

– Je connaissais bien Juliette, cette pauvre Juliette. Je dînais encore chez eux, à Villecomte, il n'y a pas deux mois. Quand j'y pense, finir ainsi... assassinée dans son lit.

Après quelques généralités destinées à meubler la conversation, il conclut d'une sentence définitive :

– Enfin, je sais bien que tout a une fin sur notre terre. Mais il y a fin et fin...

Sa compassion est aussi courte que sa vue, se dit Baudry. Sitôt l'éloge funèbre de Juliette Robin expédié, il revint à ce qui lui importait le plus : l'avenir de sa boutique et la solidité de ses comptes.

– Et que va devenir le cabinet ? Je ne pourrai le faire tourner longtemps à moi seul. Regardez-moi cela, monsieur le commissaire.

D'un geste impuissant, il désigna une pile de dossiers verts d'un mètre de haut, posée par terre à sa gauche.

– Ce sont les audiences de la semaine. Et ce n'est pas cette pauvre Marie-Christine qui me sera d'un grand secours.

– Marie-Christine ?

– Marie-Christine Luce, notre collaboratrice. Pour les petits dossiers, passe encore... mais je ne peux lui déléguer les grosses affaires, elle manque par trop de bouteille. Elle n'est pas très fiable, entre nous soit dit. J'espère que Pierre Robin reviendra très rapidement m'épauler ici... Quand il se sera remis de son chagrin, bien sûr. Mais combien de temps cela prendra-t-il ? Cet homme est déjà si fragile, si faible !

Mathieu avait le dénigrement facile, pensa Baudry avant de poursuivre :

– Pouvez-vous me parler de Juliette Robin qui était une de vos amies proches, d'après ce que je crois comprendre ?

Il se récria :

– Oh, une amie, c'est beaucoup dire ! C'était d'abord la femme de mon associé, et je ne l'ai fréquentée qu'à ce titre. Nous n'étions pas particulièrement liés. Je l'appréciais, oui, enfin...

L'avocat se tut, suspendant l'entretien, laissant tomber un long silence sur la conversation. *Il doit se retenir de lâcher une nouvelle méchanceté qui pourrait le gêner,* en déduisit Baudry qui s'efforça de le mettre à l'aise.

– Si cela vous gêne, nous pouvons nous échapper du cadre formel de la déposition, proposa-t-il en reposant son stylo sur la table de l'avocat

Mathieu se détendit aussitôt.

– Je vous remercie, monsieur le commissaire, je ne voudrais pas en effet que mes propos fussent gravés dans le marbre d'une déposition qui tombera fatalement, un jour ou l'autre, sous les yeux d'un Pierre Robin susceptible de m'en tenir rigueur... Donc, tout ce que je vous dirai restera bien entre nous, n'est-ce pas ?

– Je vous le garantis, lui mentit Baudry.

– Eh bien, voyez-vous, je n'aimais pas plus que cela cette Juliette Robin qui a fait tant de mal à Pierre...

Nous y voilà enfin, se dit Baudry. L'avocat se tut quelques secondes comme pour capter l'attention de son auditoire, et donner plus de solennité à ses propos. Un vieux truc de professionnel... Sa voix baissa d'un ton.

– Je connais Pierre Robin depuis trente ans, depuis que nous étions ensemble au collège. Nous avons mené de front nos études de droit. J'ai prêté serment un an avant lui. J'ai commencé en tant que stagiaire chez le bâtonnier Dumoulin, puis lui chez le bâtonnier Gesser.

Tous sont au moins bâtonniers dans ce barreau, s'amusa Baudry.

– Nous nous sommes associés, il y a dix ans, quand nous avons repris la clientèle de maître Gesser, le patron de Pierre, pour moitié chacun.

Je dois comprendre que Pierre Robin n'était pas assez riche pour racheter la clientèle, et qu'il avait dû faire appel à Mathieu, pensa Baudry. *Nécessité faisait loi dans cette association qui n'était qu'un mariage d'argent...*

– Dans les premiers temps de notre association, Pierre m'a beaucoup inquiété, je vous l'avoue. Non pas qu'il rechignât au travail, ...mais c'était un garçon mélancolique et profondément malheureux. En fait, il s'était entiché d'une jeune femme... dont il était fou amoureux, sans qu'elle partage sa passion. Une histoire vieille comme le monde, n'est-ce pas ? Lui était gravement atteint. Elle ne pensait qu'à papillonner, et se moquait de lui... en l'aguichant, en lui promettant la lune. Mais elle lui échappait sitôt qu'il croyait la tenir. Elle poussa même le sadisme jusqu'à en faire son confident, lui racontant toutes ses frasques dont il souffrait cruellement. Ce statut de meilleur ami l'induisait en erreur : parce qu'elle lui disait tout, il se croyait complice, confident, plus proche et plus précieux que la cohorte de ses amants de passage. Et l'espoir, un espoir insensé, soutenait son amour. Il l'avait dans la peau. Vous me croirez si vous le voulez, monsieur le commissaire, mais ce manège fou a duré près de dix ans... Dix années perdues pour une femme, perdues pour une traînée...

Il soupira avec une expression de mépris, adressée aussi bien à la jeune femme qu'à son associé. Baudry se récita avec amusement la fiche de renseignement de Mathieu : « Célibataire sans enfant. Fréquente de jeunes homosexuels majeurs, rencontrés dans les bars gays à Paris. S'en cache vigoureusement. À entretenu une relation suivie mais clandestine avec un étudiant en histoire de l'art ».

– En fait, elle tenait Pierre Robin comme on tient un fer au feu. Il pouvait aussi faire office de parachute, de roue de secours ou d'expédient occasionnel, au cas où elle aurait à se recaser. Puisqu'il l'attendrait toujours... Elle a fini par se marier avec un agent d'assurances, la trentaine venue. Même cette union n'a pas suffi à mettre un terme aux espoirs de Pierre, à calmer ses ardeurs. En effet, ce mariage a mal tourné, l'assureur qui n'acceptait pas les infidélités de sa femme, devenait violent. Eh oui, on récolte toujours ce que l'on sème... J'en avais prévenu Pierre, avec qui nous étions déjà associés à l'époque.

Ce Mathieu tirait d'autant plus vanité de la justesse de ses prédictions, qu'elles se réalisaient aux dépens d'autrui.

– Elle est revenue à Pierre comme la fièvre au malade.

Il se tut un instant pour juger de l'effet de son image sur le policier. *Vieux cabotin de Cour d'assises*, pensa Baudry, resté ostensiblement impassible, insensible à ces artifices.

– C'est lui qui l'a « divorcée ». Un divorce amiable, changé en divorce aimable. Et ce qui devait arriver arriva... Il la consola, et elle retomba dans ses bras... Ou plutôt, elle s'est laissée faire par besoin d'un statut social et d'argent. Et Pierre Robin, à tout prendre, était le pigeon idéal. Mais les années ne l'avaient pas changée pour autant... Non, elle reprit très vite ses habitudes, et l'a rapidement cocufié. Leur relation est partie à vau-l'eau, comme le précédent mariage de cette femme... Même cause, mêmes effets. Je l'avais bien dit.

Il souriait triomphalement de sa démonstration. *Quelle considération avait-il pour son associé ?* se demanda Baudry, un peu écoeuré par le personnage. Il l'interrompit :

– Et cette femme, c'était donc Juliette Robin ?

L'avocat regarda le policier, l'air interloqué.

– Pas du tout, c'était Laurence.

– Laurence ?

– Oui, Laurence, la sœur de Juliette.

Quelle salade, il ne comprenait plus rien ! Que venait faire cette Laurence dans cette affaire, alors que Robin était marié à une Juliette ?

– Mon cher maître, quelque chose m'a échappé dans votre récit. Pierre Robin a épousé Juliette, il y a cinq ans.

L'avocat sourit, ravi d'avoir pris le policier en défaut et rassuré de mener le jeu.

– Je vous ai dit que cette femme et Pierre s'étaient mis en ménage, pas qu'ils avaient contracté mariage, monsieur le commissaire. Pendant qu'ils vivaient ensemble, qu'ils *concubinaient* une petite année peut-être, pendant cette année d'enfer pour Pierre dont le travail s'en ressentait au cabinet, j'ai porté notre association à bout de bras, comme je vais devoir la porter à nouveau. Vous avez vu cette pile de dossiers à « conclure » ?

Il montrait une seconde pile tout aussi haute et bancale que la précédente. Le commissaire coupa court à son lamento désabusé et faussement plaintif :

– Mais Juliette ?

– Juliette ? Laurence s'est envolée un beau matin. Pierre a trouvé le nid vide, sans un mot d'explication. Elle était partie à Nice, pour rejoindre un chirurgien, je crois. Juliette est alors entrée en scène. Juliette, la petite sœur de Laurence, dix ans plus jeune et l'avers de l'autre. Moins jolie que sa sœur aînée, mais plus sérieuse. Vous connaissez la vierge folle et la vierge sage des Écritures… ?

– Enfin, « vierge »… commenta Baudry.

– Oui, c'est une façon de parler. Bref, au moment où Laurence avait posé son sac chez lui, Pierre avait été conduit à fréquenter la « belle »-famille. Il avait fait connaissance de la petite sœur qui devait en pincer secrètement pour lui. Et quand

Laurence s'est enfuie, j'imagine que Pierre a trouvé refuge auprès de Juliette. Celle-ci a peut-être joué les missions bons offices pour tenter un impossible raccommodage. Et de fil en aiguille, ils ne se sont plus quittés. Il l'a épousée, il y a cinq ans, en toute discrétion.

– Et Laurence ?

– Elle n'était pas à leur mariage, évanouie dans la nature… Je ne l'ai jamais revue.

– Et ce mariage ?

Mathieu réfléchit quelques secondes.

– Les premiers temps, Pierre semblait apaisé, heureux même. Je me souviens que notre cabinet a réalisé une ou deux années exceptionnelles…

Son esprit sembla s'envoler vers le souvenir ému d'un âge d'or révolu.

– Et puis ?

– Et puis, il s'est à nouveau refermé sur lui-même. Son humeur s'est assombrie.

– Le couple battait de l'aile ?

– En apparence, non. Ils portaient beau et se montraient unis quand ils sortaient en ville. Mais je vous le répète, si j'ai bien connu Laurence qui était de ma génération, je connaissais à peine Juliette. Je ne la fréquentais que deux ou trois fois l'an, à l'occasion de dîners. Nous n'y échangions que des propos convenus... Mais ces derniers mois, le comportement de Pierre m'a inquiété. Il ne faisait plus rien, monsieur le commissaire, plus rien. Enfermé dans son bureau, des heures durant, il refusait le téléphone, les rendez-vous..., nous abandonnant ses audiences. Pour travailler de plus gros dossiers, disait-il... De gros dossiers, tu parles ! Il était toujours à pianoter sur internet. Son chiffre d'affaires a chuté dangereusement, à preuve qu'il ne faisait plus rien.

Baudry pensa à demander à Tricard de faire saisir l'ordinateur de Robin. Mais dans le respect des formes qui prescrivaient que toute perquisition chez un avocat devait se faire en présence du bâtonnier en exercice.

– Voici tout ce que je sais, monsieur le commissaire.

– Et la veille du meurtre, dans quel état se trouvait Robin ?

– Ah ça, vous n'allez pas soupçonner mon associé d'avoir tué sa femme, tout de même ?...

L'esprit de corporation reprenait le dessus chez Mathieu.

– ...Rien de notable. Voyons, je l'ai vu vers dix-sept heures. Il grognait un peu, car il venait d'apprendre qu'il aurait à se rendre à Nancy dès le lendemain matin, alors qu'il n'avait pas prévu de se déplacer. Le dossier devait être radié car les parties avaient transigé. Mais la transaction venait de tourner court, en fait. Il a demandé à maître Luce de se substituer à lui à l'audience civile, puisqu'il partait pour Nancy. Je ne l'ai plus revu depuis ce moment.

L'avocat avait conclu sa péroraison et attendait d'éventuelles questions subsidiaires, mais Baudry, qui n'espérait plus apprendre quoi que ce soit de cet homme dans ce cadre, se leva.

– Je vous remercie, mon cher maître. Je vous laisse, car je sais que votre temps est précieux. Je reviendrai vous faire signer votre déposition « expurgée », sitôt que mes services l'auront tapée. Maintenant, puis-je m'entretenir avec votre collaboratrice, maître Luce, s'il vous plaît ?

*

Le bureau de la jeune femme était trois fois moins vaste que celui de Mathieu, et ses revenus sans doute inférieurs à ceux de l'associé dans une proportion encore plus forte. La pièce était exposée au nord, sombre et froide. Sans doute frileuse, son occupante avait rajouté un chauffage électrique d'appoint. Les meubles provenaient visiblement du magasin Ikéa le plus proche. *Un fossé sépare le collaborateur de l'associé,* se dit Baudry. Maître Luce le reçut timidement. Cette jeune femme était d'apparence insignifiante, toute de gris vêtue, avec de grosses lunettes qui cachaient son regard. Aucune affectation ou coquetterie ne transparaissaient dans sa mise, hormis ses cheveux noirs dont les boucles qui cascadaient sur son front, semblaient plus devoir à la permanente qu'à la nature. Elle ne lui apprit rien qu'il ne sût déjà.

Tout de même, cette personnalité apparemment falote manifestait une détermination étonnante. À la question anodine de savoir si elle entretenait de bons rapports avec son patron, elle répondit :

– Maître Robin est un homme d'exception. Il est l'un des rares qui allie le cœur à l'intelligence. C'est un professionnel remarquable, doublé d'un humaniste. Je suis très attachée à lui, depuis cinq ans que je travaille dans ce cabinet. En fait, je lui dois tout. Il m'a tout appris de ce métier. Il est comme un père pour moi, et je crois que je ferais beaucoup pour lui.

– Et maître Mathieu ?

– Ce n'est pas la même chose. Maître Mathieu tient d'abord aux comptes, il est le gestionnaire du cabinet. Mais il n'en est pas l'âme. Si Pierre Robin devait le quitter, je le suivrais.

– Et Juliette Robin ?

Elle tordit son nez et ses petits poings, soudain mauvaise.

– Celle-là, je ne la connaissais pas, je ne peux en parler. Mais il est clair qu'elle a fait souffrir son mari à en crever.

Allons bon, se dit-il, *une suspecte de plus : une petite souris grise amoureuse de son patron peut-elle assassiner sa belle rivale ?* Il en avait fini avec elle. Avisant un sac de plastique sur le bureau, il lui demanda, histoire de dire quelque chose :

– Vous déjeunez au cabinet ?

– C'est que je dois préparer un dossier pour l'audience de 14 heures. Je n'ai pas le temps de retourner chez moi ; je préfère rester au bureau.

– Excusez-moi alors, je vous abandonne.

Il soupira et se leva. Son ventre qui gargouillait lui donna l'heure, sans qu'il eût besoin de regarder sa montre. *Midi, l'heure d'aller croquer !*

*

De sa voiture, il appela Tricard pour lui rendre compte, à mots brefs, des auditions qu'il venait de mener. Le juge qui avait déjà entendu de son côté Pierre Robin, en qualité de simple témoin, lui donna lecture du procès-verbal qui corroborait les déclarations des deux autres avocats.

– Il s'est couché tôt, vers vingt-deux heures, avec sa femme, car il allait à Nancy le lendemain matin, plaider un dossier qui n'était pas prévu à son agenda. Tous deux étaient de bonne humeur, et ont pas mal bu. Il s'est levé vers six heures sans déranger son épouse qui dormait encore, et il a quitté son domicile vers 6 heures 30, ou 6 heures 45. L'horodatage du ticket de péage montre qu'il a pris l'autoroute à 7 heures 17, ce qui confirme son heure de départ, Villecomte étant à vingt kilomètres de l'A 62. Il est sorti de l'autoroute à Nancy à 9 heures 17, toujours d'après l'horodatage. Il a effectivement plaidé son dossier au tribunal, vers 9 heures 30. Il a quitté les lieux à 10 heures 30, pour reprendre aussitôt le chemin du retour, et arriver à Villecomte à treize heures.

– Donc pas de trou dans son emploi du temps ?

– Apparemment non, mais j'attends de l'audition de ses voisins qu'ils nous disent s'ils l'ont bien entendu partir le matin. En revanche, il n'a rien à dire sur le taux d'alcoolémie de sa femme. De toute façon, le toubib devrait nous fixer sur l'heure de la mort.

– Monsieur le juge, il faudrait faire saisir l'ordinateur de Robin.

– Mais il n'y en a pas à leur domicile.

– Je veux parler de l'ordinateur du bureau. Il passait des heures sur internet...

– Ouais..., mais vous savez comme moi que ce n'est pas évident. Pas de perquise chez un avocat sans mettre les formes avec un bâtonnier qui doit veiller au respect du secret professionnel. Ça va ronfler au barreau... Si je me mets à fouiller chez lui, c'est que j'ai des soupçons qui peuvent me conduire à le mettre en examen... Faut pas se louper, commissaire, on marche sur des œufs ! J'en parle à Meunier, et on fait le point ce soir.

Il raccrocha. Au moment de démarrer, Baudry vit une silhouette fragile sortir précipitamment de l'immeuble de « Mathieu & Robin ». Sous l'imperméable et le chapeau de pluie, il reconnut aisément la petite souris grise s'engouffrant dans une Austin qui s'éloigna aussitôt. Son instinct se réveilla soudainement : *Tiens, tiens, je croyais qu'elle déjeunait au cabinet...*

Il décrocha à nouveau son téléphone, composa le numéro du commissariat et demanda le lieutenant de permanence.

– Robert ? C'est Baudry. Oui, oui... Dis donc, tu vas me mettre deux bonshommes en filature, aux fesses de Marie-Christine Luce, l'avocate collaboratrice de Robin. Une planque devant son bureau. Mais discrétion absolue, hein ? Oui..., à tout à l'heure !

Chapitre 4

Chez George

Baudry poussa la porte du bistrot qui bruissait d'une belle animation, à l'heure du déjeuner. La salle était bondée, les tables de marbre, grises sans nappe, paraissaient toutes occupées. Mais Sylvie, la serveuse, lui trouva une place, dans un coin, près du comptoir où officiait madame George, la main sur la caisse. Simple mais roborative, la cuisine de son mari attirait toujours autant de fidèles. À deux pas du Palais, des juges, des avocats, des commerçants, venaient se restaurer généreusement et s'y détendre, avant de reprendre le turbin de l'après-midi. Tête de veau, andouillettes géantes, tripes ou blanquette, réduite à ces spécialités délicates, la carte était sans failles. George ne s'embarrassait pas des dernières modes culinaires, et ne voulait bien sûr pas entendre parler de cuisine moléculaire, pas plus qu'il ne comptabilisait les calories. Il cuisinait comme sa mère et sa grand-mère avant lui, en appliquant des recettes qui devaient remonter au fond des âges, et qu'il se gardait bien de modifier, conservateur comme un gardien du temple. Consciencieux avec cela, il faisait son marché lui-même et se vantait de ne préparer que du frais. Ses vins se limitaient à quelques Côtes du Rhône, Beaujolais, Hermitage et Condrieu, mais de belle facture. Peut-être péchait-il par les desserts qui ne l'intéressaient guère, même si sa tarte Tatin valait son pesant de beurre.

Baudry raffolait de l'endroit et de sa cuisine. Il n'était pas insensible aux charmes de madame George, une belle matrone plantureuse qui jetait ses derniers feux. Certains habitués prétendaient qu'elle avait eu la jambe leste au temps désormais révolu de sa jeunesse... En tout cas, l'ambiance du restaurant était chaleureuse et assourdissante ; les conversations joyeuses et sonores résonnaient dans la petite salle jusqu'à la cacophonie. Et puis, l'on y rencontrait toujours quelqu'un à qui parler. Il slalomait entre les tables du bistrot, quand il s'entendit gaiement héler sur sa droite :

– Commissaire !

Le bâtonnier Dornier, un familier de l'endroit, déjeunait avec un homme plus jeune que lui. Déjà, l'avocat se levait et lui tendait la main.

– Cela faisait longtemps, commissaire. Vous connaissez mon collaborateur, Pierre Chazal ?

– Enchanté ! Ah, monsieur le bâtonnier, je suis content de vous voir et de saluer le seul avocat fréquentable de la ville, à mes yeux de flic !

Dornier rit et lui rétorqua :

– Mais je vous retourne le compliment, commissaire ! Un flic qui fréquente « Chez George » ne peut pas être tout à fait mauvais ! Ça suffirait à faire de lui un être humain !

– Ne le répétez pas, au cas où la direction de la P.J. me reprocherait d'avoir un cœur ! Ce serait désastreux pour ma mutation.

– Votre mutation... Depuis le temps que vous en parlez... Vous n'allez pas nous quitter, tout de même.

– Non, je le crains, ce n'est pas demain la veille que je retournerai dans mon Sud-Ouest. À propos de Sud-Ouest, vous avez vu le match du Stade Toulousain, ce week-end ? Cet essai à la huitième minute ?

– J'ai lu l'article de *L'Équipe*, mais je n'ai pas vu le match. J'ai roulé dimanche, il faisait si beau.

– C'est vrai que vous êtes aussi cycliste. Se défoncer le derrière sur une selle, ça me dépasse. Combien de kilomètres, monsieur le bâtonnier ?

– Quatre-vingt-dix kilomètres en 3 heures 30. *Moderato cantabile*.

– Pas mal pour votre âge ! interrompit Chazal, à l'adresse de son patron.

Dornier lui donna une bourrade amicale sur le ventre.

– Dis donc, un peu ironique le respect dû aux anciens, jeune homme !

Baudry se mit en garde, les poings serrés, et mima un combat de boxe imaginaire, dont le jeune collaborateur aurait été un challenger.

– Touchez pas au bâtonnier ! Ou il faudra d'abord m'allonger. Nous les vieux, nous sommes solidaires...

Ils rirent tous les trois, et Baudry poursuivit :

– Mais revenons aux choses sérieuses... Dimanche, cet essai à la huitième minute, c'était du Mozart !

Ils se mirent à parler rugby. En amateurs avertis, tous deux suivaient le championnat, tels deux extra-terrestres dans ces landes dévolues au football. L'un en tenait pour le Stade Français, l'autre pour Toulouse, ce qui donnait lieu à de franches chamailleries aussi sportives que partisanes. Baudry se tourna vers Chazal :

– Et vous, jeune homme ? J'espère que vous aimez aussi le rugby... De toute façon, cette initiation est obligatoire pour travailler avec le bâtonnier Dornier.

– Non, ce jeune coq n'est qu'un footeux ! répondit Dornier.

– Le bâtonnier a bien essayé de m'inculquer les règles, mais je n'y comprends rien, surenchérit Chazal.

– Quelle horreur ! On va le renvoyer dans ses vingt-deux ou le boucler pour trouble à l'ordre public.

– Et encore, si j'aime le foot, c'est devant la télé avec une bonne bière !

– Et le vélo ? Vous pédalez de concert avec votre patron ?

– Oh non, je tiens à peine sur une bicyclette.

– Cette provocation relève de la Cour d'assises. Votre compte est bon !

Ils rirent tous trois, heureux d'être ensemble et de partager ce pied de nez lancé à une journée « merdeuse », pour reprendre l'expression de Baudry.

– Commissaire, vous déjeunez avec nous ? lui proposa Dornier, voici la blanquette qui arrive.

Baudry redevint sérieux.

– Hélas non, je suis désolé. Surtout, ne le prenez pas mal, mais il vaut mieux qu'on ne nous voie pas ensemble par les temps qui courent. Ça pourrait jaser. Car vous savez qu'on m'a refilé l'affaire Robin...

– Je comprends, lui répondit Dornier. Sale histoire qui fait suffisamment parler. J'entends tout et n'importe quoi depuis deux jours. Au fait, vous viendrez aux obsèques, samedi ? On s'y retrouvera ? D'ici là, bon appétit, commissaire !

*

Il venait à peine de finir son moelleux au chocolat – qui concourait honorablement avec la tarte Tatin – lorsque son portable sonna dans sa poche. C'était l'un de ses adjoints.

– Commissaire, on vient d'auditionner les voisins, deux instits en retraite qui sont les vraies commères du village. Un truc ne colle pas avec les déclarations de Robin. Ils ont distinctement entendu les cris d'une dispute, la veille du crime, quand la porte de la maison s'est ouverte vers vingt-trois heures. Robin est sorti, sa femme gueulait dans son dos, il la traitait d'ivrogne. Puis il a claqué la porte avant de partir en voiture. Ils n'en savent pas plus, mais il a dû revenir dans la nuit, puisqu'il a bien quitté son domicile au petit matin.

– Merde ! lâcha Baudry entre ses dents.

Chapitre 5

Autopsie

Assis sur le canapé de son salon, Baudry relut pour la vingtième fois le rapport du professeur Surlot, le médecin légiste qui avait autopsié le corps de Juliette Robin. La télé débitait un jeu inepte qui captivait sa femme assise à côté de lui.

Comme à l'ordinaire, il ne comprenait rien à ce charabia médical, plus jargonnant encore que le jargon des gens de justice. Seule la conclusion du rapport était limpide : la victime était morte étranglée, avant d'être mutilée post mortem. Sa conscience professionnelle de flic intègre lui intimait de comprendre le moindre des détails qui avaient conduit le légiste à cette conclusion sèche. Il résolut d'appeler Surlot. Ils se connaissaient bien, et à cette heure de la soirée, celui-ci devait être à son domicile.

Il se leva doucement du canapé pour ne pas déranger sa femme, dont il craignait toujours les réactions imprévisibles.

– Tu permets, ma chérie, un coup de fil à passer. Le boulot…

– Enfin, tu pourrais le faire demain. Tu ne travailles pas déjà assez pour en ramener aussi à la maison ?

– Chérie, je suis soucieux à cause de cette enquête dont je t'ai déjà parlé. Je ne pourrai pas m'endormir si je ne trouve pas la réponse aux questions que je ressasse depuis ce matin.

– Oh, ce métier te rend insupportable…

Il s'enfuit dans la chambre avant que la fin de sa phrase ne lui parvienne. Assis sur le lit, il composa le numéro de Surlot qui décrocha lui-même.

– Monsieur le professeur, le commissaire Baudry à l'appareil. J'ai bien reçu votre rapport, mais si j'osais… je vous demanderais quelques éclaircissements pour instruire le béotien que je suis.

– Mais bien sûr, commissaire, je vous en prie.

Au bout du fil, la voix était chaleureuse. Comme tous les grands pontes, Surlot était ravi de trouver un auditoire disponible et disposé à écouter sa marotte. Le bruit de la télévision augmenta d'un coup, jusqu'à gêner leur conversation. Madame Baudry avait poussé le son, pour faire entendre sa désapprobation devant un abandon flagrant du canapé conjugal. Baudry se leva et ferma la porte en soupirant, avant de se rasseoir tout en se bouchant l'oreille gauche de l'index. Le médecin poursuivit :

– Je vous avoue que j'ai déjà commenté mon rapport au juge Tricard...

Celui-ci a une longueur d'avance, se dit Baudry.

– ... Mais je puis éclairer votre lanterne à vous aussi. En fait, je suis catégorique quant aux conclusions, seul le *modus operandi* me laisse plus perplexe. Madame Robin est morte par strangulation. Le cou et le pharynx – qui a été cassé – portent les traces nettes de blessures faites par une main. Avec certitude, j'avance que cet étranglement l'a tuée. J'en veux pour preuve les traces d'ecchymoses sur sa gorge. Elles signifient que le sang a coagulé, et qu'elle était donc vivante quand on lui a serré le cou. Vous savez que le sang perd la propriété de se figer sitôt que la mort survient. Et je peux également vous affirmer qu'elle ne dormait pas quand elle a été surprise par l'assassin, car elle s'est défendue comme en témoignent les hématomes décelés sur ses poignets.

Elle a tenté de se débattre, et l'assassin les lui a maintenus d'une main derrière la tête, tandis qu'il l'étranglait de l'autre. Je confirme qu'il s'est juché sur elle, à califourchon, pour l'empêcher de bouger. J'ai trouvé des traces de minces abrasions sur la peau du ventre et des cuisses, qui ont été faites par des genoux. La strangulation a été progressive, voire lente, vu la profondeur des blessures et leur nombre. Je suis formel, elle a été étranglée *lentement*... Ce devait être un beau sadique ! Toc, je te serre le kiki, je te laisse respirer, et je remets ça... jusqu'à ce que mort s'ensuive, mais pas trop vite !

Sa voix résonnait, allègre, dans le téléphone, toute à la joie qu'il éprouvait à retrouver les causes de la mort, indifférente cependant à la douleur de la victime. *La jubilation d'un horloger démontant un réveil en panne pour le réparer*, se dit Baudry, tandis que le médecin reprenait :

– D'ailleurs, le supplice du visage le confirme. Je n'ai jamais vu un tel acharnement. Rendez-vous compte : j'ai dénombré plus de cent impacts... Principalement localisés dans la zone des joues pour trente coups, dans celle de la bouche pour vingt-deux coups ; dans celle du nez écrasé, j'ai compté pas moins d'une quinzaine de coups... Seuls quelques-uns ont été portés dans la région du crâne ou sur le frontal, mais ceux-ci relèvent plus de la maladresse que du dessein délibéré. Ils ont été donnés en biseau, comme si l'arme avait ripé, alors que les autres coups sont clairement perpendiculaires aux blessures... Des coups vraisemblablement portés avec un petit marteau, j'ai retrouvé des traces d'acier dans les blessures. Peut-être viennent-elles de ces outils de sécurité destinés à briser les vitres des trains, en cas d'accident... Surprenant, non ? Il a mis ce visage en bouillie à l'exception des yeux, miraculeusement intacts... Et il l'a frappée alors qu'elle était déjà morte... Pourquoi ? Pour la rendre ainsi méconnaissable et empêcher l'identification ? Cette hypothèse est absurde, puisque l'étude de l'ADN ou de la denture auraient suffi pour nous permettre de dire que ce cadavre trouvé à son domicile était bel et bien celui de Juliette Robin ! Alors, je ne sais pas, cette violence me paraît relever de l'acte gratuit.

– Un sadique...

– Possible, oui. Ah, j'oubliais aussi : la pommette gauche portait la trace d'une ecchymose, ante mortem. Pas celle d'un coup de marteau, mais celle d'un coup de poing ou plutôt d'une gifle.

– Antérieure à l'agression ?

– Peut-être, mais je puis difficilement être précis. Pas plus d'une journée auparavant en tout cas, parce que sa cicatrisation était peu avancée.

– Et cette blessure au ventre, monsieur le professeur ? demanda Baudry.

– Eh bien, elle est tout aussi bizarre. Elle était morte et déjà défigurée quand il s'est attaqué à l'abdomen. Il a terminé par là, car j'ai retrouvé des fragments d'os du visage dans le ventre. La même arme a été utilisée, mais par son côté tranchant. Ce détail m'a conduit à conclure à l'utilisation du fameux marteau de la SNCF. Ces outils comportent une extrémité plate pour casser la vitre, et une autre effilée pour en découper les morceaux. Un marteau SNCF, c'est inédit comme arme de crime, à ma connaissance, commissaire...

– Certainement, docteur, répondit Baudry, histoire de dire quelque chose.

– Enfin, quand je dis qu'il a terminé par là, c'est une façon de parler. Le terme est impropre, car il n'en avait pas terminé...

Le médecin fit une pause de quelques secondes, s'amusant à tenir en haleine l'attention de Baudry qui n'entendait plus les braillements de la télévision, trop captivé par les explications du légiste.

– L'abdomen a été fendu verticalement de haut en bas, sur une dizaine de centimètres, en trois ou quatre incisions successives et maladroites. Trois fois, il a arrêté son mouvement et ressorti la lame pour la replonger. Le fil de la blessure est discontinu.

– On n'a donc pas affaire à un chirurgien, fit remarquer Baudry.

– Commissaire, les chirurgiens sont parfois des bouchers.

Son petit rire satisfait ne trouva pas d'écho chez Baudry.

– Oui, un professionnel aurait fendu l'abdomen d'un seul tenant, comme du papier... Je récapitule : il la surprend dans son sommeil, il l'étrangle, il lui massacre le visage et il l'éventre. Mais il ne va pas au-delà...

– Au-delà ? Où voulez-vous en venir, monsieur le professeur.

– Il ne va pas au bout de sa dissection. Vous avez noté qu'il n'a pas sauvagement lacéré l'abdomen, comme il l'a fait du visage. Au contraire, il s'est appliqué à l'ouvrir sans abîmer les organes internes, même s'il l'a fait maladroitement… Commissaire, pourquoi fendez-vous un sac de terreau ou de sable ? Pour en vider le contenu, n'est-ce pas ? Là, je sors de mes compétences et de ma stricte mission, mais je suppose qu'il l'a découpée parce qu'il voulait l'éviscérer, en extraire les organes internes, dans le prolongement de son geste préparatoire. Pour en faire quoi ? Les emporter ? Le cœur, le foie, les reins, l'utérus si symbolique… Mais il n'est pas allé jusqu'au bout.

– Remords ou dégoût ?

– Je n'en sais rien, je n'ai aucune qualification en psychiatrie, Dieu merci !

Le légiste eut un petit rire de gorge ironique. *Il s'amuse décidément beaucoup*, se dit Baudry, tandis que Surlot reprenait :

– Mais enfin, du remords c'est peu probable, quand on voit avec quelle férocité il lui a charcuté le visage. N'oublions pas qu'il a continué son œuvre avec la face de la victime en lambeaux sous les yeux. Vous avez vu les photos, commissaire, une bouillie de sang, de chair et d'os... Alors, c'est peu vraisemblable...

– Une tentative avortée, alors ?

– Peut-être, mais je ne peux l'écrire dans mon rapport parce que la question ne m'a pas été posée dans le réquisitoire du pro-cureur. On me demande les causes de la mort, et non pas les raisons. Je dois m'en tenir aux faits, et non pas me risquer dans de la divination. Mon sentiment personnel est toujours réservé pour la Cour d'assises, pour le moment où vous aurez enfin trouvé le coupable !

Il rit encore, comme s'il doutait de l'effi-cacité des enquêteurs.

– Je vous comprends, monsieur le pro-fesseur. Je ne voudrais pas abuser de votre temps, mais j'aurais encore deux ques-tions à vous poser.

– Je vous en prie, commissaire, faites donc.

Le légiste aurait bien commenté son rap-port jusqu'au bout de la nuit, se disait Baudry. *Peut-être a-t-il une femme aussi désagréable que la mienne ?* Madame Bau-dry avait ouvert la porte de la chambre et, avec forces signes, lui faisait comprendre qu'elle désirait se coucher et qu'il veuille bien raccrocher.

– Deux minutes encore, ma chérie.

Elle s'assit sur le lit et commença à se déshabiller en soufflant fortement. Il résolut d'ignorer ses soupirs de phoque.

– Vous ne paraissez pas très sûr de l'heure de la mort...

– J'ai usé d'une fourchette approximative : de minuit à neuf heures du matin, mais je ne peux guère faire mieux. J'ai examiné le corps vers midi sur place, avant de l'emmener au labo. La rigidité cadavérique l'avait déjà figé. Sachant que ce phénomène commence trois heures après le décès, elle ne peut être morte après neuf heures du matin. Pour le reste, l'analyse de l'estomac a montré que la digestion était bien avancée, et qu'elle avait donc mangé depuis plusieurs heures. L'analyse toxicologique n'est pas d'un grand secours. Le taux résiduel d'alcool était de 0,4 mg. Sachant que le corps élimine en moyenne 0,15 mg par heure, en supposant qu'elle ait arrêté de boire à minuit, elle avait alors 1,35 mg d'alcool dans le sang, ce qui n'est pas rien... Mais si elle avait bu un seul verre à cinq heures du matin, le résultat aurait été le même. Bref, de minuit à neuf heures, dans cet espace de temps se limite ma science. Je ne fais pas parler les morts ! Je leur parle, mais ils ne répondent pas…

Il rit encore. Baudry l'imaginait au travail dans sa morgue, en train de découper des macchabées en sifflotant.

– Une dernière question, monsieur le professeur. Une femme de corpulence légère aurait-elle eu la force de maintenir fermement Juliette Robin, et de l'étrangler ?

Le médecin n'hésita pas dans sa réponse.

– Bien sûr, ce n'est pas une question de poids, mais de prise.

– Reste à savoir si une femme peut commettre un crime sexuel.

Baudry venait de penser à voix haute mais le légiste saisit la balle au bond.

– Je ne sais pas ce que vous entendez par crime sexuel, commissaire. Si c'est le fait de rechercher une jouissance sexuelle en torturant ou en donnant la mort, c'en est peut-être un. Mais si c'est le fait de porter atteinte aux organes sexuels, alors ce n'en est pas un ! D'ailleurs, elle était vierge, ce qui ne manque pas d'être surprenant pour une femme mariée…

Baudry sursauta sur son lit. Avait-il bien entendu… ?

– Comment ? Qu'avez-vous dit ?

– Elle était vierge, pucelle, quoi ! Je l'écris en page huit de mon rapport, en bas de page. Commissaire, vous ne l'avez pas lu ? Elle n'a jamais consommé son mariage.

Surlot se remit à rire, enchanté d'avoir pris le policier en défaut. Oui, celui-ci n'avait pas tout lu. Une phrase cachée dans un galimatias médical : « L'hymen est intact et ne révèle aucune pénétration, récente ou ancienne ».

Baudry bredouilla quelques formules de politesse et raccrocha. *Elle était vierge !* Décidément, l'affaire s'obscurcissait. Comme l'humeur de madame Baudry qui l'attendait de pied ferme pour lui faire une scène bien sentie.

Chapitre 6

Chez le proc, encore

En franchissant la porte du cabinet du procureur, Baudry retrouva Meunier et Tricard dans la même attitude que la veille. Le proc, la mine chiffonnée, regardait au plafond, les mains jointes sous le menton, comme s'il priait le saint patron des parquetiers de ne pas lui refuser un coup de main. Tricard était affalé dans son fauteuil ; son rictus se perdait dans une barbe qui masquait les traits de son visage. Baudry rendit compte de ses premières investigations en quelques phrases sobres qui n'apprirent rien à ses interlocuteurs, déjà parfaitement au courant des arcanes du dossier. Quand il eut fini, le policier se tut et attendit patiemment, en cherchant à capter le regard du procureur, qui fuyait vers la fenêtre. Ce fut Tricard qui rompit le premier les chiens, de sa voix nasillarde :

– L'étau se resserre. Robin nous a menti sur toute la ligne. En résumé, voici ce qu'il

nous a caché dans ses premières dépositions. Marié depuis cinq ans, il n'a jamais
couché avec sa femme, le légiste est formel...

Un point pour Tricard qui ne se contente
pas de lire les rapports en diagonale, reconnut Baudry en lui-même.

– ...La femme de ménage a d'ailleurs
confirmé qu'elle faisait le lit dans la
chambre du rez-de-chaussée, parce que
Monsieur y dormait souvent. Y compris la
nuit du crime... ? Nuit du crime au cours
de laquelle ils se sont disputés violemment, ce qui a conduit Robin à quitter le
domicile vers vingt-trois heures, après une
altercation avec sa femme, ivre, qui
l'insultait. Elle devait biberonner pas mal,
vu le nombre de bouteilles trouvées dans
la poubelle à verre. En fin de soirée, elle
était donc encore vivante. Il prend sa voiture et disparaît pendant quelques heures.
Mais il revient, entre vingt-trois heures et
six heures du matin, puisqu'à cette heure-
là, les éboueurs qui tournaient dans le
coin ont aperçu sa voiture garée devant le
domicile. Il lève l'ancre pour Nancy entre
6 heures 30 et 6 heures 45, et franchit la
barrière du péage à 7 heures 17, pour rentrer à la maison vers treize heures. Le

corps est découvert vers 9 heures 30.
Conclusion, il a eu mille fois le temps de
la tuer entre minuit et six heures du
matin, dans la fourchette de temps donnée par le légiste.

Le regard de Meunier se faisait de plus
en plus fuyant. La démonstration de Tricard semblait le mettre mal à l'aise. Le
juge poursuivit :

– Le mobile ? Eh bien, si elle se refusait
à lui depuis cinq ans, les relations devaient
être... tendues. Il devait en avoir ras la
caquette. Et ils se sont disputés la nuit du
crime. Le *modus operandi* ? continua-t-il
comme pour prévenir l'objection muette
qui se peignait sur le visage de Baudry. Il
rentre dans la nuit, elle lui tombe dessus,
hystérique..., Il perd son sang-froid et il
l'étrangle... Et les mutilations constituent
une mise en scène macabre pour nous
faire croire au crime d'un fou sadique...
et nous lancer sur une fausse piste, en dis-
culpant Robin. Car chacun pensera que si
le mari avait été l'assassin, il ne l'aurait
pas mutilée ainsi... puisqu'il n'avait
aucune raison de le faire, et que c'est un
homme civilisé... Avec un bon avocat qui
plaidera l'enfer de la vie conjugale, et le
crime non prémédité sous le coup de la

colère, il prendra moins de dix ans aux Assises. Surtout s'il avoue. *Quod erat demonstrandum,* comme ne dit plus l'autre. CQFD quoi, traduisit-il à Baudry qui n'entendait pas le latin.

Tricard avait fini. Sa religion était faite, et il n'était pas du genre à abjurer. La machine était lancée, et on pouvait lui faire confiance pour mener implacablement l'instruction jusqu'à son terme à charge contre le pauvre Robin.

– Je vais le mettre en examen, monsieur le procureur, les charges qui pèsent contre lui sont trop importantes pour qu'il puisse demeurer dans l'état de témoin.

Le procureur poussa un soupir à fendre l'âme d'un président de correctionnelle.

– J'en prends acte, monsieur le juge. Je n'ai pas les moyens de m'y opposer, la juridiction d'instruction est parfaitement indépendante.

Tricard se fendit d'un sourire jusqu'aux oreilles. Peut-être était-ce l'une des raisons pour lesquelles il aimait son métier : il était son seul maître.

– ...Mais permettez-moi de vous dire que je trouve votre décision précipitée... et lourde de conséquences... qui pourraient être dommageables pour Robin, comme pour le *corps judiciaire*...

Tricard eut un nouveau sourire. Il se contrefichait de son avancement. S'il le fallait, il resterait simple juge d'instruction dans son petit bureau jusqu'au jour de sa retraite. Il n'aspirait à rien d'autre, et c'est ce qui le rendait tout-puissant. À la différence peut-être de Meunier qui, lui, pensait d'abord à sa propre carrière...

– Monsieur le procureur, vous m'avez confié l'instruction pour avancer, j'avance..., et comme je l'entends !

– Nous allons donc en informer le bâtonnier, dans le cadre des bonnes relations que nous entretenons avec le barreau qui pourrait ne pas comprendre votre décision...

La sonnerie de l'interphone l'interrompit à cet instant précis. Il décrocha et répondit :

– Faites entrer !

Puis à l'adresse de ses interlocuteurs, il reprit :

– Justement, voici le bâtonnier Dornier que j'avais convié à notre entretien.

Dornier entra dans le bureau et, en homme qui connaissait les usages, salua dans l'ordre hiérarchique les trois personnes qui s'y trouvaient : le procureur d'abord, puis le doyen et enfin le commissaire.

– Prenez place, monsieur le bâtonnier.

Un ange passa. Dornier n'avait pas la réputation de se coucher facilement. Chacun attendait hypocritement que le procureur voulût bien prendre la parole et ouvrir les hostilités. Ce qu'il fit avec une lenteur exaspérante, en lâchant ses mots un à un, comme s'ils avaient été des pierres précieuses.

– Monsieur le bâtonnier, monsieur Tricard ici présent, en charge d'instruire le meurtre de Juliette Robin, en est arrivé à la conviction que les nécessités de l'enquête exigeaient...

Dornier écoutait, très attentif, le regard tendu.

– ...la mise en examen de Pierre Robin du chef d'assassinat...

Le visage de Dornier se contracta violemment.

– ...au motif qu'il existait contre lui des charges suffisantes permettant de penser qu'il aurait pu participer à l'infraction...

Il tempéra son propos devant la fureur de Dornier qui s'était presque sorti de sa bergère Louis XVI, l'air furieux.

– Comment ? Que dites-vous ?

– ...réserve faite, bien sûr, de la pré-somption d'innocence qui bénéficiera à monsieur Robin.

Les détails avaient leur importance. Le ci-devant maître Robin était rétrogradé au rang de simple citoyen. Dornier rugit comme un lion blessé par un chasseur maladroit.

– La présomption d'innocence n'est pas une réserve, monsieur le procureur, elle est un principe. Mettre en examen Robin... Qu'est-ce que cela veut dire ? Cet homme est frappé par un drame affreux, et vous le mettez en examen... Comme s'il avait tué sa femme, c'est absurde, c'est inique...

Tricard vint à la rescousse de Meunier.

– Je ne vais pas trahir le secret de l'ins-truction, monsieur le bâtonnier, mais votre confrère nous a menés en bateau depuis le début de l'enquête... Tous les témoignages le confondent.

– Je ne peux pas le croire. Pas Robin, ce n'est pas possible !

– L'avocat de Robin pourra accéder au dossier pénal sitôt la mise en examen pro-noncée... Et il lui faudra bien se rendre à l'évidence. C'est mathématique. Je ne peux pas ne pas le mettre en examen...

– C'est absurde, c'est une monumentale erreur...

Dornier se rassit, les bras ballants, accablé comme si un fardeau tombé sur ses épaules l'avait laissé sans force. Mais son esprit acéré tournait à plein régime, et il reprit le dessus, dissipant la stupeur qui l'avait frappé :

– Quand, la mise en examen ?

– La convocation part ce soir. Je la lui envoie à l'adresse du studio dans lequel il s'est réfugié depuis que sa maison est sous scellés, répondit Tricard. Il devrait la recevoir vendredi ou samedi, si la poste fait son travail.

– Samedi, s'insurgea Dornier, c'est le jour de l'enterrement. Vous n'avez décidément aucune pitié... Et quand allez-vous l'entendre ?

– À l'expiration du délai légal de prévenance, vendredi matin, à 9 heures, je lui signifie sa mise en examen, en présence de l'avocat qu'il se sera choisi... Vous savez bien que c'est son intérêt.

L'âme combative de Dornier se réveilla.

– Eh bien, monsieur le juge, en ma qualité de bâtonnier de l'Ordre, j'ai l'honneur

de vous annoncer que je me commets
d'office pour assister Pierre Robin au
cours de l'instruction.

Le match était lancé, se dirent ensemble
Meunier et Baudry.

– Vous me permettrez de m'étonner,
messieurs, que votre justice, dès lors
qu'elle se trouve impuissante à élucider
un crime, en soit réduite à se retourner
contre les victimes, pour les transformer
en coupables !

Et vlan ! se dit Baudry. Le ton était
donné, Dornier se croyait déjà aux Assises
et rodait quelques phrases assassines. Il
dégaina à nouveau :

– Dès mardi, je souhaite recevoir la
copie du dossier pénal. Compte tenu des
circonstances, il serait malvenu de me
faire attendre…

– Bien sûr, maître, vous l'aurez, cela va
de soi, lui répondit Tricard, sans coup
férir. Et vous pourrez consulter le dossier
sur le champ, le code de procédure pénale
vous y autorise. De plus, monsieur le
bâtonnier, je me dois de vous prévenir que
j'entends perquisitionner moi-même au
cabinet de Pierre Robin demain matin, à
dix heures, et que je suis susceptible d'y
saisir des dossiers. Vous voudrez bien

m'accompagner, pour assister aux opérations, comme la loi nous le demande.

– J'aurais aimé que vous preniez d'abord connaissance de mes convenances, au lieu de me placer devant le fait accompli..., mais je serai présent.

– Bien évidemment, je vous demande une discrétion absolue d'ici là.

Dornier partit d'un rire forcé. Il était estomaqué par l'impudence de Tricard.

– Cela va sans dire, monsieur le juge... Pensez-vous sincèrement que je pourrais faire entrave à la justice en prévenant Robin ?

« Oui, vieux renard », eut envie de répondre Tricard qui jugea toutefois plus prudent de se taire. Dornier plongea ses yeux dans le regard du procureur, puis dans celui du commissaire. Meunier regardait toujours fixement le plafond. Baudry, gêné par la tournure des événements, considérait fixement le bout carré de ses chaussures. Pas une seule fois, il n'était intervenu dans l'échange. Il aurait voulu être ailleurs, sous le soleil de Marseille, à se colleter avec une bonne vieille affaire de stups ou de proxénétisme...

Chapitre 7

Dans les locaux de la D.I.P.J.

– Alors, l'expert, tu la fais parler, ta bouzine ?

Baudry était d'une humeur de dogue allemand. La perquisition s'était déroulée dans une ambiance exécrable. Dornier et Tricard avaient tiré leurs couteaux et avaient ferraillé en se lançant à la figure des articles du code de procédure pénale, comme des injures. Dornier s'était *expressément réservé le droit de poursuivre l'annulation de la mesure et de la procédure subséquente.* Tricard avait eu le tort de lui demander de se taire et de le laisser travailler, ce qui lui avait valu une réaction indignée de l'avocat. Baudry avait attendu à la porte du bureau de Robin. Il ne savait pas très bien ce qu'il faisait là puisque seul le juge officiait. Mais Tricard l'avait convié sur place. Et gêné, il s'était senti coincé entre le marteau et l'enclume. Pas une seule fois, Dornier ne lui avait adressé la parole, comme s'il lui avait tenu rigueur du tour que prenait l'affaire et des soupçons qui se portaient sur Robin, alors que Baudry n'y pouvait mais. Il tenait à l'estime de Dornier, le seul avocat au monde dont l'opinion lui importait. Et celui-ci lui battait froid maintenant... Il avait tenté de se rassurer en se répétant que l'homme était trop intelligent pour que leur amitié pût s'offusquer du zèle professionnel que le policier mettait à faire son boulot.

Sous l'invective du commissaire, le lieutenant Bertrand sursauta. Absorbé par l'écran de l'ordinateur, il n'avait pas entendu Baudry pénétrer dans le bureau qu'il partageait avec un autre collègue. Bertrand officiait au Service de l'Informatique et des Traces Technologiques. Il avait le physique qu'une imagination limitée eût prêté à un féru d'informatique : un visage rond de pleine lune mangé par des cicatrices d'acné, des lunettes épaisses qui amenuisaient des yeux polis par des veilles incessantes devant les écrans, et des cheveux filasses qui mourraient jeunes et déserteraient bien vite le crâne qui les hébergeait provisoirement. Baudry aimait bien le lieutenant Bertrand, car ce jeune flic était l'un des seuls auxquels il faisait encore peur. Tous les autres avaient percé à jour le bon cœur du chef depuis des lustres.

– Oui, commissaire, voilà, j'ai restauré tous les fichiers de l'ordi de Robin.

– Tu m'épates, Bertrand, tu es sorcier, comment as-tu fait ?

Bertrand regarda son chef avec l'air de reproche complice d'une femme qui n'arriverait pas à croire aux compliments exagérés d'un mari soupçonné de moquerie.

– Commissaire, c'est à la portée d'un enfant de deux ans, vous savez.

– Tu sais bien que je n'y connais rien.

C'était vrai. Baudry était de la génération précédente qui avait commencé à travailler sans ordinateur ni internet. Il avait eu du mal à s'habituer à ces intrus qui s'étaient invités dans les bureaux et dans la vie de tous les jours. Il refusait de s'y mettre, se limitant au traitement de texte, mais maniant aussi mal la souris que le clavier.

– Les fichiers supprimés ne sont pas effacés, commissaire. Ils sont toujours sur le disque dur. C'est le lien qui permet de les retrouver qui disparaît, leur adresse, si vous voulez. Il faut deux minutes environ, pour télécharger un programme gratuit de restauration, et moitié moins pour ramener tous les fichiers à la surface. Tenez...

Il ouvrit la boîte aux lettres électronique et fit défiler une kyrielle de messages sur l'écran. Les plus anciens remontaient à deux ans. Ils étaient tous adressés à une certaine « Lau ».

– Deux cent huit messages, je les ai comptés. Il en avait des choses à écrire, le père Robin. C'est sa maîtresse, cette Lau ? Laure plutôt ?

– Tu les as imprimés pour le juge ?

– Oui, les voilà. Tenez.

Il frappa du plat de la main sur une liasse de papiers épaisse comme un annuaire téléphonique parisien. Baudry prit un message au hasard, et le lut rapidement.

Lau, ou bien puis-je t'appeler mon amour, comme avant ? Je n'en puis plus de cette absence et de ton silence qui n'en finit pas. Cette souffrance n'a qu'un mérite, celui de me faire prendre conscience de la force de mon amour. Je sais maintenant, je l'ai toujours su sans me l'avouer, que je t'aimerai jusqu'au dernier de mes jours. Quels que soient les obstacles que tu dresseras entre nous. Ton mépris, ton indifférence, tes infi-

délités ne m'effraient pas, et ne changeront rien à ce sentiment qui me dépasse. Je t'aime oublieuse, cruelle, sans foi ni loi, ...autant que je t'aimerais si tu étais une sainte...

– Bingo !, pensa Baudry à voix haute. J'en connais un à qui cette littérature fera plaisir.

Le reste des courriers était à l'avenant :

Je me suis dit que tu étais gênée vis-à-vis de Juliette. Que tu aimes ta sœur et que tu ne voudrais pas lui faire de peine, par une attitude ambiguë envers moi... Mais Juliette n'est rien. Quand tu es partie, nous avons uni nos deux solitudes en une erreur tragique. Et ce mariage a accouché d'une solitude plus grande encore. Je te le répète, Juliette n'est rien. Pas même ma femme... Que faut-il pour que tu me répondes ? Je peux divorcer. Elle me dégoûte, elle n'y peut rien la pauvre, mais elle a le seul tort d'être là, le soir, et de te ressembler, si pâlement. De me faire penser à toi, et de m'empêcher à la fois de me livrer à mes souvenirs et à mon amour... À notre amour, car tu m'as aimée, n'est-ce pas ?

– Le couillon, marmonna Baudry entre ses dents. Comment peut-on se faire tant de mal pour une bonne femme ? Et les lettres de la donzelle ? Que lui répondait-elle ?

– Il n'y en a pas, commissaire.

– Comment ça, il n'y en a pas ? Tu te fous de moi ? S'il lui écrit, c'est qu'elle lui répond, non ?

– Non, justement non, je n'en ai trouvé aucune.

Le commissaire n'en croyait pas ses oreilles.

– Mais alors, le comportement de cet homme relève de la psychiatrie pure et simple. Il fait les questions et les réponses ? Elles n'auraient pas été effacées ces lettres ? Et tu n'aurais pas su les retrouver ?

Bertrand eut l'air blessé et, douloureusement sceptique, il secoua la tête en signe de protestation.

– Je ne crois pas, commissaire. La main qui a effacé les messages est profane. Elle s'est contentée d'un simple « sup » alors qu'il aurait fallu faire un « delete » pour détruire les fichiers, sans espoir de restauration. Celui qui a fait cela était un amateur... Tiens, ça pourrait être une femme, dit-il en souriant.

– Tu ne crois pas si bien dire, lui rétorqua Baudry. Dis-moi, ton zinzin peut-il me donner le jour et l'heure auxquels cette main d'amateur a pressé la touche « sup » ?

– Bien sûr, commissaire. Voyons, les fichiers ont été écrasés... le mardi à 12 heures 05.

Précisément, le jour et l'heure auxquels il était sorti du cabinet Mathieu & Robin, après avoir entendu Marie-Christine Luce ! Elle allait devoir s'expliquer maintenant ! Il sortit du bureau de Bertrand pour téléphoner aux hommes qui planquaient devant l'appartement de la jeune femme.

Chapitre 8

Quelques flics

Hartman et Villiers s'étaient postés au petit matin sous les fenêtres de l'appartement de Marie-Christine Luce, dans une voiture banalisée qu'ils avaient garée à distance raisonnable du porche de l'immeuble. Ils avaient relayé « l'équipe descendante » qui avait guetté en vain toute la nuit. La jeune femme n'avait pas bougé depuis la veille au soir.

Et la morne attente des heures de planque avait débuté sans joie. Une servitude parmi d'autres dans ce métier de flic qui ne manquait ni de contraintes ni d'obligations.

Le brigadier Hartman regardait le ballet des bennes à ordures qui défilaient dans un fracas de verre brisé, un boucan à déchirer les oreilles assoupies des habitants de ce quartier tranquille. Hartman s'était toujours dit que les éboueurs en rajoutaient pour s'amuser à réveiller les riverains. Mais il en avait la preuve formelle, ce matin. Pourquoi fallait-il que ce grand escogriffe balance rageusement sur le trottoir la poubelle qu'il venait de vider, au lieu de la reposer tranquillement ? Villiers, lui, avait acheté *L'Équipe* et *Libé* au tabac du coin. Après avoir parcouru ce dernier pour se donner bonne contenance, voire bonne conscience, il se plongea dans l'autre pour commenter à son collègue les résultats des matchs de basket de la veille.

La place de la Somme s'était peu à peu animée. Les hommes étaient sortis les premiers, dès 7 heures 30, en tirant une tête de cent pieds de long. Les femmes, au volant de 4×4 urbains ou de monospaces chargés d'enfants, les avaient suivis, un peu plus tard, à l'heure où les crèches et les écoles ouvraient leurs portes. À présent, on ne voyait plus défiler que quelques inactifs, des retraités ou des sans-emploi qui allaient de la pharmacie au bureau de tabac. Enfin, vers 9 heures 30, Marie-Christine Luce pointa le bout de son museau, monta dans sa voiture et démarra aussitôt.

– Pas très matinale, la petite, remarqua Hartman qui embraya pour la suivre discrètement.

– Pas très gironde non plus, renchérit son binôme.

Dix minutes plus tard, à peine arrivée, elle ressortit précipitamment du cabinet qui l'employait, les bras chargés de dossiers, pour se rendre au Palais où elle resta bien deux heures, avant de retourner à son bureau, vers midi. Hartman et Villiers commençaient à trouver le temps long, quand leur attente fut récompensée. Ils déjeunaient d'un sandwich et de chips dans la voiture de service qui empestait le graillon, lorsque la jeune femme descendit à nouveau dans la rue pour reprendre sa voiture, vers treize heures. Ils la suivirent le cœur battant.

– Elle ne rentre pas chez elle.

– Et elle ne prend pas non plus la direction du Palais.

– Attends, elle va peut-être déjeuner en ville.

– Je n'en ai pas l'impression. Tiens, elle achète à manger chez le traiteur chinois.

Elle en ressortit avec un sac de carton volumineux dans les mains.

– Tu crois qu'elle va manger tout ça à elle seule, avec son gabarit de poids mouche ? Où elle le mettrait ?

– Attends, regarde où elle nous conduit, ...place des Cordeliers.

– Dis-donc, c'est là...

– ...que crèche Robin, depuis qu'il a quitté sa maison. Oui, gagné mon vieux...

– Tu crois qu'elle va le rejoindre ?

– Dans le mille. Regarde, voilà l'oiseau.

Pierre Robin descendait effectivement de sa voiture qu'il venait de garer derrière celle de la jeune femme. Ils se saluèrent tous deux et disparurent ensemble dans l'immeuble qui abritait le studio de l'avocat.

Une heure plus tard, elle ressortit seule de l'immeuble et regagna sa voiture pour rentrer au cabinet. Hartman embusqua sa Peugeot à l'extrémité de la rue, à une place différente de celle qu'ils avaient occupée le matin, pour ne pas attirer l'attention des riverains. Précaution superflue, il ne passait personne dans ce quartier moderne qui comptait essentiellement des immeubles de bureaux. Personne n'habitait cette rue qui se vidait à l'heure où les entreprises fermaient leur porte.

Ils mirent brièvement Baudry au courant quand celui-ci les contacta.

– Alors, elle a apporté à manger à Robin ? Et ils ont pris leur dînette

ensemble ! Bien... Mais rien d'autre, vous
êtes sûrs ?

– En tout cas, commissaire, il ne lui a
pas roulé de pelle quand ils se sont retrouvés tout à l'heure !

– Tu ne crois pas qu'ils vont s'afficher,
non ? Bon, vous continuez à planquer
jusqu'à ce soir. Je veux savoir s'ils cou-
chent ensemble. Bon courage.

Il raccrocha. Hartman soupira. Encore
de longues heures à tirer avant de rentrer
à la maison. Villiers, stoïque, reprit *Libé*.
Il avait épuisé *L'Équipe*.

*

– Au fait, commissaire, il y avait une forte
concentration de gitans pas loin de Villecomte, le soir du crime. Tout un camp, sur
l'aire des « gens du voyage », près de la
nationale. Ils sont partis le mardi après-
midi, pour prendre l'autoroute du sud. Une
dizaine de grosses voitures, traînant des
caravanes plus grosses encore. Je les ai
remarqués en dépouillant les vidéos du
péage. J'ai relevé les numéros des plaques,
à tout hasard.

Baudry réagit lorsque l'enquêteur lui fit
son rapport, au détour d'un couloir de la

P.J. *Une piste de plus qui avait été négligée par Tricard, focalisé qu'il était sur Pierre Robin !*

– C'est bien. Retrouve-les moi. Ils doivent être quelque part entre Lyon et les Saintes-Maries de la Mer… Envoie un avis aux gendarmes. Qu'ils passent au crible leurs lieux de stationnements habituels. Et pas seulement les endroits qui leur sont réservés, tu sais qu'ils ont tendance à se poser partout ailleurs que sur les aires d'accueil. Et du doigté, …ce sont des sujets sensibles. « Pas de vague », comme dirait le proc !

– Je m'en occupe, commissaire.

Chapitre 9

Johnny

Cette petite lui mettait le feu dans le sang. Non pas qu'elle fût très jolie, à proprement parler. Hormis de grands yeux de biche qu'elle savait bien maquiller, le visage n'avait rien de remarquable : les traits étaient communs, le nez et la bouche un peu forts... Mais elle avait d'autres atouts et elle était experte pour allumer les hommes. Les armes de chair ne lui manquaient pas : de gros seins qu'elle moulait dans des pulls près du corps, et qu'elle savait animer sous les yeux de ses interlocuteurs, en prenant un air faussement candide. Sa panoplie de séduction révélait aussi certains appâts qu'elle serrait dans une mini-jupe en skaï, et qu'elle savait balancer efficacement en marchant. Sans oublier des jambes magnifiques gainées « discrètement » de bas fluo, roses ou verts, et rehaussées sur des talons si hauts que l'on ne risquait pas de l'embrasser sur le front ! Dans la rue, les mâles se retournaient sur sa silhouette depuis qu'elle avait treize ans.

Avec ses manières de chatte, ses mines aguicheuses et gourmandes, capricieuse comme la météo, elle avait des exigences subites qu'il ne pouvait qu'exécuter comme des ordres, par amour. Rébecca n'avait que quinze ans, mais elle en savait déjà, d'instinct, plus qu'aucune autre femme dans l'art de séduire. Johnny en avait dix-huit bien tassés. Sa mère, qui raffolait à l'époque de l'idole des jeunes…, et des yé-yés en général, avait affublé sa nombreuse progéniture de prénoms évocateurs : Johnny avait trois frères, Gene, Eddy et Dick. Il n'aimait pourtant pas le rock'n roll qui lui paraissait ringard. Toute son enfance en avait été bercée, alors il s'assourdissait de rap, à pleins tubes dans ses écouteurs.

Johnny et Rébecca étaient vaguement cousins. Enfants, ils jouaient dans la caravane de l'un ou de l'autre. Ils avaient grandi ensemble, et ne s'étaient guère quittés depuis leurs premières années. Sauf l'hiver, quand les parents de Rébecca prenaient la direction de l'Italie pour rejoindre une tante qui vivait du côté de Milan. Il guettait avec impatience le jour de son retour, quand elle lui reviendrait bronzée d'un soleil plus fort. De fait, il l'aimait depuis toujours !

Maintenant qu'elle en avait l'âge, il lui tardait de la prendre. Il lui volait caresses et baisers, mais elle s'était toujours refusée à aller plus loin et à se donner à lui. Elle le repoussait fermement quand il se montrait trop entreprenant. Elle l'avait même mordu une fois jusqu'au sang, alors qu'échauffé par l'alcool, il était allé trop loin. Il lui avait décoché deux gifles sonores en représailles. Ils s'étaient réconciliés dès le lendemain. Elle ne pouvait se passer de son chevalier servant. Mais la mère de Rébecca veillait sur la vertu de ses filles !

Johnny savait que pour arracher ses faveurs à Rébecca, il fallait l'éblouir de bijoux, de vêtements, de sacs à main, d'objets de valeur et brillants. Mais il n'avait pas le sou, et sa famille non plus qui survivait difficilement en autarcie. Le père, invalide, commerçait de temps à autre en vendant juste assez de ferraille récupérée pour remplir la caisse de bord et reprendre la route. Johnny avait quitté l'école depuis l'âge de seize ans et ne faisait pas grand-chose de ses journées. Il aurait pu braquer une banque pour offrir des cadeaux à Rébecca et voir ses yeux d'émeraude s'allumer d'une joie enfantine !

Par chance, il venait de gagner de l'argent, beaucoup d'argent, grâce à un coup fumant, mené en solitaire, l'autre nuit. Évidemment, il avait pris de gros risques, et ses mains avaient tremblé. Mais il était tranquille, personne ne l'avait vu et ne le reconnaîtrait jamais. Il s'était fait prendre une fois, adolescent, et son passage devant un juge des enfants pourtant compatissant, l'avait humilié pour la vie. Le magistrat lui avait parlé comme à un gamin irresponsable qu'il n'était pas. Bien sûr qu'il était fier de ce qu'il avait fait... Il ne regrettait rien, sinon d'avoir été pincé. Comment ce « bouffon » pouvait-il comprendre ? La preuve, ce juge lui avait collé un éducateur idiot qu'il avait dû rencontrer chaque mois. Cet homme l'assommait avec des discours incompréhensibles, et se mêlait de sa vie intime. Il était ridicule, surtout quand il essayait de parler jeune. Johnny s'était alors juré de ne plus jamais se faire prendre. Il avait patiemment attendu la fin de la mesure d'assistance éducative en faisant le dos rond.

À présent, libre et heureux, il tenait la main un peu moite de sa dulcinée et s'apprêtait à lui faire la surprise… En Provence, même en novembre, l'air était encore doux, beaucoup plus doux qu'à Villecomte qu'ils venaient de quitter quelques jours auparavant. À cette heure, les montagnes du Lubéron rosissaient à l'horizon.

Il lui offrit le cadeau qu'il venait d'acquérir en dépensant une bonne partie du butin de l'autre nuit.

– Tiens, c'est pour toi, lui dit-il en lui tendant le paquet qu'il avait grossièrement emballé lui-même. Ce n'est rien, ajouta-t-il, en s'efforçant de paraître désabusé.

Mais son cœur battait la chamade, tandis que Rébecca arrachait le papier avec une mine ravie. Elle ouvrit l'écrin de ses ongles roses et étrangla un cri. Une bague en or sertie d'un diamant de belle taille !

– Tu es fou !

– Alors, elle te plaît ?

Et comment qu'elle devait lui plaire, vu le prix qu'il l'avait payée ! Le vendeur lui avait assuré que la pierre était une vraie. Un instant, il avait été traversé par la peur de se faire avoir, mais l'homme avait bonne presse dans le milieu.

Rébecca bégayait.

– Elle est… elle est superbe ! Mais tu t'es ruiné. Elle doit coûter une fortune.

Il jouait l'homme blasé.

– Ce n'est rien, elle ne vaut pas tant que ça, tu sais… Enfin si, elle vaut cher, et je pourrai même t'en acheter d'autres, si tu veux.

Elle enfila la bague à son annulaire. Elle lui allait parfaitement, car en passant sa commande, il avait montré à l'homme un des anneaux qu'elle portait habituellement, pour qu'il puisse en régler le diamètre à son doigt. Une vraie bague de fiançailles. Elle l'embrassa avec une fougue qui lui fit tourner la tête.

Le soir même, clandestinement, elle se donna à lui. Il lui fit l'amour à trois reprises, sans précautions particulières. En s'endormant très tard, il sut que plus jamais, il n'atteindrait à ce degré de bonheur. Au petit matin, ils résolurent de s'enfuir ensemble, sans rien dire à personne, vers le sud, vers Marseille où il connaissait du monde… Il avait assez d'argent pour tenir un mois ou deux. Ils se marieraient. Puis ils aviseraient et, au besoin, regagneraient la troupe. Leurs parents devraient bien s'accommoder de cette union officialisée et leur ficher la paix.

Chapitre 10

La petite souris

– Non, commissaire. Elle est repassée chez Robin après avoir quitté le cabinet vers vingt heures. Mais elle n'y est restée qu'un quart d'heure, et elle est rentrée chez elle. Elle vit seule. Elle a éteint la lumière vers vingt-trois heures, d'après l'équipe de Martin qui nous a relayés. Puis elle est retournée travailler le lendemain vers neuf heures. Je ne pense pas qu'ils fricotent ensemble.

Villiers avait terminé son rapport et attendait les instructions de Baudry qui s'était abîmé dans ses pensées.

– Oui, tu as raison. Ils ne sont pas ensemble. Tu peux lever la surveillance, il n'en sortira rien. Je vais prendre la question de front. Tu peux disposer, merci.

Baudry était un homme d'intuition. Son expérience lui avait appris qu'il avait toujours intérêt à suivre ses idées. Il devait parler à la jeune femme, sans masque. Et tout de suite ! Il décrocha son téléphone et demanda à la standardiste d'appeler Marie-Christine Luce à son bureau. Deux minutes plus tard, il avait la « *souris grise* » au bout du fil.

– Maître Luce, c'est le commissaire Baudry. Je souhaiterais vous voir pour vous poser quelques questions, en toute confidentialité.

Dans l'écouteur, la voix de la jeune femme se fit soupçonneuse.

– Vous voulez m'entendre comme témoin, sur commission rogatoire du juge d'instruction, monsieur le commissaire ? Mais j'ai déjà déposé...

– Non, mademoiselle, ...maître, pardon. Ma démarche est officieuse, mais elle relève bien de l'enquête.

– Alors, je ne comprends pas...

– Je souhaiterais vous voir maintenant, si vous êtes libre, à l'endroit qu'il vous plaira. Je vous expliquerai... Mais je vous assure sincèrement qu'il y va de votre intérêt comme de celui de Pierre Robin.

Elle réfléchit une seconde et accepta.

– Très bien. Venez à mon cabinet maintenant si vous le souhaitez.

Dix minutes plus tard, il s'asseyait dans le fauteuil inconfortable qui faisait face au bureau de la jeune femme. Elle était vêtue de noir et faisait mentir le sobriquet de « *souris grise* » qu'il lui avait donné. Celui de « *petite souris* » était plus approprié, à la vérité. Et peut-être l'avait-il mal jugée après tout ? Elle n'était pas si insignifiante qu'il l'avait cru au premier abord. Sous les vêtements, le corps avait l'air long et souple, bien qu'un peu maigre sans doute. Le visage était d'une pâleur maladive, mais le regard noir lui parut beau et profond quand elle ôta un instant ses lunettes pour les essuyer.

– Eh bien, monsieur le commissaire, je suis surprise...

– Je ne vais pas tourner autour du pot, mademoiselle... maître, pardon, décidément... j'ai du mal.

– Vous n'êtes pas le premier, je vous rassure.

– Je trouve que vous jouez un jeu dangereux avec Pierre Robin... que vous rejoignez à son domicile deux fois par jour.

– Vous m'avez suivie ! Mais, c'est un abus de droit... Comment avez-vous osé ?

Elle en faisait un peu trop. Elle jouait la surprise, il en aurait juré. Elle avait sans doute deviné la raison de sa visite avant même qu'il ait raccroché le téléphone tout à l'heure.

– Non, pas de grands mots, maître. Nous sommes entre nous, et nous devons mettre bas les masques. Je suis sûr que le juge Tricard serait ravi d'apprendre que Pierre Robin entretient une liaison avec sa collaboratrice qui vient le retrouver deux fois par jour chez lui, dans son studio.

Elle le prit de haut, tout d'abord, avec cette morgue insupportable de l'avocat sûr de son bon droit.

– Une liaison, comme vous y allez... Vous avez beaucoup d'imagination. Pierre Robin n'est pas encore mis en examen à ce jour, que je sache. Rien ne lui interdit de retrouver sa collaboratrice pour évoquer les dossiers du cabinet.

Si elle le prenait ainsi... Il n'était pas naturellement méchant, mais il fallait la bousculer. Il poussa son pion un peu plus loin et lui dit avec une brutalité forcée :

– Oui, mais comment qualifieriez-vous le comportement de la personne qui effacerait les fichiers de l'ordinateur de Pierre Robin ? Altération ou destruction d'objets de nature à faciliter la recherche des preuves d'un crime, il doit bien exister une incrimination de ce genre dans le code pénal, non ? Tricard n'est pas encore au courant, mais il se fera un plaisir de vous mettre en examen. Je suis désolé de vous dire que vous vous êtes mise dans de sales draps...

Elle accusa le coup sous une impassibilité feinte. Il se radoucit, par calcul ou par compassion. Elle lui demanda simplement :

– Que voulez-vous ?

– Je veux vous aider et, pour cela, j'ai besoin de savoir la vérité.

Elle réfléchit, comme pour peser le pour et le contre entre le risque pris à se taire et l'inconvénient d'un aveu. Elle résolut de faire confiance au policier.

– Très bien, commissaire. Ce n'est pas ce que vous supposez. Il n'y a jamais rien eu entre Pierre Robin et moi. En tout cas, rien de sa part à lui, sinon de l'estime professionnelle, je crois, et de l'affection, sûrement. C'est tout.

– Vous m'en dites trop ou pas assez !

– Je ne vous ai peut-être pas assez dit ce qu'il représentait pour moi, lors de notre dernière conversation. En fait, je lui dois tout. C'est le seul qui m'ait fait confiance lorsque j'ai commencé, il y a cinq ans.

Elle eut un petit sourire triste, toute morgue évanouie.

– Je vais vous faire une confidence. Vous ne le savez pas, mais je suis atteinte d'une sclérose en plaques, une SEP pour les initiés. Cette maladie se manifeste par des poussées récurrentes qui me laissent sur le flanc, au lit, pendant des jours. Gênant pour un avocat censé travailler soixante heures par semaine, n'est-ce pas ? Je me suis toujours accrochée, j'ai toujours voulu faire ce métier. J'ai réussi de bonnes études, mais au sortir de la fac, personne ne voulait de moi. J'ai fait le tour des cabinets de la place. Je décrochais facilement un entretien d'embauche, mais dès que j'avouais ma maladie, et qu'ils en mesuraient les conséquences sur ma productivité, les portes se refermaient. Parfois poliment : « Nous sommes désolés mais nous n'avons besoin de personne pour le moment. Nous recommanderons chaudement votre candidature intéressante à nos confrères ». Parfois sans prendre de gants : « Je vais vous parler durement, mademoiselle, mais c'est pour votre bien. Vous ne pouvez faire un tel métier avec votre handicap. Un conseil, renoncez. Pourquoi ne rejoignez-vous pas la fonction publique ? » J'en pleurais, je voulais être avocate. Rien d'autre.

Elle revivait difficilement ces mauvais souvenirs. Elle se tut un instant et continua :

– Je suis restée plusieurs mois sur le carreau, alors que mes camarades de promotion étaient engagés par ces mêmes cabinets qui n'avaient besoin de personne lorsque je les sollicitais. Seul Pierre Robin m'accepta, en toute connaissance de cause. Je ne voulais prendre personne en traître, et je l'avais prévenu que je serais forcément hospitalisée régulièrement, quand la maladie ferait des siennes. Je me souviens des mots avec lesquels il m'a répondu : « Ne vous en faites pas ! L'important est de bien vous soigner et vous prendrez tout le temps qu'il vous faudra pour cela. Je me débrouillerai bien avec mon associé en votre absence ». J'ai appris par la suite que maître Mathieu, son associé, n'était pas favorable à mon embauche que Pierre Robin lui avait imposée en le menaçant de quitter la société… Alors, vous comprenez que ma dette à son égard est immense et que tant que je serai en mesure de lui tendre la main, je le ferai.

– Lui tendre la main ? releva Baudry.

– Je l'aide depuis la mort de Juliette Robin…

Elle n'avait pas dit « *depuis l'assassinat de sa femme* », releva le policier.

– …Une aide morale. Je le réconforte. Mais je lui apporte surtout une aide matérielle. Je le ravitaille, je m'occupe de son linge… Il est complètement désarmé… Mais je vous en prie, n'allez rien imaginer de plus. Croyez-vous que j'aurais pu rivaliser avec la belle Juliette Robin ? Mais vous m'avez regardée ?

Elle eut un rire douloureux.

– Je ne suis rien, monsieur le commissaire. Je suis transparente, tous les yeux des hommes me le rappellent, et… handicapée !

Baudry ne trouva rien à répondre. Peut-être attendait-elle un démenti poli de sa part ? Il ne dit rien et la laissa reprendre ses explications :

– Il est complètement seul, savez-vous ? Tout le monde lui a tourné le dos, à commencer par son associé… Celui-ci ne lui téléphone même plus. Il néglige délibérément les dossiers personnels de Pierre Robin. S'il me laisse faire tout le travail, il n'oublie pas d'encaisser les honoraires, il détourne aussi la clientèle de son associé en le dénigrant... Pierre Robin n'a plus que moi.

Elle le regarda si intensément qu'il baissa les yeux. Son bon cœur s'était gonflé à l'écoute de telles confidences. Il eut envie de taper sur l'épaule de cette pauvre fille dont il venait de percer le misérable secret, et qui était amoureuse de son patron. Or, cela ne regardait pas la justice. Quant à la disparition des preuves..., de toute façon, les messages avaient été retrouvés... et le comportement de la jeune femme ne changerait rien à l'affaire.

– Je comprends, mademoiselle. Allons, je vous laisse tranquille, et excusez-moi encore de vous avoir importunée. Mais je vous en prie... je ne suis pas persuadé, moi, que Pierre Robin ait tué sa femme. Et le meilleur moyen de l'aider, c'est de démasquer le vrai coupable. Alors, si vous savez quelque chose, dites-le moi...

– Je vous remercie, monsieur le commissaire. Et je vous promets que si j'en apprends un peu plus, vous en serez informé. Mais je ne sais rien que je ne vous aie déjà dit.

Il la quitta mais ne put échapper à maître Mathieu qu'il croisa dans le hall du cabinet. L'avocat raccompagnait un client

qu'il abandonna aussitôt à la vue du commissaire.

– Monsieur le commissaire, quelle surprise ! Votre enquête vous ramène dans
nos murs. Mais venez dans mon bureau.
Si je puis vous aider…

Mathieu se pressait contre lui, complai-
sant et obséquieux. Ses cheveux paraissaient plus gras encore que l'autre jour.
Baudry en éprouvait une sensation de
dégoût. Cet homme lui répugnait, mais il
lui fallait taire ses sentiments. Ne s'était-il
pas déjà montré trop tendre avec la jeune
femme ? Il bredouilla une excuse entre ses
dents puis s'enfuit sans attendre la
réponse de Mathieu.

Il venait de se faire une alliée de Marie-
Christine Luce. Mais que savait-elle au
juste, et en quoi pouvait-elle lui être utile ?

Chapitre 11

L'enterrement

Une odeur fade d'encens froid flottait dans l'air. L'orgue jouait en sourdine une musique lente et hésitante, dont l'organiste semblait retenir les notes entre ses doigts fatigués. *Un adagio ou quelque chose comme ça*, pensa Baudry insensible à la grande musique. Il pénétra à pas comptés dans la nef sombre de la cathédrale en baissant la tête. Il n'aimait pas les églises. Par principe, car il avait hérité de son père un anticléricalisme convaincu. Par nature aussi : c'était un homme de soleil et de grand air. Il entrait dans une église comme dans une forêt épaisse et sinistre, où la lumière et la vie n'auraient pas pénétré. L'atmosphère y était tout aussi sombre et froide, traversée de rares rais de lumière qui trouaient les vitraux, comme le soleil perce ça et là le faîte des arbres. On y prenait froid et mal aux jambes, pendant ces stations debout sans fin qui ponctuaient des offices interminables. Et les salamalecs de l'officiant, liturgie de la douleur professée à mi-voix, agaçaient également son impatience et sa bonne conscience. Bref, il fuyait la messe comme un pensum. Mais aujourd'hui, il avait mis un mouchoir sur ses principes, car il ne voulait pas rater l'enterrement de Juliette Robin.

Il était en retard. Les fidèles étaient déjà en place, et le prêtre avait commencé sa bénédiction. À l'invite de leur bâtonnier, les avocats – une vingtaine – étaient venus en robe pour honorer la disparition de la femme de l'un des leurs, bousculant une tradition qui en réservait la coutume aux seuls membres du barreau. *L'effet est plus sinistre que solennel*, se dit Baudry. De dos, on aurait dit une assemblée de chanoines ou de corbeaux, serrés dans une église glacée, à l'écoute d'un curé qui chuchotait. Sous les chapeaux, les chevelures empesées des épouses où la coloration blond cendré dominait, formaient les seules notes de couleurs du tableau, avec l'étole violette criarde de l'officiant.

Robin était assis sur une chaise, désespérément seul, au premier rang. Il n'avait pas de famille. Celle de Juliette Robin était assise au deuxième rang, comme si elle avait voulu marquer sa défiance à l'égard de son gendre. Baudry observa longuement les parents de Juliette. La mère avait dû être belle. De son vivant, Juliette devait avoir affiché cette beauté. D'après les photos que Baudry avait eues en main, l'air de famille était criant. Mais l'âge avait accusé les défauts encore dissimulés par la jeunesse de sa fille Juliette. Elle était grande et distinguée, avec un port de tête de vieille Castillane desséchée par le temps, sous un chignon sévère. Le profil était busqué comme celui d'un oiseau de proie. Mais la peau craquelée comme celle d'un lézard se creusait entre les reliefs du visage, comme aspirée de l'intérieur. Le père de Juliette était un vieux beau dont le chagrin avait ruiné en un jour tous les efforts de maintien. Laurence, elle, brillait par son absence. On n'avait toujours pas réussi à la joindre, elle voyageait en Afrique.

Baudry assit son quintal aussi discrètement que possible, mais le grincement de sa chaise sur la pierre fit se retourner quelques têtes qu'il salua avec gêne, d'un hochement de menton. Il ne savait pas s'il était embarrassé de son retard ou de sa présence, incongrue au milieu de tous ces baveux. Il reconnut quelques têtes. Dornier, Chazal, Mathieu, Luce. Les avocats faisaient bloc autour de leur bâtonnier. La « *petite souris* » n'avait pas osé s'asseoir à côté de son patron.

Sur la gauche du transept, en retrait de l'assemblée, le procureur Meunier et le Premier président de la Cour d'appel, en service commandé, représentaient la magistrature, avec deux ou trois juges de second rang, pour faire tapisserie. Ceux que l'on croisait aux cocktails de la préfecture. Tricard n'était pas là. Il n'aimait pas mélanger les genres, et ne s'était jamais dérangé pour personne. Les magistrats aussi faisaient corps et, hasard ou réflexe corporatif, ne se mêlaient pas aux avocats.

Pour le reste de l'assemblée, il devina quelques vieilles filles venues là par habitude ou par désoeuvrement. Il aperçut même le journaliste du quotidien local, et quelques curieux attirés par une odeur de scandale qui commençait déjà à retomber.

Le curé expédia la liturgie de la parole. Pour si peu familier des églises qu'il fût, Baudry reconnut les propos convenus, toujours les mêmes en ces circonstances, comme si l'imagination faisait défaut aux prêtres. Mais après tout, peut-être n'avaient-ils pas le choix des lectures ? Quel était cet évangile déjà ?

Non, je ne suis pas mort, je suis derrière la porte...

Il n'avait rien dit à sa femme de peur qu'elle ne voulût l'accompagner. Elle lui reprochait constamment de ne jamais la mêler à sa vie publique, et de la tenir cloîtrée chez elle. Mais elle était encore pire en société qu'à la maison. Elle le morigénait sans réserve et sans aucune pudeur, étalant leurs différends les plus intimes, et il en prenait honte. Ce qui restait supportable à la maison ne l'était plus sous le regard d'autrui.

Seulement deux personnes se succédèrent au pupitre pour évoquer la vie de la défunte. Le père chevrota quelques phrases mouillées de larmes, pour évoquer celle qui resterait toujours « sa petite fille chérie ». Il semblait souffrir terriblement. La mère restait plus digne sous son masque mortuaire. Dornier se leva à son tour pour un bref discours dont Baudry ne put se défendre d'admirer l'habileté : « Nous aurons toujours à cœur de prêter main-forte à notre confrère, à notre frère, en ces jours de souffrance qu'il traverse. J'appelle chacun d'entre nous, mes chers confrères, à ne pas ménager son amitié à l'un des nôtres. Que le mot d'*Ordre* qui nous rassemble, reprenne enfin tout son sens et sa force. Mais nous aiderons également la Justice, dans sa marche lente. Oui, soyons-en tous convaincus ici, nous contribuerons à l'œuvre de justice. Et si celle-ci s'égare, si elle risque de préjuger, nous la remettrons dans le droit chemin pour la guider vers la vérité. Nous ne désarmerons pas tant que la lumière ne sera pas faite. Et, fidèles à notre serment, nous nous interposerons toujours entre elle et l'innocent qu'elle s'aveugle parfois à poursuivre... »

La foule nasilla ensuite péniblement un credo sans conviction. *C'est une paroisse chic*, se dit Baudry, *on y chante en latin*. Mais seules les femmes s'efforçaient de chanter, les hommes préférant se taire. Le curé pressé expédia ensuite la liturgie de l'eucharistie. Le nez dans le missel, les bras levés à mi-corps, il mangeait ses mots avant de s'en prendre au corps du Christ. *Il aurait pu au moins s'appliquer. Comment veut-il qu'on y croie, s'il ne fait pas mine d'y croire lui-même*, pensa Baudry, choqué par ce manque de conscience professionnelle. Les mécréants en voulaient toujours pour leur argent !

Enfin, la messe achevée, Baudry se retrouva malgré lui pris dans la queue qui s'écoulait en direction du cercueil déposé dans l'abside, sous la garde d'un jeune croque-mort qui sentait la sueur sous son blazer lustré. L'orgue reprit sa litanie, plus désabusé encore que l'assistance. L'avocat qui le précédait, lui tendit négligemment le goupillon – moite de toutes les mains qui l'avaient serré –, comme il lui aurait passé le sel. Baudry aspergea consciencieusement le chêne clair du cercueil. Se refusant à dessiner une croix de sa main, il se contenta de former le chiffre huit. Il signa le registre des condoléances, sans y ajouter un mot. Là-bas, toujours assis sur sa chaise, Robin se tordait les mains et pleurait silencieusement, écrasé par le remords ou le chagrin, personne ne pouvait savoir. Dornier rejoignit son confrère et se pencha vers lui, en lui passant le bras autour de l'épaule. À leur tour, d'autres robes noires vinrent enfin entourer Robin. Marie-Christine Luce observait de sa place, discrète.

Baudry s'apprêtait à filer à l'anglaise, après avoir échangé quelques saluts, quand il fut rejoint par Dornier, à quelques pas de la porte de l'église.

– Monsieur le commissaire, merci d'être venu !

– Je vous en prie, monsieur le bâtonnier. Je présente toutes mes condoléances à votre Ordre.

– L'Ordre... il flanche. Quel dommage que nous n'ayons pas été plus nombreux. J'ai convoqué tout le monde, mais beaucoup s'en fichent. Et un samedi, bien sûr, les gens ont autre chose à faire. Et pourtant, j'ai bien renoncé à ma sortie à vélo, moi !

Baudry en soupira d'aise. Il avait retrouvé son Dornier.

– Votre discours était superbe ! Du Bossuet dans le texte, lui dit-il, lui qui n'avait jamais lu une ligne des *Oraisons funèbres*.

Chazal qui se tenait à côté de son patron, salua à son tour le commissaire d'une boutade.

– La police veille..., et surveille.

Celui-là, rien n'altérait jamais sa bonne humeur !

Baudry interrogea Dornier :

– Pensez-vous vraiment que la justice s'égare ?

– Quand elle poursuit Robin, oui. Et vous le savez comme moi, commissaire.

Baudry ne sut quoi répondre à cette invitation à débattre. À quelques mètres d'eux, Mathieu se lamentait à voix haute auprès d'un petit groupe :

– Quelle honte, cette messe bâclée. On aurait dit que le curé avait peur de rater un rendez-vous galant. Vous avez vu comme il a emballé l'affaire. C'est scandaleux, ce manque de respect envers notre Ordre. Je me demande pourquoi Dornier ne s'en est pas plaint au moins pour défendre notre honneur, il est pourtant notre bâtonnier. C'est bien simple, je n'ai pas mis un centime pour la quête. Cela aurait été immérité.

Il cherchait des yeux le procureur qui sortait de l'église en compagnie du Premier président. Il fondit sur eux et leur répéta sa petite diatribe. Un vrai petit succès de parole... Baudry en profita pour filer à l'anglaise en s'excusant auprès de Dornier :

– Je suis désolé, je ne viendrai pas au cimetière. Vous me comprenez, n'est-ce pas ?

*

Il s'éloigna rapidement et marcha à grandes enjambées dans les rues, heureux de se dégourdir après une heure d'immobilité forcée. Son genou gauche lui faisait un peu mal. Il était venu à pied ; il habitait à dix minutes de la cathédrale. Pour autant, il n'était pas pressé de retrouver sa femme pour un long week-end de tête à tête à subir son mauvais caractère. Il n'était pas encore midi, il choisit de faire un crochet par la D.I.P.J.

Après avoir salué le planton de permanence qui lui ouvrit la porte, il s'enfonça dans les couloirs verdâtres de l'immeuble pour gagner son bureau, dont la porte indiquait « *J. Baudry. Commissaire principal* ». La pièce exhalait cette odeur familière, mélange de chou et de papier. Sur le sous-main de sa table de travail, il trouva une enveloppe de kraft qui portait la Marianne d'une brigade de gendarmerie et la suscription suivante. « *À Monsieur le commissaire principal Baudry* ». Il lut rapidement les feuilles du procès-verbal qui s'y trouvaient : « Nous, adjudant Pautot, nous sommes transportés en compagnie du maréchal des logis chef Fleuriot, sur l'aire d'accueil des gens du voyage numéro 2568 du département de la Drôme. Y stationnaient 14 caravanes portant les immatriculations respectives suivantes... Avons contrôlé l'identité des occupants, lesquels nous ont indiqué que l'ensemble avait fait halte sur l'aire de Villecomte dans la nuit du 21 au 22 novembre..., avant de repartir le mardi après-midi, pour la présente aire d'accueil. Sur question, une femme, Winterstein Léa, nous a déclaré qu'une mineure et un jeune majeur du clan avaient fugué la veille pour une destination inconnue. Il s'agit de Rébecca Muller et de Johnny Winterstein, âgés respectivement de quinze et dix-huit ans. Les familles ne sont pas trop inquiètes et n'ont pas signalé la disparition aux autorités. Les deux jeunes étaient bien présents à Villecomte dans cette nuit du lundi au mardi de novembre. Nous avons aussitôt lancé un avis de recherche et transmis le signalement des deux mineurs à toutes les brigades de gendarmerie et commissariats de la région Rhône-Alpes...

Tiens, tiens, se dit Baudry. *Cela intéressera peut-être Tricard.*

Il réfléchit dans le silence de son bureau. Quel rapport cette fugue pouvait-elle avoir avec le crime ? Un cambriolage qui avait mal tourné ? Hypothèse à exclure, le meurtre avait été commis de sang-froid, et le meurtrier n'avait rien emporté.

– Baste !

Il remit ses réflexions à plus tard et s'en retourna chez lui, retrouver sa femme à l'humeur aussi indigeste que sa cuisine.

Chapitre 12

La côte de Sainte-Croix

Le maillot bleu et blanc de Moreau s'éloignait irrésistiblement sous ses yeux. Il essaya bien de forcer encore l'allure, mais il était à bout. Il ressentait les pulsations affolées de son cœur jusque dans ses doigts crispés sur le guidon. Le cardio affichait 190. Les muscles de ses jambes étaient tendus à se rompre. Malgré le froid, des perles de sueur coulaient entre les omoplates, le long de son dos contracté. Pour avancer, il jetait tout le poids de son corps sur ses pédales. Il n'en pouvait plus, mais rassemblant ses dernières forces et oubliant toute souffrance, il se mit en danseuse et essaya une ultime fois de revenir sur Moreau, en quelques coups de pédales forcenés. Ses yeux s'accrochaient au maillot qui le devançait et qui le narguait à quelques mètres devant lui : « *Tu vas y arriver.* »

Il semblait que Moreau n'attendait que ce moment pour lui trancher le cou. Il accéléra la cadence et se détacha facilement au moment où Dornier se portait à sa hauteur. Sans espoir de retour, celui qui venait de brûler ses dernières forces, jeta l'éponge. Il entendait le souffle exaspérant de Moreau – deux expirations fortes et brèves toutes les trois secondes – qui le distançait sans l'attendre. Une fois de plus ! *Mais comment faisait-il pour accélérer ?*

Il ralentit la cadence pour finir l'ascension à sa main. Comme d'habitude, il avait rendu les armes dans la montée de Sainte-Croix, juste après la borne rouge du troisième kilomètre, dans le virage en épingle à cheveux qui montait sous les dernières rampes du col, les plus dures.

Depuis bientôt deux ans qu'il roulait avec Moreau et Quirin, le samedi ou le dimanche, chaque fois que leur trajet empruntait ces routes maudites, Moreau, bien meilleur grimpeur que lui, lui infligeait une véritable correction. Le scénario ne changeait jamais, en dépit des efforts de Dornier pour le réécrire et en modifier l'issue. Les deux hommes abordaient groupés les premières pentes du col – un col modeste d'ailleurs mais c'était le seul de la région –, chacun prenant à tour de rôle le relais, tandis que Quirin – le gros Quirin ! – se laissait décrocher sans lutter. Dornier faisait encore belle figure. Il se mentait à lui-même bien sûr, mais peut-être voulait-il aussi tromper Moreau ? Il le suivait, le précédait même et se sentait des ailes. Passé le premier kilomètre, la pente se durcissait, et il commençait à peiner, se rangeant dans le sillage d'un Moreau qui ne semblait même pas forcer. Dornier s'illusionnait encore. *Il suffit que je le suive... que je m'accroche à sa roue... je peux le faire jusqu'au sommet... ce n'est qu'une question de volonté... de souffrance... le temps de quelques minutes... Je peux le faire.* Mais il ne croyait plus qu'à demi à son mensonge, tandis que le ralentissait l'allure des premiers lacets. Et la vérité l'attendait en embuscade dès cette maudite épingle à cheveux. Elle s'imposait à lui quand Moreau, d'un coup, le décrochait sans effort apparent.

Il arriva au sommet, le souffle court, les jambes lourdes. Moreau l'attendait négligemment. Descendu de vélo, il pissait dans le fossé, à l'orée d'un bois humide qui sentait la feuille pourrie. Dans l'air froid, de la vapeur sortit de sa bouche quand il lui lança les phrases d'usage, éternellement reprises au sommet du... « calvaire » de Sainte-Croix :

– Sacré petit échauffement, hein ?

Narquois ou sincère, le constat d'une supériorité évidente qui n'avait pas besoin qu'on en rajoute ou qu'on ait à se moquer des autres ? Moreau n'était pas homme à livrer ses sentiments. Son visage portait ce masque perpétuellement impassible. Sa parole était rare, son geste sobre et précis. Fiscaliste brillant arrivé depuis une poignée d'années au barreau, à force de travail, il avait rapidement conquis une clientèle importante, trimant sans relâche, du matin au soir, du lundi au samedi. Le vélo était la seule distraction qu'on lui connaissait. Un vrai moine avec lequel Dornier s'était découvert cette passion commune. Ils pédalaient ensemble, une fois par semaine, mais ne se fréquentaient pas hors de ce cadre. Moreau n'avait pas voulu répondre aux invitations que Dornier lui avait lancées. Seuls le vélo et le Dornier cycliste l'intéressaient. Dépourvus de complicité réelle, leurs parcours ressemblaient à des matchs tendus où chacun cherchait à écraser l'autre.

– Oui, oui, belle petite balade. Tranquille. Tu as bien monté.

Dornier se vengerait tout à l'heure sur la nationale quand, sur le chemin du retour, il entraînerait le trio à un train d'enfer. Il emballerait la machine, jusqu'à la souffrance, et ne laisserait personne venir à sa hauteur pour le relayer. Jusqu'aux faubourgs de la ville où il se relèverait, coupant son allure, satisfait de l'effort livré comme un combat réussi.

Le vélo avec Moreau, c'était à celui qui se ferait le plus mal sans le dire ou le montrer. *Un sport de bourin*, disait Quirin. Pur orgueil, mais il aimait cette débauche de force brute qui pouvait s'exprimer librement, sans limite.

En montagne, Moreau restait le roi. Dornier se consola en regardant Quirin en finir enfin. L'homme était à la peine, il zigzaguait, la langue tirée, penché sur sa machine qui se dandinait.

– Allez, courage. Tu es au bout de tes peines !

– Vacherie de saloperie de col ! Toujours aussi dur...

C'étaient encore de ces phrases rituelles qu'ils n'auraient eu garde d'oublier.

Quirin descendit de son vélo et mangea consciencieusement une barre de céréales pour se refaire, en se forçant car son cœur était monté à ses lèvres.

– On y va ? leur demanda Dornier, pressé de redorer sa réputation de sportif.

– Allons-y.

Ils enfourchèrent leurs vélos et repartirent. Sur le chemin du retour, en tête du trio, Dornier obliqua soudain à gauche, au carrefour de la nationale et de la route de Villecomte. Jamais ils n'empruntaient cette route qui n'avait aucun intérêt pour le sport, et les détournait de la voie habituelle. Il n'aurait su expliquer son geste comme s'il avait obéi à une injonction irraisonnée.

Quirin protesta, car il était fatigué et n'avait pas envie de faire des kilomètres supplémentaires.

– Mais où vas-tu ?

Les deux autres suivirent. En application d'une règle tacitement convenue entre eux, l'homme de tête faisait l'itinéraire. Moreau ne dit rien, trop occupé à coller au sillage de Dornier plus rapide sur le plat.

Ainsi, passèrent-ils tous les trois devant la maison de Robin, celle que le village appelait déjà la « maison du crime ». Les scellés avaient été posés sur la porte et les fenêtres. Les lieux semblaient abandonnés, avec l'aspect triste et maussade des demeures désertées depuis des années.

Dornier ralentit devant l'habitation. Quirin, qui ne connaissait pas les lieux, ne comprit pas et, croyant à une défaillance de Dornier, en profita pour placer un démarrage et distancer les deux autres. Au contraire, Moreau se contenta de se porter à la hauteur de Dornier et lui dit :

– C'est horrible, quand on y pense.

– Tiens, tu savais que c'était la maison de Robin ? Tu le connaissais ?

– J'ai mangé chez eux, l'été dernier. Elle, je ne l'avais pas revue depuis lors.

Mais Dornier chercha vainement à saisir son regard masqué par ses lunettes fumées.

Chapitre 13

Chez le juge

Pierre Robin entra dans le cabinet du juge Tricard, avec la démarche traînante du condamné conduit à l'échafaud. Visiblement, il était au supplice. La mine défaite, l'oeil atone, l'haleine forte, il semblait porter sur ses épaules une croix aussi lourde qu'invisible, qui lui faisait courber le dos. *Portrait d'un homme à la dérive,* se dit Dornier qui pénétra à sa suite dans la pièce dont il ferma la porte.

Les deux hommes s'assirent en face du juge dont l'oeil torve trahissait la jubilation intense. Tricard ne leur épargna aucune des formes légales, soucieux de ne leur faire grâce d'aucune humiliation.

– Vos nom et prénom ? Votre date de naissance ? Votre profession ? Avez-vous déjà été condamné ?

Robin répondit mécaniquement, avec la voix d'un autre homme, comme s'il se détachait de son sort et assistait en spectateur à sa propre mise à mort. Le juge poursuivit :

– Eh bien, je vous fais donc connaître les faits pour lesquels j'ai été saisi par réquisitoire introductif du Parquet. À savoir des faits d'homicide volontaire, avec tortures et actes de barbarie, perpétrés sur la personne de Juliette Robin, à Villecomte, la nuit du 20 au 21 novembre, faits prévus et réprimés par l'article 221-3 du code pénal.

Tricard leur récitait son code, et Dornier aurait juré qu'il souriait sous sa barbe, que son rictus trahissait la joie mauvaise éprouvée à se payer un avocat.

– Je vous informe que j'envisage de vous mettre en examen pour les faits dont je viens de vous donner connaissance, et je vous avise que vous avez le droit d'être assisté d'un avocat de votre choix, ou d'un avocat commis d'office...

– Comme vous le voyez, j'assisterai Pierre Robin, monsieur le juge, répliqua Dornier, pour couper court à ces inutiles préliminaires.

Mais c'était peine perdue, car Tricard ne leur épargnerait aucun des méandres de la procédure.

– Je vous avise que vous avez le choix de vous taire, ou de faire des déclarations, ou d'être interrogé, mais que vous ne pouvez l'être immédiatement qu'avec votre accord donné en présence de votre avocat, et que …

– Entrons dans le vif du sujet, je vous en prie, monsieur le juge. Mon client accepte de répondre à vos questions.

– Bien, allons-y, poursuivit un Tricard un peu déçu. Monsieur Robin, dites-nous ce que vous avez fait la nuit du crime.

Robin parla avec difficulté et lenteur, recherchant dans sa mémoire lasse les phrases qu'il avait répétées avec Dornier.

– Ce soir-là, je me suis disputé avec ma femme. Nous avons eu une prise de bec assez violente même. Excédé, j'ai quitté la maison vers vingt-trois heures…

– Vous avez déclaré dans votre première déposition que vous aviez dormi chez vous, avec votre femme, dans le même lit, cette nuit-là, sans faire mention d'une dispute quelconque. Vous avez menti ?

– Oui. J'ai jugé qu'il était inutile de rapporter des faits qui relevaient de notre intimité et me paraissaient étrangers à l'enquête.

– Quel était le motif de votre dispute ?

– Qu'importe... Ce n'est pas cela qui l'a tuée...

– Je réitère ma question : quel était le motif de votre dispute ?

– Après tout... Je me suis disputé avec elle parce qu'elle était ivre...

– Était-elle coutumière du fait ?

– Ces derniers temps, oui, il était fréquent qu'elle s'enivre... et je le supportais de moins en moins. Mes reproches déclenchaient toujours ces disputes...

– Connaissez-vous la raison pour laquelle elle buvait ?

– Pourquoi le cacher ? Notre union n'était pas une réussite, et je pense qu'elle n'était pas heureuse. Moi non plus d'ailleurs. Elle se réfugiait dans l'alcool et buvait le soir, jamais pendant la journée. Quand elle avait le cafard, ça la prenait d'un coup. Je rentrais tard chez moi, et je la trouvais saoule, un ou deux jours par semaine. Elle buvait de grandes quantités, et très vite. Vodka, gin... Et sitôt ivre, elle devenait hystérique, violente même.

– Ce soir-là, en vous disputant avec elle, en êtes-vous venu aux mains ?

– Non... Enfin, pas vraiment. Elle a foncé sur moi... Je l'ai maîtrisée en lui prenant les poignets. J'ai essayé de la raisonner, mais elle n'entendait rien. Elle était vraiment dans un sale état. Je n'ai pas osé appeler le SAMU par peur du scandale.

– Au cours de cette... prise de bec, l'avez-vous frappée ?

– Oui..., mais involontairement. Je lui ai donné une claque comme elle s'acharnait sur moi. Peut-être ai-je frappé un peu fort ? Je l'ai regretté aussitôt, parce que c'était la première fois que je portais la main sur elle. J'ai préféré m'enfuir. Elle m'a poursuivi de ses invectives.

– Où êtes-vous allé ?

– J'ai pris ma voiture. J'ai roulé, dans la nuit, au hasard. Je ne suis allé nulle part. Je voulais juste ne plus la voir d'un moment, et lui laisser le temps de se calmer, de s'endormir.

– Peut-être êtes-vous allé en ville ?

– Je ne m'en souviens pas. Je ne crois pas.

– Êtes-vous allé retrouver quelqu'un ?

– Non. Je n'ai vu personne.

– À quelle heure avez-vous regagné votre domicile, et que s'est-il passé ensuite ?

– Je suis rentré vers une heure du matin, environ. Juliette dormait à l'étage.

Je me suis couché dans la chambre du bas, je devais partir tôt le lendemain.

– Vous ne vous êtes pas couché auprès de votre femme ?

– Non. Elle dormait, je vous l'ai dit. Et puis, si c'est ce que vous voulez savoir, nous faisions chambre à part, c'est vrai. J'ai mal dormi. Je suis parti de la maison vers 6 heures 30, pour aller plaider à Nancy. Je n'ai pas revu Juliette qui dormait et qui se levait plus tard. Je ne l'ai plus jamais revue vivante...

Il étouffa un sanglot et se prit le visage dans les mains, tandis que Dornier lui manifestait sa compassion en lui tapotant le bras. Tricard le laissa reprendre ses esprits, et poursuivit sans hâte :

– Vous avez donc vu votre femme pour la dernière fois, la nuit du crime, vers vingt-trois heures... Et quand vous avez quitté la maison, au petit matin, vous avez fermé la porte à clef ?

– Oui, comme chaque matin.

– En êtes-vous sûr ? De sorte que personne n'aurait pu rentrer chez vous sans effraction ?

– Oui, chaque matin, chaque soir, je vérifie que les trois portes d'accès à la maison sont bien fermées : celle de l'entrée principale, celle de la cuisine et la porte de derrière. Juliette se moquait toujours de moi.

Il s'effondra à nouveau en prononçant le prénom de la morte.

– Je suis maniaque. Parfois, le matin, je redescends de ma voiture pour m'assurer que la porte que j'ai déjà vérifiée pourtant est bien fermée... Mais il faut dire que la maison a été cambriolée, il y a deux ans...

– Avez-vous remarqué quelque chose d'anormal quand vous êtes parti le matin ? Une voiture ou quelqu'un ?

– Non, rien ni personne.

Tricard passa insensiblement du coq à l'âne.

– Vous avez déclaré, il y a un instant, que vous ne faisiez plus chambre commune avec votre femme. Depuis quand ?

– Quelque temps après notre mariage... Je ne sais plus depuis quand exactement. Notre couple s'est rapidement défait.

– Monsieur Robin, l'autopsie a démontré que votre femme était vierge...

Robin accusa le coup. Il blêmit un peu plus sans répondre.

– ...Le rapport médico-légal est formel. L'hymen était encore présent. Juliette Robin n'avait jamais eu de relations sexuelles. Ou pour être plus exact, elle n'avait jamais subi de pénétration. Alors, monsieur Robin, votre mariage a-t-il jamais été consommé ? Mentez-vous encore une fois ?

Robin se taisait, anéanti sur sa chaise. La greffière avait suspendu sa frappe et regardait le mis en examen se décomposer. Tricard et Dornier l'observaient aussi, le premier, avide, et le second, atterré. Dornier vint à la rescousse, mais Tricard l'accueillit d'un œil mauvais.

– Monsieur le juge, vous voyez bien que mon client n'est pas en état de répondre à une question aussi intime...

– Bien, madame la greffière, inscrivez que le mis en examen refuse de répondre à la question.

Il poursuivit, poussant inexorablement Robin dans ses derniers retranchements.

– Monsieur Robin, trompiez-vous votre femme ?

– Non, quelle question !

– Monsieur Robin, vous ne disconvenez pas avoir autrefois entretenu une liaison avec Laurence Mauvezin, la sœur de Juliette Robin. Avez-vous continué à la voir après votre mariage ?

C'était son passé qu'il lui jetait ainsi au visage.

– Non, non. Laurence a coupé les ponts. Elle a même rompu avec sa famille. Je ne l'ai pas revue depuis des années.

– Avez-vous entretenu avec elle une correspondance après votre mariage, alors ?

Le piège était gros, mais Robin tournait autour, bloqué par cette trappe qu'il ne savait franchir.

– Non, non... Enfin, je lui ai écrit, mais ce n'étaient pas des lettres...

– Qu'est-ce que c'était alors ? J'ai du mal à comprendre... Monsieur Robin, nous avons trouvé plus de deux cents courriels adressés à Laurence Mauvezin, dans votre ordinateur portable. Et tous ont été écrits dans les deux dernières années... soit après votre mariage. Curieux pour quelqu'un qui n'écrit pas de lettres !

– Non, je le répète, ce n'étaient pas des lettres... C'était, comment vous l'expliquer ? Un journal intime, voilà, un journal intime épistolaire. Des lettres, oui, mais destinées à moi-même et non pas à Laurence. Je voulais mettre de l'ordre dans mes pensées, en les couchant sur le papier.

– Mais enfin, ces courriels, vous les avez envoyés ! Ces correspondances, elle les a bien lues !

– Non, monsieur le juge. Laurence ne pouvait recevoir mes messages. Elle m'avait inscrit au rang des « expéditeurs bloqués » dans sa messagerie... Je le savais, car je recevais les rapports d'erreur du serveur... Vous pourrez vérifier.

Tricard parut surpris. Les policiers qui s'étaient penchés sur l'ordinateur ne lui en avaient rien dit. Il attaqua alors par un autre biais.

– Peut-être... Mais votre femme, Juliette Robin, était-elle au courant de ces écrits ?

– Non, elle ne savait pas.

– En êtes-vous sûr ? Elle aurait pu ouvrir votre ordinateur portable et tomber sur les messages qui y étaient stockés ?

– Non, il ne quittait pas mon bureau. J'écrivais seulement quand j'étais au cabinet. Jamais chez moi.

– Monsieur Robin, étiez-vous encore amoureux de Laurence Mauvezin ?

– Elle m'a fait beaucoup de mal... Je l'ai aimée, oui. Mais je ne crois pas que je l'aimais encore. Comment pouvez-vous comprendre ?

Tricard sonnait l'hallali.

– Monsieur Robin, je vais vous donner lecture d'une de vos lettres, entre autres. Elle date de trois mois : *Pour toi, je jetterais au fossé tout ce qui m'est cher. Considération, métier, argent. Mes amis, ma famille. Juliette. Je crois même que je tuerais facilement. Sans plaisir, mais sans remords, comme j'écarterais tout obstacle qui m'empêcherait de revenir à toi. Veux-tu éprouver la force de ce sentiment ? Veux-tu m'éprouver... ?*

Affolé, Robin interrompit le magistrat :

– Mais ce n'étaient que des mots... De simples mots... Une thérapie... Une...

Il ne trouvait pas le terme que Dornier lui souffla.

– ...Une catharsis.

Prévenant, Dornier épela le mot à la greffière qui ne le connaissait pas.

– Pourquoi avez-vous effacé alors cette correspondance de l'ordinateur, après le crime, si elle ne vous accusait pas ?

– Mais je n'ai rien effacé... Je...

– Si, l'ordinateur a été vidé après le meurtre ! Redoutiez-vous d'être soupçonné ?

– Ce n'est pas moi, je vous l'assure...

– Si ce n'est pas vous, qui est-ce alors ?

Robin se taisait, mais son regard démentait son silence. Il s'enfonçait, mais comment trahir celle qui l'avait spontanément aidé ?

– Qui alors ?

Dornier intervient.

– Si vous savez quelque chose, je vous en conjure, dites-le.

Mais Robin resta silencieux.

– Je change de sujet, monsieur Robin. Quand les gendarmes vous ont appris la mort de votre femme, mardi, à votre retour de Nancy, vous vous êtes effondré... Et vous vous êtes exclamé, distinctement... Attendez, je relis vos déclarations...

Il compulsait les procès-verbaux de l'enquête de flagrance menée par les gendarmes, dont il avait surligné en jaune les passages les plus cruciaux. Tricard connaissait son dossier par cœur, si tant est qu'il ait eu un cœur.

– ...Voilà ce que vous avez dit : *Je suis responsable, je suis seul responsable de sa mort... Je n'aurais jamais dû partir à Nancy. Je le savais, et j'ai continué...* Avez-vous tué votre femme, monsieur Robin ?

Incapable de répondre, Robin murmurait des mots confus. Il se reprit :

– C'était une réflexion à voix haute. Je n'aurais pas dû la quitter le matin après ce qui s'était passé... Au moment de franchir le péage et d'entrer sur l'autoroute, j'ai eu comme un étourdissement... Quelqu'un m'appelait au secours, dans ma tête... J'ai hésité, puis j'ai continué... Mais c'était elle qui m'appelait... Et moi, j'ai poursuivi ma route... Mais je ne l'ai pas tuée... Je ne l'aimais pas, certes, mais je ne la haïssais pas au point de la tuer.

Le juge avait fini son interrogatoire.

– Je n'entends pas demander votre placement en détention provisoire. Un contrôle judiciaire suffira. Les réquisitions du parquet vont d'ailleurs dans le même sens. Monsieur Robin, je vous avise que vous avez le droit de formuler une demande d'acte, ou de présenter une requête en annulation sur le fondement des articles 81 et suivants... du code de procédure pénale durant le déroulement de l'information...

Dornier étouffa un profond soupir de soulagement. Tricard se contentait d'un simple contrôle judiciaire. Il suivait Meunier. Robin n'irait pas en détention !

Ils se levèrent tous deux et gagnèrent le bureau du juge des libertés et de la détention qui leur notifia le contrôle : Robin ne pouvait quitter le département, entrer en contact avec un membre de son cabinet ou un membre du barreau, et devait pointer deux fois par semaine à la gendarmerie.

Il avait retrouvé un peu de vigueur. Sans doute s'était-il attendu à être envoyé en prison. Il était pressé de quitter le Palais, maintenant que le juge avait fini. Il ne tenait pas à croiser le regard du petit peuple du Palais, avocats, juges, greffiers qu'il connaissait tous.

Dornier le raccompagna vers la sortie. Ils n'avaient jamais été amis. Pour lui, Robin n'était qu'un confrère parmi d'autres, et il le connaissait mal. Leurs domaines d'exercice respectifs différaient et les tenaient le plus souvent éloignés l'un de l'autre. À vrai dire, ils s'étaient même attrapés une fois dans le passé, lorsque Robin s'était présenté au bâtonnat. Il n'avait pas été élu et il avait reproché, à tort, à Dornier d'avoir mené la cabale qui l'avait fait échouer. Ils ne se parlaient plus guère depuis lors. Mais aujourd'hui, Robin n'était plus le confrère distant, c'était seulement un pauvre type en plein désarroi, livré à une justice souvent aveugle. Dornier avait la certitude que Robin était innocent du crime qu'on voulait lui imputer, mais qu'il s'engluait dans des mensonges inutiles qui en faisaient un coupable idéal. Et Tricard ne le raterait pas, il voulait le flinguer, cela ne faisait aucun doute.

– Merci, Dornier, lui dit simplement Robin, en tournant les talons.

Chapitre 14

Au cabinet de Dornier

– Alors patron, comment s'est passé l'interrogatoire de première comparution ? Robin s'en est-il sorti ?

Dornier venait de rentrer à son cabinet où Chazal l'attendait. Il se sentait las, mais l'enthousiasme du jeune avocat le requinquait toujours.

– Non, il s'est enfoncé sous terre... Et l'autre l'a étripé, sans même qu'il se défende ! Il est au plus mal, le pauvre vieux. Une épave abîmée dans l'océan de son chagrin ! Même sa mise en examen ne semble pas le préoccuper plus que ça. Mais il a tout de même évité la détention provisoire...

– Bien joué, patron !

– Tu parles. Je n'y suis pour rien. Tricard ne l'a même pas demandée. Je n'ai pas eu besoin de plaider...

– Bizarre, de la part du père Tricard. Meunier est trop lâche pour avoir poussé à la détention, mais Tricard ! Pas le genre à succomber à un accès de mansuétude.

– Je crois que tu as raison. Peut-être espère-t-il l'amener à se découvrir en le laissant en liberté ? Il va lui mettre tous les flics du coin aux fesses.

– S'il ne se défend pas, il faudra se battre pour deux, patron.

– Oui, bien sûr, mais s'il pouvait nous faciliter le travail un tant soit peu... Tricard fait une dangereuse fixation sur lui. Heureusement, j'ai l'impression que Baudry est plutôt de notre côté, même s'il ne peut le dire.

– Et vous patron ? Vous le croyez innocent ?

– Oui, ce n'est pas lui. As-tu lu le dossier ? Tiens, voici les procès-verbaux de l'interrogatoire de ce matin. Ils sont tout chauds, la greffière me les a donnés aussitôt. Tu travailleras avec moi sur l'affaire, Robin ne s'y opposera pas.

– J'en suis ravi, patron, lui répondit le jeune avocat, visiblement flatté de cette marque de confiance.

Il demanda à Dornier :

– Si ce n'est pas lui, qui est-ce, selon vous ?

– Si je savais... Un tueur en série qui passait par là ? Mais on devrait alors trouver des précédents. Il est vrai que ce meurtre n'est pas sans rappeler l'affaire de Saint-Martin.

– Saint-Martin ?

– Tu es trop jeune pour t'en souvenir. Cela remonte à sept ou huit ans au moins. Une gamine de quinze ans, déficiente mentale, avait disparu un soir en sortant de l'école. On avait retrouvé son corps nu à l'orée d'un bois, le lendemain : elle avait été éventrée à coups de serpe, et ses organes génitaux mutilés. Mais l'autopsie avait démontré aussi qu'elle n'avait pas été violée. Comme la scène se situait près d'un asile d'aliénés, tout le monde avait soupçonné un des pensionnaires d'être l'auteur de ce crime de cinglé. Mais la piste ne conduisait à personne, aucun des malades n'avait été porté manquant, cette nuit-là. Et le crime n'a jamais été élucidé. J'étais dans le dossier, je représentais l'une des parties civiles. Je vais l'exhumer des archives, on ne sait jamais...

– C'est peut-être un des patients de Saint-Martin ? J'imagine que l'asile doit bien abriter au moins un criminel jugé irresponsable de son meurtre ?

– Bof… tu sais bien qu'ils ne sortent pas de l'hosto sans l'exeat d'une commission ad hoc, composée de psychiatres, d'un juge, de matons qui auraient plutôt tendance à ouvrir le parapluie que la porte de la cage.

– Alors, patron, un malade frappé par ce crime il y a dix ans, au point de le reproduire, à sa sortie – récente – de l'hôpital ?

– Un peu facile. De toute façon, je fais confiance à Baudry pour vérifier les sorties de Saint-Martin. Mais tu vois, je ne crois pas que ce crime soit l'oeuvre d'un fou ou d'un marginal. L'assassin portait des gants, il n'a laissé aucune trace, aucun indice. C'est un crime commis de sang-froid…

– S'il a médité son crime pendant dix ans, il a eu le temps de le préparer. Et puis vous savez, même à l'asile, on ne doit pas les priver de télé et des « Experts » !

– Peut-être ? Tiens, tu vas au Palais ?

– Oui, j'ai une audience à quatorze heures. Le divorce de la mère Michaud…

– Oh ! mon pauvre ami… Bon courage. C'est elle qui mériterait d'aller à Saint-Martin…

*

Dornier se remit au travail, mais fut rapidement dérangé par un appel de sa secrétaire qui lui signala que maître Luce était dans la salle d'attente et voulait lui parler. Il avait horreur des gens qui s'invitaient sans rendez-vous, et il refusait de les recevoir, sauf s'il s'agissait de confrères. Le bâtonnier est au service de tous. Il se leva aussitôt pour aller la chercher. Pour une fois, elle était vêtue d'un imperméable clair qui semblait trop vaste pour sa fragile silhouette. Dornier avait pour elle une sympathie affectueuse. Il avait envie de l'appeler « trotte-menu » chaque fois qu'il la croisait au Palais. Au prétoire, elle se défendait bien et ne lâchait jamais rien. Arc-boutée sur ses maigres forces, les poings serrés, de sa petite voix nette, elle rendait coup pour coup à l'adversaire, sans faillir. Une sacrée petite bonne femme qui en remontrait à plus d'un ancien.

– Marie-Christine, quel bon vent vous amène ?

– Bonjour, monsieur le bâtonnier. Je suis désolée, je viens sans prévenir et je sais que vous avez horreur de ça. Mais je ne vous prendrai que cinq minutes.

Elle tenait à la main un dossier qui ne portait aucun nom.

– Je vous en prie, suivez-moi.

Il la fit entrer dans son bureau. Le décor en était sobre, monacal presque. Mais la pièce immense était très claire, car elle recevait le jour par deux côtés. Au cinquième étage, les baies vitrées s'ouvraient sur la ville dont on apercevait les nombreux clochers qui émergeaient au loin sur l'horizon des toits. À l'arrière-plan, c'était la campagne, et Villecomte. Quand il était en panne, dans un dossier difficile, Dornier ouvrait la fenêtre, hiver comme été, et s'abîmait dans la contemplation de l'horizon, le nez au vent, comme un capitaine de bateau. Au milieu de la pièce, une planche immense, laquée de noir, lui servait de table de travail. Pour l'heure, elle était encombrée de dossiers de couleurs différentes, soigneusement empilés. Dans un coin de la pièce, d'autres piles gerbées au carré par la secrétaire, s'étalaient sur une table de verre fumé. C'était initialement une table de conférence, mais Dornier avait renoncé à cet usage, car les doigts des clients y laissaient systématiquement de grosses empreintes. Elle ne lui servait plus qu'à poser ses dossiers, enfin ceux qui n'atterrissaient pas sur les sièges, sur une console ou à même le sol. Au mur, Dornier avait accroché quelques reproductions de tableaux modernes : Delaunay, Münch... en compagnie de masques africains. Lui, avait en horreur l'imagerie désuète des Doré et Daumier. Sur son bureau, il avait gardé à regret une sculpture représentant vaguement un cycliste. Ses confrères connaissaient sa passion et avaient cru le flatter en lui offrant ce cadeau d'un goût douteux à l'occasion de son élection au bâtonnat.

Elle s'assit et lui précisa l'objet de sa visite qui était plutôt une requête.

– Monsieur le bâtonnier, je souhaite consulter le dossier pénal de Pierre Robin.

Il en fut surpris.

– Mais, Marie-Christine..., vous savez que l'instruction est secrète. Seul l'avocat du mis en examen est autorisé à y accéder et à en demander la copie au greffe. À l'exception de toute autre personne... Je ne peux pas...

– Monsieur le bâtonnier, maître Robin m'a choisie comme défenseur. Je veux dire, corrigea-t-elle aussitôt face à la surprise qui se peignait sur le visage de Dornier, je veux dire qu'il m'a désignée pour l'assister *à vos côtés*. Il ne vous dessaisit pas de ses intérêts, naturellement, mais je souhaiterais... ou plutôt il souhaiterait que je puisse vous apporter mon concours, aussi modeste soit-il.

– Il aurait pu me prévenir, grommela Dornier. C'est tout de même délicat de se faire assister par sa collaboratrice quand on est mis en examen...

– La déontologie ne l'interdit pas expressément.

– Enfin... vous avez écrit au juge pour lui faire connaître votre intervention ?

– Oui, tenez, voici un double de mon courrier.

Elle sortit une lettre du dossier qu'elle avait posé sur ses genoux, mais il interrompit son geste.

– Je vous crois, voyons... Et vous n'avez pas demandé la copie du dossier pénal au greffe ?

– Si, naturellement, mais la préposée aux copies m'a prévenue que je n'aurais rien avant huit jours. Elle est débordée, et sa collègue est en congé parental... Quant à le consulter au greffe, au milieu des marteaux-piqueurs...

Les locaux du tribunal correctionnel étaient en réfection depuis plusieurs semaines. Ils devaient être « sécurisés » pour reprendre l'expression fourre-tout employée par la circulaire de la Chancellerie. Le chantier était bruyant, mais Dornier n'y avait pas aperçu de marteau-piqueur.

– Alors, je me tourne vers vous, monsieur le bâtonnier.

– Évidemment. Mais vous avez raison, rien ne s'oppose à ce que vous puissiez consulter ici le dossier en toute tranquillité.

Il appela la secrétaire.

– Céline, pouvez-vous me faire passer le dossier Robin ?

– Il est chez maître Chazal. Je vous l'apporte.

– Non, inutile. Vous n'avez qu'à vous mettre dans son bureau pour l'étudier, dit-il à la jeune femme. Il est en audience, vous avez le temps.

*

Elle s'absorba dans cette lecture pendant deux heures. Tête plongée dans les procès-verbaux, elle jetait de temps à autre quelques notes sur une feuille de papier, en prenant le soin de transcrire en rouge le numéro de la cote du passage qui l'intéressait. Outre les pièces de procédure, le dossier contenait les dépositions des témoins, les premières déclarations de Robin aux gendarmes, l'intégralité de son premier interrogatoire, le rapport médico-légal et le résultat des différentes investigations techniques. En quelques jours, le classeur avait déjà atteint un volume respectable.

Quand Chazal rentra d'audience, elle avait fini sa lecture et s'apprêtait à s'en aller. *Mais elle savait à présent...*

– Salut, Marie-Christine. Je suis laminé. Je sors d'une audience épouvantable. Un divorce. La cliente est la reine des empoisonneuses, et j'en arrive à comprendre son mari qui l'a plaquée...

– Je te plains. C'est une matière que je n'aime pas.

– Il faut bien vivre. Alors tu vas nous épauler, m'a dit le patron ? J'en suis ravi. Qu'en penses-tu ? lui demanda-t-il en désignant de la main le dossier qu'elle avait fini de reclasser.

Elle répondit de sa petite voix claire :

– Je pense que la police et le juge n'ont pas fait leur travail.

– Que veux-tu dire ?

Il était surpris.

– Les procès-verbaux contiennent finalement quelques détails qui disculpent Robin.

– Quoi donc ? J'ai lu deux fois le dossier, et je n'ai rien remarqué.

– Si tu le veux bien, nous en reparlerons plus tard, avec Dornier. Pour l'heure, c'est un peu tôt...

Elle rassembla ses notes, enfila son manteau et ses gants et s'en alla après avoir fait un clin d'œil à son collègue. Elle ne put saluer Dornier, déjà pris par un autre rendez-vous.

Chazal se replongea dans le dossier en soupirant. La nuit obscurcissait déjà les fenêtres de son bureau et son esprit fatigué. Il ne vit rien du tout.

Chapitre 15

Johnny et Stéphane

Johnny devina le flic à l'allure de l'homme en blouson de cuir qui gravissait l'escalier. Son instinct l'alerta : c'était un policier, avec les ennuis qui ne manqueraient pas de suivre. L'homme commit l'erreur d'hésiter une seconde, la main crispée sur la rampe de l'escalier, quand il vit Johnny sortir de sa chambre d'hôtel. Ce jeune ressemblait bien à la photo de celui qu'il recherchait. Johnny mit à profit cette seconde pour rentrer précipitamment dans la chambre dont il verrouilla la porte, en réveillant brutalement Rébecca qui sommeillait encore dans les draps.

– Les flics ! Je me tire… Rentre chez toi, je te retrouverai. Et ne leur dis rien !

Aussitôt, il poussa la table de la pièce contre la porte pour la bloquer. Rébecca se redressa sans comprendre.

– Quels flics ? Mais où vas-tu ? Peux-tu au moins m'expliquer ?

Le policier s'efforçait d'ouvrir la porte avec un passe en hurlant :

– Police ! Ouvrez cette porte. Il ne vous sera fait aucun mal. Ouvrez, ne faites pas l'idiot, je suis armé.

Heureusement, déjà habillé pour descendre, Johnny prit le paquet de fric qu'il avait planqué dans le tiroir de la table de nuit. Il ouvrit la fenêtre de la chambre et décida d'emprunter l'escalier de secours en tôle, qui descendait le long de la façade arrière de l'hôtel. Il sauta à pieds joints sur un palier et dévala les marches quatre à quatre, en se tenant à la rampe comme à une corde.

Finalement, il avait eu de la chance. S'il ne s'était pas préparé pour aller acheter un paquet de cigarettes à la réception, il se serait fait surprendre au lit par les flics…

Mais que lui voulaient-ils au juste ? Ils venaient probablement lui demander des comptes sur ce qui s'était passé l'autre nuit à Villecomte. Ce ne pouvait être que ça. Mais comment avaient-ils su que c'était lui ? Il n'avait pas laissé de traces. Quelqu'un l'avait vu, peut-être… ? Il laissait sans remords Rébecca derrière lui. Ils ne lui feraient rien parce qu'elle était mineure et qu'elle n'était au courant de rien.

Que faire maintenant ? Il irait se planquer dans les quartiers nord de Marseille. À une adresse sûre, il se cacherait quelques jours, le temps que les flics se lassent de le rechercher. Puis il s'enfuirait à l'étranger avec Rébecca. Mais jamais plus il ne se laisserait pincer. Il se l'était juré. Il ne supporterait pas l'enfermement : les foyers, les centres éducatifs renforcés, c'était toujours la même chose. Sa vie de jeune fauve ne pourrait que se briser contre les murs de quelque prison que ce soit.

Au bas de l'escalier, après avoir dévalé les sept étages, son élan fut stoppé net par un coup de poing énorme appliqué sur son plexus. Il s'effondra aussitôt par terre en suffoquant, incapable de se relever.

Le flic s'assit sur lui et le menotta par derrière, en lui tordant les bras.

– Tu nous prends pour des cons ? Tu crois qu'on n'avait pas pensé à l'escalier de secours ?

S'il n'avait pas eu si mal, il en aurait pleuré de rage. Il s'était fait avoir alors qu'il se croyait le plus malin ! Ils savaient tout, et son histoire finirait mal...

*

À la même heure, le brigadier Stéphane Lopez s'entraînait au tir dans les murs du stand de la police nationale. À travers le casque qui lui couvrait les oreilles, les détonations de son pistolet de dotation Sig Sauer 9 mm lui parvenaient assourdies, tandis qu'il faisait feu sur chacune des cinq cibles de carton qui s'alignaient, vingt-cinq mètres devant lui. Deux séries de trente coups à tirer en quelques dizaines de secondes sur chaque cible disparaissant et resurgissant à tour de rôle. Très en forme, il venait de réussir un nouveau score remarquable.

Il était seul, les postes de tir voisins étaient vides. Lopez était parmi les meilleurs tireurs au pistolet de toutes les forces de police de la région. Tout au moins dans la discipline du tir sportif proprement dit, appelé tir statique. Beaucoup de ses collègues lui préféraient le tir de mise en situation, ou tir de discernement, qui consistait à pénétrer dans les pièces d'une habitation reconstituée, d'où surgissaient au hasard des cibles à forme humaine qu'il fallait choisir d'abattre lorsqu'elles étaient armées, ou d'épargner au contraire quand elles figuraient des civils sans défense. Lopez jugeait cet exercice moins noble que le tir sportif, même si les tenants de la mise en situation prétendaient au contraire que la discipline était beaucoup plus adaptée à la pratique quotidienne du policier qui apprenait ainsi à ne faire feu qu'à bon escient.

L'année précédente, le brigadier Lopez s'était classé troisième, en catégorie individuelle, au challenge national de tir de vitesse à 25 mètres, juste derrière des policiers de Paris et de Lyon. Et la sélection à laquelle il appartenait, était arrivée deuxième au classement par équipe, ce qui lui avait valu les félicitations de ses supérieurs, trop contents de souligner « l'excellence de nos fonctionnaires de police ». Encouragé par sa hiérarchie, Lopez espérait encore faire mieux lors du prochain challenge inter-polices, et il mettait les bouchées doubles à l'entraînement. En plus de son service qui n'était en rien allégé, il allait trois à quatre fois par semaine brûler des cartouches de 22 long rifle, ou de 9 mm. Tout le monde se félicitait de ses performances, sauf sa petite amie restée seule pendant ce temps dans leur appartement, et qui aurait eu bien besoin de son aide pour en avancer l'aménagement.

Il rechargea son pistolet et guetta le signal sonore qui marquait le début d'une nouvelle série. Concentré, l'arme à bout de bras, il attendait que la cible surgisse, comme un duelliste attend que l'adversaire dégaine pour faire feu. Il lui semblait alors qu'une force, ou un instinct – mais n'était-ce pas plutôt un réflexe rodé par des centaines d'heures d'entraînement –, s'emparait de son arme, malgré lui, pour en aligner impeccablement le guidon et le cran de mire sur le noir de la cible, du premier coup, sans qu'il sût comment il avait fait, tandis que son doigt n'avait plus qu'à presser la détente. Lopez, en temps normal, ne ratait jamais sa cible...

Chapitre 16

Laurence

Baudry était retenu à son bureau, occupé à compulser les statistiques de la délinquance que Meunier compilerait ensuite dans son rapport annuel. Le procureur serait mécontent, une fois encore, car les agressions à main armée avaient augmenté de 18 pour cent, et les incendies criminels de près de 30 pour cent. Ces chiffres « blancs » ne tenaient compte que de la délinquance signalée par les victimes. Les chiffres « noirs » de la réalité étaient bien plus importants. Les homicides avaient doublé depuis la mort de Juliette Robin, qui avait pesé sur des statistiques faibles en matière criminelle. Baudry se tordait l'esprit pour mettre en forme les commentaires que le procureur ne manquerait pas de lui demander, illustrés de courbes et de pourcentages en couleurs. Comment présenter à nouveau ce qu'il avait déjà cent fois démontré, sans donner l'impression de se répéter ? Il avait toujours été meilleur à l'oral qu'à l'écrit. Pourquoi ce beau parleur était-il toujours à court d'expressions quand il fallait rédiger un rapport ? Pour chauffer son stylo un peu sec, il commença par le plus facile : *La petite délinquance dite d'incivilité s'est stabilisée depuis le mois de janvier, alors qu'elle s'accroissait encore, l'an dernier, à la même époque. Il faut y voir la conséquence du renforcement de la présence des forces de police dans les quartiers nord de la ville, redéploiement qui s'est effectué en étroite collaboration avec la municipalité qui a décidé de supprimer la desserte par autobus de ladite zone, après 20 heures.*

En clair, plus de flics et moins de bus ! Même si, à la suite de cette décision, c'étaient les patrouilles qui se faisaient caillasser maintenant. Il soupira d'aise quand la sonnerie de l'interphone vint l'arracher à sa corvée.

– Monsieur le commissaire, une femme veut vous voir. Laurence Mauvezin.

Il rugit, et le planton de l'accueil dut en sursauter à l'autre bout du fil.

– Qui ça ?

– Laurence Mauvezin. La sœur de Juliette Robin. Elle vient de se présenter spontanément sous ce nom.

– Je sais bien qui est Juliette Robin. Enfin, je veux dire Laurence Mauvezin. J'arrive. Ne la laissez surtout pas repartir.

Depuis une semaine que le juge d'instruction lui avait donné commission rogatoire pour l'interroger, il désespérait de mettre la main sur cette fille de l'air. Elle avait soi-disant disparu au cœur du Kenya, pour un trek avec son mari. Et la voici qui resurgissait ici ! Il alla la chercher à l'accueil, impatient de voir sa tête. Il eut un choc quand il la découvrit. Elle faisait les cent pas dans le hall, vêtue d'un manteau de cuir aussi luisant que du bitume mouillé. De loin, elle avait toujours belle allure. Sa silhouette était la même que celle de Juliette. La ressemblance était frappante. Cette belle grande femme de quarante-cinq ans portait bien son âge, voire un peu plus. D'une élégance un peu vulgaire, elle portait une jupe courte sur des bottes de cuir à talons hauts. Un bustier de résille soulignait une poitrine probablement refaite. Par orgueil ou coquetterie, elle n'avait pas choisi de teindre ses cheveux gris qui étaient coiffés en un carré court. *Pas mal, mais un peu putassière*, se dit Baudry in petto. Sa femme aurait immédiatement détesté cette créature, mais lui n'était pas insensible à ce style un peu tapageur. *Mais pourquoi se maquille-t-elle à la truelle ? Elle a une maladie de peau, ou quoi ?* Il ne voyait que son profil gauche qui ressemblerait vite à celui de sa mère qu'il avait aperçue aux obsèques de Juliette. En entendant les pas du policier, elle s'était retournée, montrant un visage ravagé que de larges lunettes fumées ne suffisaient pas à masquer.

Laurence était littéralement défigurée. Une large cicatrice violine lui boursouflait la joue, jusqu'à la tempe. La pommette était enfoncée, déformée comme sous les coups d'un marteau. Et elle avait un trou dans la mâchoire qui avait sans doute été reconstituée. Le visage de cette *gueule cassée* était insupportable à soutenir longtemps, obligeant à baisser les yeux. L'excès de fond de teint ne suffisait pas à cacher des traits monstrueux. Et sous les verres teintés, il lui sembla que l'œil avait été atteint lui aussi.

Il s'était figé à deux mètres d'elle, interdit. Mais elle alla au-devant de lui, habituée à dépasser la gêne qu'elle provoquait chez ses interlocuteurs.

– Commissaire Baudry ?

La voix était voilée comme celle d'une grande fumeuse.

– Je vous en prie, madame, venez…

Il s'effaça devant elle. De dos, elle était encore très désirable sous son manteau de cuir. Mais qu'elle se retournât et le désir se changeait en répulsion. Dans la rue, elle devait attirer les regards des hommes qui commençaient à se fixer sur elle, par intérêt d'abord, avant de s'en détourner horrifiés. Elle ôta son pardessus de cuir, garda ses lunettes et s'assit sur un siège qu'il tira devant son bureau. Elle croisa assez haut des jambes encore belles.

– Je peux fumer ?

– Naturellement, répondit Baudry qui avait horreur de l'odeur du tabac, mais n'osait pas refuser, impressionné par cette créature étrange. En guise de cendrier improvisé, il lui tendit une coupelle à trombones dont il renversa le contenu sur son bureau. Elle posa le récipient sur l'accoudoir de son fauteuil, alluma une cigarette et attendit qu'il prenne la parole. Il bredouilla avec gêne :

– Madame, je vous remercie d'avoir bien voulu répondre à notre convocation. Vous savez que le juge Tricard, en charge de l'information ouverte après le décès de votre sœur…, d'ailleurs à ce propos, je vous présente mes plus sincères condoléances, je m'excuse d'avoir oublié de le faire ! Eh bien, le juge Tricard souhaite que je recueille votre témoignage…

– Oui. Je suis désolée de ne pas m'être manifestée plus tôt. J'étais bloquée en Afrique avec mon mari. Il a fallu trois jours pour que la nouvelle me parvienne. Et j'ai attendu trois autres jours à Nairobi avant qu'un avion puisse m'embarquer et me ramener. Je n'ai pu arriver à temps pour l'enterrement de ma sœur.

La parole était facile, assurée même. Et elle le regardait droit dans les yeux, sans baisser la tête, sans chercher à cacher la part honteuse de son visage. Visiblement, elle assumait. Elle avait du cran, et n'avait pas renoncé à cette féminité agressive qui avait dû faire des ravages dans le passé. Elle continua :

– Il est vrai que je ne la voyais plus guère. Mais ce n'est pas une raison. Je suis horrifiée par ce qui s'est passé. Qui a pu faire cela, commissaire ? On m'a dit que le juge avait mis Pierre Robin en examen...

C'est elle qui pose les questions, à présent, soupira Baudry.

– C'est exact, madame, des charges pèsent sur lui, mais ce n'est là qu'une des hypothèses de l'enquête en cours. En réalité, nous ne savons pas grand-chose encore...

– Franchement, cela m'étonnerait beaucoup que ce soit lui.

Elle avait parlé spontanément. La curiosité de Baudry fut aussitôt attisée.

– Pourquoi cela ? Parlez-moi de Pierre Robin. Quand l'avez-vous rencontré ? Permettez que je prenne votre déposition en note. Je l'enverrai ensuite au juge qui la versera aux débats.

– Bien sûr. Je n'ai rien à cacher. Même si tout ceci remonte à bien longtemps... Non pas que je sois si vieille, commissaire, ajouta-t-elle en souriant. Mais quand je l'ai connu, je devais avoir à peine dix-huit ans...

Baudry appela l'un de ses hommes par l'interphone, pour qu'il vienne taper la déposition de Laurence sur un ordinateur portable. Villiers entra dans la pièce et baissa aussitôt les yeux en découvrant le visage de la femme. Il se réfugia dans un coin du bureau, l'ordinateur sur les genoux. On entendait à peine le bruissement du clavier qu'il effleurait de ses doigts habiles.

– Je l'ai connu à la fac, il y a vingt-cinq ans. Nous appartenions à la même bande de copains. Il était amoureux de moi. Mais... je ne le lui rendais guère. Il me tournait autour, comme beaucoup d'autres à l'époque.

Elle sourit au souvenir d'un passé qui avait sans doute été joyeux.

– Il n'était pas laid. Mais comment vous dire ? C'était un garçon terne, besogneux, un peu boy-scout... Gauche et sans relief comme un notaire de province. Un peu ennuyeux aussi et sans personnalité ! Nos chemins se sont séparés à la fin de nos études. À la fin des siennes, plus exactement, car je n'ai jamais achevé les miennes ! Je me suis beaucoup amusée... Puis je me suis mariée, passée la trentaine. Ce n'est pas ce que j'ai fait de mieux ! Mes copains s'étaient tous casés, peu à peu. La peur de finir seule ou le poids du conformisme, je ne sais plus, m'ont décidée à choisir, plutôt mal ! Mais vous connaissez certainement l'histoire qui a fini par un divorce conflictuel.

Il fit un signe d'approbation, n'osant interrompre les confidences de peur d'en briser le fil. Précaution inutile, d'ailleurs. Dans les interrogatoires, il était confronté à deux sortes d'individus : ceux auxquels il fallait tirer les vers du nez, et ceux qui se répandaient au contraire, et dont il fallait canaliser le débit. Mais Laurence était la cliente idéale, car elle allait directement au cœur du problème. Il commençait même à éprouver de la sympathie pour elle.

– J'avais besoin d'un avocat. Pierre Robin avait excellente réputation. Je suis allée le trouver. Il ne s'était pas marié. Je crains d'avoir été malgré moi la cause de ce célibat. On ne peut imaginer à quel point il semblait encore amoureux, dix ans après. Je ne l'avais pas revu beaucoup, pourtant, depuis la période de la fac. On se croisait une fois ou deux l'an, chez des relations communes, sans chercher à s'éviter. Et j'avais remarqué qu'il me faisait toujours les mêmes yeux de « merlan frit », mais de là à imaginer la force et la durée d'un tel sentiment chez un homme fait..., me faisait... pitié. Il m'a toujours fait un peu pitié, d'ailleurs. Je n'ai jamais pris sa personnalité au sérieux. Sauf pour ce qui concernait son travail...

Elle rejetait sans cesse ses cheveux en arrière d'un coup de tête, en un geste mille fois étudié depuis le fond de son adolescence. Il se demanda si son nouveau mari avait pu s'habituer à sa gueule cassée. *Peut-être ne la remarquait-il plus à force de la voir chaque jour ?*

– ...Je lui ai donc confié mon divorce. Il a fait preuve d'un zèle extraordinaire. Il m'a bien défendue. C'est le seul point sur lequel il ne m'a jamais déçue. Et puis...

Elle alluma une nouvelle cigarette, en tira quelques bouffées, mais ne reprit pas la parole tout de suite. Elle le regardait de son œil valide. L'autre devait être aveugle, car il ne bougeait pas comme le premier. Baudry, lui, s'efforçait de la regarder en face, bravement. Mais troublé par cette discordance, son propre regard allait de l'un à l'autre de ses yeux, sans savoir sur lequel s'arrêter. *Que lui était-il arrivé ? Un accident de la route ? Un coup de revolver ? Un suicide raté ? Cela devait être récent, car avec ces stigmates, elle n'aurait jamais pu harponner tant d'hommes dans sa jeunesse.* Il la regarda longuement et calmement. Il

avait dû passer honorablement l'examen,
car elle revint à ses confidences :

– ...Il était amoureux, pressant, très
gentil... Trop gentil. J'étais déboussolée,
habitée par le doute, dépressive... Et je lui
ai cédé. À dire vrai, plus par pitié que par
envie. Il avait le mérite d'être présent,
sous la main. C'est tout... Mais je ne l'ai
jamais aimé. Et le malentendu entre nous
fut énorme, car il était raide dingue de
moi, et croyait que c'était enfin arrivé ! Il
voulait faire sa vie avec moi... alors que
moi, je n'en voulais pas. Qui en aurait
voulu, d'ailleurs ? Il était triste comme un
dimanche de carême, toujours à ses dossiers. Jaloux comme un tigre, il voulait
m'enfermer, m'interdire toute fréquenta-
tion, me faire même des enfants... Je suis
désolée, commissaire, mais sincèrement,
je déteste les enfants. Bref, au bout de
quelques semaines, ayant réalisé mon
erreur, je me suis sauvée à toutes
jambes... Et c'est là que l'enfer a commencé !

– L'enfer ?

– Il n'avait pas admis que je le quitte. Ce
gentil garçon est devenu féroce, violent
même. Il m'aurait battue... Il m'a harcelée
sans relâche. Coups de téléphone en

pleine nuit, scènes en public, courriers incessants... Des lettres de dix pages que je balançais sans même les ouvrir. Il essayait même de forcer la porte de l'appartement de mes parents où je m'étais réfugiée. Il me suivait dans la rue. Un fou !...

Elle alluma une nouvelle cigarette. *La troisième*, compta Baudry.

– ...J'ai changé de région et j'ai changé de vie, pour lui échapper. Je suis partie dans le Midi, puis en Italie où il a perdu ma trace. Mais il continuait à m'abreuver de courriels que j'effaçais sans les lire. J'ai fini par le rétrograder au rang des expéditeurs indésirables : ma messagerie rejetait automatiquement tous ses envois sans qu'ils apparaissent même sur mon écran... Et il a dû se lasser, puisqu'il a fini par se marier avec ma sœur Juliette. Je ne les ai jamais fréquentés tous les deux. Je ne l'ai plus revu, lui, depuis cinq ans. Quant à ma sœur, j'ai dû la croiser deux ou trois fois, quand j'allais voir mes parents, en coup de vent. Je suis en froid avec eux. Et je n'étais déjà pas très liée avec Juliette, l'écart d'âge était trop important...

Elle se ravisa, comme si elle avait dit une incongruité, et lâcha un sanglot.

– ...Tout de même... C'était ma petite sœur, et j'ai été bouleversée par cette mort affreuse. Qui a pu commettre ce crime ?

Il ne répondit pas. Il réfléchissait. Elle n'avait pas de lien direct avec le crime, mais pouvait-elle en avoir été la cause indirecte ? Que faisait-elle aujourd'hui ?

– Madame, puis-je vous demander quelle est votre situation actuelle ?

– J'ai quitté la région, il y a cinq ans. J'ai déménagé à deux ou trois reprises, au gré de mes amours. Aujourd'hui, j'habite Milan où je suis mariée à un médecin italien. Oui, je me suis remariée... Avant ça, dit-elle en désignant le côté mutilé de son visage.

C'était la première fois qu'elle faisait allusion à sa blessure. Le tabou était rompu et Baudry put enfin poser la question qui lui brûlait les lèvres.

– Puis-je vous demander comment...

Il ne trouvait plus ses mots, et elle le laissait patauger.

– ...comment..., enfin..., ce qui vous est arrivé ?

– Un accident de la route, commissaire, un banal accident de la route...

Sa voix se posa et se fit plus grave encore.

– ...Vos collègues italiens ne vous ont rien dit ? J'imagine qu'ils possèdent bien un dossier sur moi, quelque part...

– Non, je suis désolé, je ne savais pas...

– Une collision frontale au petit matin. Un chauffard ivre qui a franchi une ligne blanche pour déboîter en haut d'une côte... Son camion a percuté ma voiture... Ma belle-sœur est morte sur le coup. J'ai eu plus de chance, ou moins de chance, c'est selon... Mon visage a explosé sur le tableau de bord qui a reculé sous le choc. L'airbag n'a pas fonctionné. Le chauffard n'a pas eu une égratignure.

Elle s'interrompit pour allumer une nouvelle cigarette. Elle fumait certainement trop, mais que pouvait-il lui arriver de plus grave désormais ?

– Je m'excuse, ce n'est pas un souvenir facile à évoquer. Je ne me souviens pas de l'accident lui-même ; le traumatisme crânien a effacé de ma mémoire les instants qui ont précédé le choc. Je me suis réveillée dans un hôpital... Je n'avais plus de mâchoire, plus de maxillaire... Le pariétal, l'orbite défoncés. Et le calvaire n'a fait que commencer. Huit opérations.

Des greffes de peau. Des rejets. Une septi-
cémie... Je vous passe les détails techniques, commissaire. J'ai été reconstruite,
le résultat est très imparfait... mais je ne
pouvais espérer mieux. La chirurgie plastique a ses limites. On n'y touche plus,
cela ne sert plus à rien... et de toute façon,
je ne veux plus maintenant... Baste ! J'ai
appris à vivre avec ma gueule cassée...
Mais c'est encore très douloureux. À ses
heures, cette saloperie me fait souffrir
comme une damnée... Des névralgies
épouvantables !

Plus elle évoquait ses blessures, et plus
son langage se faisait cru. La douleur la
mettait à nu, elle n'avait plus besoin de
paraître, le masque était tombé !

– Mais le pire, vous vous en doutez, c'est
le regard des autres. L'horreur surprise
dans le regard de tous ces cons... Pour
une femme qui était jolie, croyez-moi,
cette situation est une crucifixion... Je n'ai
plus d'amis, je n'en ai jamais eu beaucoup,
j'avais surtout des amoureux. Il ne m'en
reste que des souvenirs. Heureusement,
dans mon malheur, mon mari est resté...
Il faut dire qu'il est handicapé lui aussi,
cloué sur une chaise roulante.

Le front de Baudry devait être transparent, car elle y lisait ses pensées à livre ouvert. Elle sourit.

– Je sais ce que vous pensez, commissaire. Une jolie femme met le grappin sur un homme plein de fric. Un débris qu'elle espérait dépouiller en abusant de sa faiblesse. Et la voilà qui se retrouve débris à son tour. Au final, elle est bien contente qu'il ne la jette pas. Deux débris qui se consolent et que leur solitude contraint à s'aimer par solidarité.

Il bredouilla vaguement quelque chose, gêné qu'elle ait deviné ses pensées aussi facilement. Elle se fit provocante.

– Savez-vous qu'on peut encore avoir une sexualité quand on est handicapé, commissaire ? J'ai toujours des rapports avec mon mari. Il me donne beaucoup de plaisir... C'est le seul homme que je ne dégoûte pas. Ce sera mon dernier homme, d'ailleurs...

D'un geste, il l'arrêta à temps sur la pente des confidences conjugales. Baudry était un flic pudique. Il fit signe à Villiers de ne pas noter les dernières phrases. Puis il se hâta d'aborder un nouveau sujet :

– Pierre Robin était-il au courant de... votre état ?

– Je ne crois pas. Mon père et ma mère n'ont su qu'après coup. Mais depuis l'accident, il y a un an et demi, je me suis refusée à les revoir. Et je leur ai interdit d'en parler à ma sœur, Juliette, qui n'aura donc pu mettre Pierre au courant.

Il faudra que je vérifie auprès des parents. Tricard se fera un plaisir d'interroger la duègne.

– J'ai encore une question. Pensez-vous que Pierre Robin ait pu assassiner votre sœur ?

– Parce que dans la police, vous en êtes réduits à demander leur avis aux suspects ? Car je suis suspecte, n'est-ce pas ?

– Non, madame, vous êtes témoin. Il y a une nuance. Les suspects sont mis en examen par un juge d'instruction. Les témoins sont seulement entendus. Personne ne vous reproche d'avoir tuée votre sœur. Mais répondez à ma question, je vous prie.

Elle serrait le cendrier improvisé dans sa main droite. Ses ongles longs étaient maquillés en bordeaux. Ses mains étaient belles même si le soleil les avait tavelées. Elle expira la fumée de sa cigarette en un long jet qu'elle dirigea vers le plafond. Les yeux de Baudry commençaient à lui piquer.

Ce soir, sa femme lui ferait sûrement une scène. *Tu empestes le tabac froid, c'est infect.* Il en prenait par avance son parti.

– Sincèrement, je dirais que Pierre peut être violent... Il m'a fait peur parfois, notamment au moment de notre séparation, quand il me suivait... En fait, ce n'est pas lui qui me faisait peur, c'est plutôt la violence de ses sentiments qui m'effrayait... Lui ne m'aurait pas fait de mal. Mais rien ne devait entraver sa passion... Et c'est là qu'il aurait pu être dangereux... Comment vous expliquer ? Je ne suis pas très claire, je le crains. Je veux dire que personne n'aurait pu se mettre entre lui et moi... Il aurait pu casser la figure à mon nouveau compagnon, j'en suis sûre. C'est la raison pour laquelle j'ai changé d'air... Mais moi, non, il ne m'aurait jamais frappée de sang-froid.

Baudry lui posa la question qui serait venue à l'esprit de Tricard.

– Pierre Robin aurait-il pu tuer sa femme, si elle avait représenté un obstacle pour lui dans son désir fou de vous reconquérir ?

– Me reconquérir ? Vous pensez qu'il m'aimait encore... Qu'il m'aime encore... Ce serait incroyable tout de même...

– Mais ce n'est pas impossible... Je ne peux vous en dire plus..., il a continué à vous écrire des lettres... La dernière a moins de trois mois.

– C'est fou..., il ne s'est donc pas arrêté, pendant tout ce temps...

Il ne savait pas si elle était flattée ou bien attristée par une telle persévérance. Il répéta sa question.

– Quel obstacle ?, lui répondit-elle. S'il était marié, il n'avait qu'à divorcer, non ? Ce sont des choses qui se font très bien de nos jours...

– Bien sûr. Mais disons que Juliette aurait pu représenter un obstacle... moral.

– Je ne vous suis pas.

Il inspira profondément et tenta de formuler sa pensée aussi précisément que possible.

– Eh bien, le fait de briser la vie de votre sœur, en la quittant, l'aurait rendu odieux à vos yeux, et lui aurait ôté toutes chances de succès auprès de vous...

Ouf ! Tricard ne s'en serait pas mieux sorti. Pourvu que Villiers ait bien noté la question.

– C'est bien compliqué, commissaire. Quand on aime, on ne s'embarrasse pas de tels calculs. Sur un signe de moi, il aurait tout plaqué pour me rejoindre, en se moquant du reste. Ma sœur, ou une autre... Vous ne croyez pas ? Et cela aurait été la même chose pour moi...

Bien sûr, elle avait raison. Mais Baudry ne voulait pas en rabattre, car c'était le seul mobile qui pouvait apparemment expliquer le crime de Robin, dans l'hypothèse où il était l'assassin : se débarrasser de Juliette pour retrouver Laurence. À défaut d'obtenir une réponse à cette question, Tricard ne manquerait pas de la reposer, en lui reprochant de ne pas avoir fait son boulot.

– Juliette abandonnée, tout espoir lui était défendu. Juliette morte, il lui était permis de rêver...

– Mais enfin, qui vous dit que ma sœur l'aimait et qu'elle aurait souffert de leur rupture ? Il me semble au contraire que leur couple battait de l'aile, et qu'elle avait consulté un des confrères de Pierre Robin pour envisager un divorce, il y a quelques mois... Je me souviens que ma mère m'en avait touché un mot, au téléphone. Je crois que c'était un certain Dornier qui avait été saisi...

Baudry en resta abasourdi et stupéfait. Décidément, depuis le début de l'enquête, il avait l'impression de remonter au grand jour une vérité tapie au fond d'eaux troubles, comme un pêcheur hâle son filet. Il en avait mal aux bras à force de tirer ; il était aussi très las de ces personnages qui s'ingéniaient à cacher leur petite vérité dans leur coin. Dornier aurait pu le lui dire tout de même.

– Je vérifierai auprès de l'intéressé. Avez-vous quelque chose d'autre à déclarer ?

– Oh, peut-être, mais je ne sais pas s'il y a un rapport...

– Quoi donc ?

– C'était un mois avant mon accident environ. J'ai été agressée chez moi par un cambrioleur.

– Je note vos propos, mais je ne suis pas persuadé que ces faits aient un rapport avec le crime.

– Je disais ça à tout hasard, commissaire.

Il conclut l'entretien en lui demandant de relire soigneusement sa déposition et d'en signer chaque page. Elle n'en lut pas une ligne et se leva pour s'en aller.

– Vous demeurez chez vos parents ?

– Oui, pour deux jours. Si vous n'y voyez pas d'inconvénient, je rentrerai très vite en Italie. Je me recueillerai sur la tombe de ma sœur, mais je n'ai plus rien à faire ici... Je prendrai le train, je ne conduis plus.

Chapitre 17

« Herbert » ?

Chazal était assis dans le bureau de Dornier, en face de son patron, et tous deux discutaient de l'enquête, en relisant les déclarations des protagonistes.

La semaine avait été longue et difficile pour Dornier. Son travail lui pesait, pris au quotidien entre les mille soucis de l'Ordre et ses dossiers qui s'entassaient sur la table de verre, parce qu'il n'avait plus le temps de les traiter. Il lui fallait jongler avec les sollicitations de tous ses clients qui lui mangeaient son temps. Son carnet de rendez-vous était plein jusqu'à vingt heures, chaque soir. Inquiet pour Robin qui s'abîmait dans la dépression, il lui avait rendu visite, le matin même, dans le studio où il avait trouvé refuge. Depuis sa mise en examen, l'homme se laissait aller et passait ses journées enfermé, abruti par les calmants dont il se gavait du matin au soir. Robin ne lui était d'aucune aide dans la préparation de sa défense, et c'est à peine s'il consentait à répondre à ses questions. Il se laissait couler, las de vivre sans doute. Si sa collaboratrice avait cessé de le ravitailler, se serait-il seulement nourri ? Tricard ne tarderait pas à le faire encager, certes à titre provisoire, dans l'attente d'un procès qui serait long à venir. Il ne l'avait laissé dehors que pour mieux guetter la faute de la proie qui finirait par se trahir un jour ou l'autre. Comment supporterait-il l'enfermement de la maison d'arrêt ? Et la promiscuité avec des délinquants qu'il avait peut-être défendus dans le passé ? Même au quartier des V.I.P., il sombrerait dans le désespoir...

Seule consolation du moment, un beau soleil de novembre inondait et chauffait la pièce. Dornier ne se lassait pas de regarder les feuilles dorées des arbres qui bordaient son immeuble et tendaient leurs branches jusqu'à la fenêtre. Avec un peu de chance, le beau temps se maintiendrait jusqu'au samedi, et il pourrait enfourcher son vélo. Si seulement il avait pu tout plaquer, pour une heure ou deux, et y aller dès maintenant. Mais non, ces maudits rendez-vous l'attendaient dans la salle d'attente, et sa secrétaire ne le laisserait jamais s'échapper. Quel métier... !

Il relut rapidement l'audition de Laurence dont Chazal était allé chercher la copie au greffe.

– C'est clair, Laurence avait bien coupé les ponts. Elle ne recevait pas ses messages, et n'a jamais cherché à le revoir, bien au contraire. Je mets de côté sa blessure... C'est le premier enseignement à en tirer. Robin n'avait donc aucun motif de tuer Juliette pour se remettre avec Laurence. Tricard fait fausse route. C'est le deuxième enseignement.

Il comptait méthodiquement sur ses doigts pour mettre de l'ordre dans ses idées, tandis que Chazal piaffait d'impatience en l'écoutant.

– Enfin, Robin s'est peut-être monté la tête tout seul, en imaginant qu'il pourrait récupérer Laurence.

– Ce qui prouve qu'il ne l'a plus sa tête, coupa Chazal, excédé par la lenteur de Dornier.

– Le juge a ordonné une expertise psychiatrique...

– Comme dans tout dossier criminel.

– Mais s'il est vraiment malade, rien n'exclut qu'il ait imaginé que Juliette constituait un obstacle et qu'il fallait la supprimer... Bref, on n'est pas plus avancés, le serpent se mord la queue.

Perplexe, il se tourna vers ses fenêtres. *Quel temps idéal... C'est un crime de ne pas en profiter et de rester enfermé.* Puis il revint à Chazal qui guettait son patron, pour se lancer :

– Patron, je suis convaincu que cette déposition innocente définitivement Robin. Il n'est pas fou, il n'est que dépressif. Il n'avait aucun motif de tuer sa femme, même s'il ne l'aimait pas. De toute façon, fou ou pas, Laurence a bien résumé son état d'esprit : s'il avait voulu la rejoindre, il aurait tout jeté aux orties sans état d'âme, son métier, sa femme, sa maison. Et s'il ne l'a pas fait, c'est qu'il ne le voulait pas, ou ne le voulait plus. Il avait cessé de l'aimer sans doute, car sinon, il l'aurait retrouvée... avec un bon détective privé ! Il faut chercher une autre piste.

Les mots trop longtemps contenus se bousculaient dans sa bouche. Dornier le regarda, avec amusement tout d'abord, puis avec intérêt. Qu'avait encore trouvé ce mordu de logique ? Chazal était pugnace comme un vrai chien de chasse. Quand il lui fourrait un dossier entre les mains, le jeune homme ne le lâchait pas tant qu'il n'avait pas trouvé l'argument ou la faille qui lui permettraient de confondre l'adversaire.

– J'évacue aussi la correspondance à sens unique. C'était un journal intime, une catharsis, comme vous l'avez très bien expliqué. L'homme est peu bavard et, comme tous les taiseux, il préfère se confier au papier. Exit Pierre Robin criminel, la vérité est ailleurs... Vous ne croyez pas, patron ?

– Continue, j'ai l'impression que tu as mijoté une théorie. Vas-y, de toute façon, mon rendez-vous est en retard. Mais n'en oublie pas de respirer pour autant.

– Je suis frappé par cette mutilation du visage. J'ai fait le rapprochement avec Clémence Dupuis.

– Clémence Dupuis ?

– Oui, vous savez, la petite suppliciée de Saint-Martin, dont vous m'avez parlé l'autre jour. J'ai potassé le dossier que j'ai exhumé des archives. Vous avez mis dans le mille, patron... C'est incroyable comme les ressemblances entre les deux crimes vont bien au-delà de ce qu'il y paraît au premier abord.

– Oui, elles ont été toutes deux éventrées. Et alors ?

– Ce n'est pas seulement cela, patron. Les règles du théâtre classique sont respectées. Unité d'action : vous venez de le dire, elles ont été éventrées toutes les deux ; même absence de mobile apparent, elles n'ont pas été violées. Unité de lieu : il y a moins de quinze kilomètres entre Villecomte et Saint-Martin ; elles ont été tuées à leur domicile, ou à quelques dizaines de mètres de chez elle pour la petite Clémence. Unité de temps : l'agression s'est déroulée au petit matin. Surtout s'impose la même volonté d'effacer les traits du visage. En effet, celui de Clémence n'était plus qu'une bouillie de chair et d'os éclatés, d'après le rapport d'autopsie. Elles ont été chacune défigurées à coups de couteau pour l'une, et à coups de marteau pour l'autre... Alors, je me suis fait la réflexion...

– ...Que c'était peut-être le même homme qui avait frappé les deux femmes ? termina Dornier. Oh là, comme tu y vas. Tu t'enflammes ! Crois-tu vraiment aux tueurs en série ? Pas ici, pas chez nous... Il ne s'y passe jamais rien d'extraordinaire.

– Ah non ? Relisez vos archives, patron. Le taux de criminalité de la région est supérieur à la moyenne nationale. Alors même que le département est à dominante rurale et qu'on tue moins à la campagne qu'à la ville. Demandez ses statistiques au procureur.

– D'accord. Pour citer Brassens, « *Nous au village aussi, l'on a de beaux assassinats* ». Mais il s'agit de crimes élucidés pour la plupart, qui n'ont pas de rapport avec les meurtres de Clémence et de Juliette.

– Naturellement, je ne dis pas qu'un seul homme soit l'auteur de tous les assassinats perpétrés dans la région depuis la guerre. Mais pour Clémence et Juliette, l'évidence crève les yeux. C'est la même signature !

– La même signature ?

– J'y viens, si vous me permettez quelques explications, patron. Je me suis documenté sur la question, depuis deux jours, j'ai même potassé tout ce que j'ai trouvé sur internet. Pour résumer, les tueurs obéissent à une logique. Soit ils se déplacent, ils repèrent une proie au hasard de leur errance ; ils changent ensuite de ville ou de région, sitôt le crime perpétré. Soit ils sont sédentaires et opèrent sur un périmètre restreint, en ville ou à la campagne.

– Bon, j'accepte de te suivre sur ce terrain. Supposons que nous ayons affaire à un tueur en série. Tiens, donnons-lui un nom, pour la commodité de l'exposé... Au hasard...

Il jeta un œil sur le dossier posé devant lui. Sa secrétaire y avait inscrit, en belles lettres rondes, les mots suivants : *Herbert contre sa femme*. Un divorce !

– « Herbert », par exemple... Un divorce sanglant...

Chazal tapa aussitôt le prénom sur son téléphone et lança le moteur de recherche. C'était une manie chez lui. À la moindre interrogation, il tapotait sur son clavier pour interroger la machine avec la plus grande dévotion, comme un prêtre eût consulté un oracle. Il en revenait toujours avec une réponse irréfutable, car il accordait un crédit sans limite à son ordinateur. Pourquoi tout ce qui en résultait était-il assorti d'une présomption irréfragable de vérité ? Ce réflexe, si répandu parmi la jeune génération, avait le don d'horripiler Dornier qui se voulait homme de réflexion, et ne se fiait qu'au papier. Il aimait trouver les réponses en lui-même, plutôt que dans une base de données parfaitement brute de réflexion. Mais la rapidité de la réponse le bluffait tout de même.

– Gagné, patron. Nous avons un « Herbert », au chapitre des tueurs en série. Et c'est du lourd...

– Passe-moi les détails. Je te promets que je ne l'ai pas fait exprès... Va pour « Herbert », donc, tueur en série local. Mais je ne suis pas complètement d'accord avec toi pour Clémence et Juliette. Le *modus operandi* n'est pas le même. La première a eu le crâne défoncé, et la seconde a été étranglée.

– Peu importe la façon de s'y prendre. Elle varie selon les circonstances. Mais comme je vous le disais, la signature est la plus importante, car elle, elle ne varie pas. La signature, c'est le rituel de l'assassin, en quelque sorte. Le geste apparemment gratuit mais symbolique dans lequel il puise sa jouissance. Tantôt un viol post mortem, une éventration ou un acte de cannibalisme. Parfois quelque chose de plus anodin. Ce rite revient dans chaque meurtre et permet de les attribuer à un auteur unique.

– Donc, dans notre cas, la signature serait la mutilation du visage ? Non pas le meurtre lui-même ou l'éventration, qui seraient secondaires, si je te suis.

– Oui, il les défigure. Il ne supporte pas leurs traits. Ces tueurs ne sont pas des psychotiques ou des cinglés qui obéissent à des voix. Plutôt des psychopathes.

– Je t'avouerais que je n'ai jamais bien saisi la différence.

– Le psychopathe est un individu en apparence normal qui tue, torture ou mutile, parce que cela le fait jouir. Il peut avoir une famille, une façade sociale, qui le rendent insoupçonnable. Mais c'est souvent un raté, un frustré qui s'arroge secrètement le droit de vie ou de mort, et qui est dépourvu de toute compassion pour sa victime. Notre « Herbert », ce qu'il aime, c'est martyriser des visages. Ou plutôt, les *anéantir*. Son geste va au-delà de la simple mutilation. Il les efface, il les écrase, au sens physique comme au sens figuré. Vous savez, comme on écrase un fichier informatique, c'est-à-dire qu'on le fait disparaître, on le gomme. En anglais, le mot se dit « erase ».

– Dis donc, c'est du Lacan dans le texte... De quoi se venge-t-il, alors ton écraseur, si c'est un psychopathe ?

– Difficile de vous répondre par des généralités. La cause peut être enfouie dans son enfance, ou son adolescence. C'est peut-être une gueule cassée, un type défiguré qui impose aux femmes ce qu'il a subi. Ou un type très laid qui se venge des femmes qui le dédaignent. Juliette était très typée. Une beauté froide, dominatrice. Une bourgeoise arrogante peut symboliser l'archétype de la femme qu'il déteste, parce qu'elle est intouchable pour lui.

– Objection, votre honneur. Clémence Dupuis appartenait plutôt à la catégorie des petits oiseaux maigres. Tu as vu le dossier et la photographie. Ce n'était pas Belle de jour...

– Oui, je dirais même qu'elle était tout le contraire de Juliette. Une petite Cosette attardée. Mais justement, peut-être était-ce son galop d'essai ? Le passage à l'acte était plus facile sur cette petite créature que sur une femme hors d'atteinte comme Juliette. Peut-être avait-il besoin de se prouver qu'il était capable de tuer ? Il s'en est pris à une proie secondaire, dérisoire, avant de s'attaquer à son archétype.

– Ce n'est pas idiot, mais justement, voici la pierre d'achoppement. L'affaire de

Saint-Martin remonte à sept ans... Supposons que ton « Herbert » ait bien assassiné la petite Clémence Dupuis, puis Juliette Robin, sept ans plus tard. Qu'a-t-il fait pendant ces sept années ? Pourquoi a-t-il attendu si longtemps avant de récidiver ? Cela devait être effectivement beaucoup plus facile la seconde fois.

– D'après les articles que j'ai consultés, la récidive peut prendre plusieurs années. Le tueur doit digérer son crime avant de recommencer. C'est plus une question de désir que d'occasion. Mais je vous accorde que ce délai de sept années paraît anormalement long... Maintenant, qui nous dit qu'il n'a pas frappé entre ces deux meurtres, et qu'un troisième ou quatrième crime n'est pas resté impuni ?

– Baudry a recherché en vain la trace d'autres mutilations, ou effacements de ce genre...

– Je ne prétends pas résoudre toutes les équations de ce dossier. Et si l'on cherchait du côté des disparues ? Vous savez bien que nous ne sommes pas épargnés par le phénomène des disparitions de femmes. La jeune fille de l'A5 ? Vous vous souvenez, cette étudiante allemande qui faisait du stop sur une aire de l'autoroute, l'an dernier ? Elle monte dans une voiture, et crac..., personne ne la reverra jamais. La serveuse du bar de nuit qui s'est évanouie sans laisser de trace... ? Et d'autres encore, dans une zone de quelques kilomètres rappelant vaguement un triangle isocèle. La presse locale nous ressert le plat réchauffé du *triangle des Bermudes* ou du *triangle maudit*, chaque fois qu'une femme est portée manquante dans la région.

– Bien souvent, ce sont des fugueuses qui disparaissent subitement pour refaire leur vie ailleurs.

– Peut-être, mais c'est loin d'être le cas de toutes ! Elles ne sont pas forcément malheureuses en ménage... Certaines avaient même des enfants... Que Baudry consulte le fichier des personnes disparues...

– Mais si certaines de ces femmes ont croisé le chemin d'« Herbert », pourquoi n'a-t-on pas retrouvé leur corps, comme ceux de Clémence et de Juliette ? Pourquoi les aurait-il cachés ?

– Peut-être n'a-t-il pas eu le temps de les dissimuler, dans ces deux affaires ? Est-ce qu'il brouille les pistes ? Je n'en sais rien, patron, tout ceci est encore très vague dans ma tête.

– Tu aurais dû être profileur ou policier, tu sais ! À propos, la petite Luce s'est-elle expliquée sur ce qu'elle t'a dit l'autre jour ? Cette pièce qui innocenterait Robin ?

– Non, elle n'a rien voulu me dire. Vous devriez la convoquer pour la cuisiner.

– À quel titre ? Je n'y ai aucun droit. Et elle ne dira rien... Et quid novi du côté du juge ?

– En traînant mes basques près du greffe, ce matin, j'ai appris que le petit gitan alpagué l'autre jour sera présenté à Tricard demain matin. Il paraît qu'il se trouvait à Villecomte la nuit du crime. Mais c'est une fausse piste, à mon sens.

– Bon, je vais prendre mon rendez-vous qui doit commencer à s'impatienter. On verra bien. Pour l'instant, c'est plus Robin que notre « Herbert » qui m'inquiète...

– Bon courage, patron.

Chapitre 18

Clémence Dupuis

– Mince, j'ai cassé ma chaîne.

Moreau avait crié, alors qu'il était en queue du petit peloton. Dornier et Quirin avaient aussitôt freiné, en se retournant vers leur compagnon dont les pieds tournaient comiquement dans le vide. En perte de vitesse, il s'arrêta sur le bord de la route. Ils firent demi-tour et vinrent se ranger à côté de lui. Moreau se pencha sur sa machine.

– Cassée ?, demanda Quirin.

– Net, répondit-il. Et je n'ai pas pris mon dérive-chaîne. Et vous ?

La réponse fut négative, bien sûr. Dornier et Quirin n'avaient emmené qu'une chambre à air de secours et quelques démonte-pneus. Ce genre d'incident n'arrivait jamais.

– Viens voir, demanda Quirin.

– À quoi bon ? C'est fichu pour aujourd'hui.

Il sortit un téléphone de la poche arrière de son blouson.

– Je vais appeler un taxi. Finissez sans moi.

Un taxi ! Toute personne normale aurait appelé sa femme, son fils ou un ami. Mais Moreau n'avait visiblement personne sur qui compter. Dornier se dit que c'était cela, la solitude. Personne ne venait vous chercher quand vous étiez en panne sur le bas-côté d'une départementale perdue. Mais il n'était guère mieux loti. Qui aurait-il appelé, lui ? Chazal ou sa maîtresse du moment ? Le brave Quirin insista :

– Tu es sûr ? Attends, je peux appeler ma femme, si tu veux.

– Ne la dérange pas pour ça. Allez-y, je vous dis. Au moins, profitez-en !

Au fond d'eux-mêmes, ni Quirin, ni Dornier n'avaient envie de tenir compagnie à Moreau sur le bord de la route. Il avait raison, à quoi cela servirait-il ? Autant rouler pendant que le temps le permettait encore. Déjà, l'horizon se chargeait de nuages grisâtres. Le jour semblait s'obscurcir alors qu'il était à peine onze heures du matin.

– Tu as raison, trancha Dornier. Nous repartons dans une minute, le temps de nous assurer que tu aies pu joindre un taxi.

Ils reprirent leur vélo, après un dernier encouragement à Moreau qui répondit à peine à leur salut.

À son habitude, Dornier s'était levé tôt ce samedi matin. Dans le ciel, les étoiles qui s'estompaient peu à peu lui avaient promis un ciel dégagé. Il se sentait en forme et brûlait d'en découdre avec ses compagnons. Rendu au point de rendez-vous habituel, l'auberge du rond-point, il avait proposé un nouvel itinéraire aux deux autres qui étaient arrivés peu après lui.

– Si nous faisions une infidélité à Sainte-Croix ? Je vous propose un parcours plat, vers Saint-Martin. Un contre-la-montre par équipe, histoire de faire un peu de vitesse.

Le parcours était inédit. Mais ils avaient acquiescé tous les deux. Quirin était ravi d'échapper au calvaire de la côte. Moreau était plutôt indifférent à la proposition. Troublé par les propos de Chazal, Dornier voulait mettre cette balade à profit, pour jeter un œil sur les murs de l'hôpital de

Saint-Martin. Il ne nourrissait aucun dessein précis, il voulait juste voir. Comme si un simple examen du regard pouvait lui permettre de relier les deux crimes perpétrés à sept ans de distance.

L'incident mécanique avait eu lieu trois kilomètres avant Saint-Martin. Après avoir perdu Moreau, Dornier eut l'idée d'éloigner Quirin, pour rester seul sous les murs de l'asile qui se profilaient déjà, au bout d'une enfilade de prés boisés.

– Ne m'attends pas, je vais au petit coin dans les bois.

– Décidément, je vais finir seul ! Qu'avez-vous tous à me lâcher, ce matin ? Je t'attends...

– Ne t'inquiète pas, file ! Je vais vite te rejoindre. Tiens, je te parie que je te rattrape avant le rond-point.

– Tenu ! répondit Quirin qui se mit aussitôt à pédaler comme un forcené.

Il s'éloigna en se dandinant sur sa machine. Ses grands coups de pédale faisaient pencher sa grosse masse d'un côté puis de l'autre. Quirin ne serait jamais un bon cycliste, mais c'était un compagnon agréable.

Dornier gagna le bois qui faisait face à la grille nord de l'asile, et s'enfonça sous les arbres. Après quelques mètres, il posa son vélo contre un hêtre. Il était ainsi invisible depuis la route.

L'hôpital était en réalité un joli château du XVIIIe siècle dont la longue façade en pierre ocre était encadrée par deux tours en poivrières. Le toit était couvert d'ardoises bleutées. Dornier compta au moins une trentaine de fenêtres. Surplombant un parc à la française, une esplanade était desservie par un double escalier à balustres. Au début du siècle dernier, un certain Docteur Blanche y avait fondé un asile d'aliénés qui avait perduré. Aujourd'hui, le château lui-même n'abritait plus que le personnel, manifestement pléthorique au regard de la taille de la bâtisse. Les malades étaient hébergés dans des bâtiments modernes à l'aspect carcéral, construits dans l'enceinte du parc. Chaque pavillon portait le nom d'un aliéniste célèbre. Un pavillon *fermé* abritait les hospitalisés sous contrainte. Les autres malades étaient placés en milieu *ouvert* et pouvaient librement aller et venir. Dornier n'avait jamais eu l'occasion de mettre les pieds dans cet enclos.

Les termes des procès-verbaux de constatations qu'il avait relus la veille, étaient frais dans sa mémoire : « Sur le territoire de la commune de Saint-Martin, en face de la grille nord du château, vingt mètres à gauche de l'entrée de la ligne 25 du bois des Apôtres, sous le pont de pierre qui enjambe le ru qui longe ledit bois. »

Il compta vingt pas, puis trente mais ne vit pas le pont tout de suite. Le fossé avait moins d'un mètre de largeur, le ru n'était qu'un petit filet. C'était une simple passerelle de deux mètres de large tout au plus, haute de quelques dizaines de centimètres, dont les pierres étaient cachées sous des jonchées de feuilles mortes qui tapissaient le sol et le fossé boueux.

C'était ici exactement que la victime avait été découverte, sept ans plus tôt. Que disait le procès-verbal ?

« Le corps dénudé et mutilé de Clémence Dupuis, adolescente de quinze ans, reposait, face contre terre, dans le fossé, ses jambes recroquevillées, en partie dissimulé sous le pont par son agresseur ».

Il se pencha prudemment sur le fossé en veillant à ne pas tomber dans la boue. Il balaya quelques feuilles de ses chaussures de cycliste laissant une empreinte curieuse sur le sol. Décidément, cet équipement devait être réservé au vélo ! Il ferma les yeux pour se remettre en mémoire les photos de la morte, telles qu'il les avait vues dans le dossier. Il n'aimait pas ces visions crues, et tournait rapidement les pages d'un rapport quand son regard croisait ce genre d'horreurs. Corps démembrés, enfants abusés, femmes battues..., ses dossiers regorgeaient de telles images. Mais aussi rapidement qu'il détournât le regard, sa mémoire les fixait comme un diaphragme, et il ne pouvait les oublier. Un pauvre corps martyrisé dans une forêt. Par son caractère et par sa vocation professionnelle, Dornier éprouvait de l'empathie pour toutes les victimes. La jeune Clémence s'était-elle débattue sous les griffes du sadique, en tentant désespérément de sauver sa jeune vie ? S'était-elle vue mourir sous ses coups ? Son existence avait été aussi brève que tragique.

Juliette avait été assassinée sept ans jour pour jour après Clémence. Cette coïncidence troublante avait échappé à Chazal.

Il avait froid maintenant, la chaleur de l'effort quittait ses muscles qui s'engourdissaient sous l'humidité qui tombait des arbres. Il frissonna et releva la tête en jetant un dernier regard au château, comme si l'assassin s'y trouvait encore... S'y était-il jamais trouvé d'ailleurs ? Le dossier avait été classé sans suite, et rien n'avait démontré qu'un des *fous* de Saint-Martin avait pu commettre le crime.

Au loin, au débouché d'un virage qui s'enfonçait sous des arbres sombres, il reconnut le blouson bleu de Moreau, qui avait sans doute pu réparer sa machine et qui avait repris la route. Sans qu'il sache pourquoi, il se dissimula dans un taillis, en lisière de la route, pour le voir passer à quelques mètres de lui. Le masque impassible cachait tout de l'effort qu'il faisait pour *revenir* sur ses compagnons. Il ne détourna pas la tête quand il longea le château. Il ne pouvait voir Dornier qu'il croyait loin devant lui.

Celui-ci lui laissa une poignée de secondes d'avance et, reprenant son vélo, se mit en chasse, excité par cette poursuite secrète. Il les rattrapa tous deux moins d'un kilomètre avant l'auberge du rond-point, comme il s'en était assigné l'objectif.

Chapitre 19

Le fourgon

Le juge Tricard fulminait sur le pas de la porte de son bureau, comme un ours à l'entrée de sa tanière. Que faisait donc l'escorte ? Elle devait lui amener Johnny Winterstein à dix heures précises pour qu'il l'entende. Sa montre marquait plus de dix heures trente, et il ne voyait toujours rien venir dans les couloirs du Palais.

Enfin, le téléphone sonna. La greffière décrocha et lui annonça que le fourgon venait d'arriver dans les sous-sols du bâtiment.

À la réflexion, l'idée d'entendre le jeune gitan ne l'enchantait guère. C'était une complication inutile maintenant qu'il avait son coupable, et l'enquête n'avait pas besoin de s'égarer sur une fausse piste. Néanmoins, les policiers qui avaient interrogé le jeune homme lors de sa garde à vue, étaient formels. C'était lui qui était l'auteur du cambriolage commis chez un voisin des Robin, à Villecomte, la nuit du crime. Il avait avoué son forfait. Mais Tricard avait tiqué en apprenant qu'il s'était curieusement troublé quand on l'avait questionné sur le crime. Les policiers avaient été emportés par leur zèle...

Dans le fourgon, les mains retenues par les menottes, Johnny s'était morfondu tout au long de son transfert – *transfèrement* disait le code de procédure pénale – entre les deux policiers qui lisaient pour tuer le temps. La nausée lui était montée aux lèvres. *Ce n'est pas moi qui ai tué cette bonne femme*, se répétait-il comme s'il avait eu besoin de s'en convaincre.

L'inspecteur qui l'avait interrogé avait-il fait preuve de zèle ? Le lieutenant Renard, fidèle à une tactique éprouvée, avait interrogé Johnny au matin. Le gamin n'avait pas pu dormir dans la cellule tellement elle puait le vomi et l'urine. Dans la geôle voisine, un clochard en salle de dégrisement avait gueulé toute la nuit. L'homme avait maudit le monde entier, avant d'éclater en sanglots et de pleurer pendant des heures. Et la veilleuse était si forte que Johnny la sentait encore sur sa pupille quand il fermait les yeux. Par réflexe, dès le début de sa garde à vue, il avait demandé à voir un avocat, comme la loi lui en donnait le droit. Une jeune femme, de permanence, était arrivée au bout d'un temps infini. Elle ne s'était même pas assise. Elle lui avait dit quelques paroles banales d'un air dégoûté, puis était repartie en plaisantant avec les policiers. Il l'avait entendue rire derrière la porte de sa geôle. À quoi servait-elle ? s'était demandé Johnny, furieux. Sa famille avait fait appel à son avocat habituel, un cador qui vendait très cher ses services et exigeait d'être payé en liquide, ce qui arrangeait tout le monde. Mais l'homme n'était pas disponible, et Johnny était perdu. Il n'était pas rodé à la garde à vue.

– Tu étais à Villecomte l'autre nuit. C'est toi, hein ? Pourquoi te cachais-tu à l'hôtel avec ta petite amie ? Pourquoi as-tu pris la fuite ? Et ce fric, d'où le tiens-tu ?

L'homme, un gros rougeaud, lui avait cassé les oreilles. Son visage était grêlé de petits trous dont certains étaient emplis de sébum. Il avait aboyé toujours le même refrain et lui avait collé sous le nez la liasse de billets. Pourvu que Rébecca ait eu le réflexe de cacher sa bague !

Johnny avait froid et sommeil. Qu'on le laisse tranquille ! Il n'avait rien dit, tout d'abord, opposant un mutisme obstiné aux questions des policiers. Mais il était si fatigué que sa détermination avait fondu comme neige au soleil, quand le policier avait changé de registre. Après tout, il ne risquait pas grand-chose, s'était-il dit. Un an, deux ans fermes au grand maximum. Et au moins, en prison, il pourrait dormir tout son saoul.

Que lui avait dit ce flic qu'il n'entendait plus ?

– Avoue, et le juge se montrera bon prince. C'est ton intérêt, tu sais. Nous ne te voulons aucun mal, nous faisons juste notre boulot. Et nous en avons aussi marre que toi. De toute façon, ta copine t'a balancé. Elle nous a dit que c'était toi.

C'était faux. Rébecca ne savait rien, elle ne pouvait rien dire, et elle n'aurait même rien dit, dans tous les cas. Croyait-il l'avoir avec sa ruse à deux balles ? Non, s'il parlait, c'était uniquement parce qu'il l'avait bien voulu, et qu'il n'en pouvait plus de sommeil. Il aviserait ensuite, ses nerfs étaient à bout.

– Oui, je le reconnais, c'est moi.

Le policier était devenu alors presque aimable. Pour un peu, il lui aurait apporté des croissants.

– Tu vois, tu es raisonnable. C'est bien. Allez, viens, on va coucher tout cela sur le papier.

Il s'était mis à tapoter sur un vieux clavier d'ordinateur, en lisant ses phrases à voix haute :

– Je consens à m'expliquer sur les faits.

– Donc tu étais sur l'aire d'accueil, avec ta famille dans la nuit du 20 au 21 novembre. Tu t'es rendu à pied à Villecomte ?

Johnny avait acquiescé d'un hochement de tête.

– Oui, c'est à vingt minutes.

– Tu t'es introduit dans la maison.

C'était plus une affirmation qu'une question de la part du policier.

– Oui, j'ai cassé un carreau, et je suis rentré par une fenêtre du rez-de-chaussée.

L'homme répétait ce qu'il tapait laborieusement : *J'ai cassé un carreau, et je suis rentré par une fenêtre du rez-de-chaussée...*

– Tu connaissais les propriétaires de la maison ?

– Non, je l'ai choisie parce qu'elle était
isolée. Elle était déserte. Il n'y avait pas de
voiture dans la cour.

– Quelle heure était-il ?

– Quatre heures peut-être, ou cinq
heures, je ne sais plus trop.

– Tu es sûr ?

– Je ne sais plus, je vous dis.

– Donc, c'est toi...

– Oui, je vous l'ai dit.

– Qu'as-tu fait une fois dans la maison ?

– J'ai pris ce que j'ai trouvé... Un sac à
main avec des cartes bleues et de l'argent
liquide. Des téléphones portables.

– C'est tout ?

– Non, j'ai aussi pris des bijoux dans la
salle de bain.

– Mais la femme, hein, la femme qui
dormait à l'étage... Que lui as-tu fait ?

– Quelle femme ?

Johnny ne comprenait pas ce que lui
voulait l'homme. Il avait tout dit.

– Oui, la femme... Elle s'appelait
Juliette Robin. C'est toi qui l'as tuée ?

– Je ne comprends rien. Il n'y avait pas
de femme, la maison était déserte, je vous
l'ai déjà dit.

– Tu te fous de moi, tu as reconnu.

L'homme avait recommencé à crier et à lui casser les oreilles. Cela n'allait donc jamais finir.

– Je ne comprends pas ce que vous voulez. J'ai cambriolé la maison, je n'ai tué personne. C'est pas mon truc.

Une inquiétude confuse avait gagné l'esprit fatigué de Johnny. Il y avait maldonne. Son instinct lui criait que l'homme l'avait fourvoyé dans une sale méprise, et qu'il risquait gros s'il ne dissipait pas rapidement l'erreur pour rétablir la vérité.

– Je veux savoir ce qu'on me reproche. Je n'ai tué personne.

– Tu es sûr que tu ne l'as pas tuée ? Tu l'as surprise au lit, tu l'as étranglée, tu vois comme ça.

Sa main mimait une prise imaginaire et se refermait sur le vide.

– C'est ça, n'est-ce pas, tu peux me le dire ? Allez, avoue, on en finira tout de suite, je te le promets.

La voix redevenait doucereuse.

– Mais ça ne va pas, j'ai rien fait, je vous le jure, vous êtes cinglé. J'ai juste piqué des affaires dans une baraque vide. Pas de quoi en faire un plat.

– Tu l'as tuée, je te dis. Et puis après, avec ton couteau, tu lui as lacéré le visage... Où l'as-tu planqué ce couteau ?

– Non, j'ai rien fait, j'ai jamais eu de couteau.

– Tu l'as reconnu, tu ne peux plus revenir sur ta déclaration... C'est trop tard maintenant !

La panique s'était emparée de Johnny. Il ne savait pas ce qui s'était passé à Villecomte cette nuit-là, mais il n'était pas question qu'il paie pour un autre. Ils devaient confondre deux maisons, celle dans laquelle il s'était introduit, et une autre qui avait été le théâtre d'un crime. Mais il était incapable de chasser le malentendu en décrivant la demeure qu'il avait cambriolée. Il lui était même carrément impossible de s'expliquer.

Et la fin de l'interrogatoire avait tourné à la confusion. Johnny avait gardé la bouche fermée. Même involontaire, cette tactique n'avait pas été très habile, car son silence passait pour un aveu implicite. Il avait bien sûr refusé de signer le procès-verbal de ses réponses. Le flic s'était alors lassé et l'avait abandonné dans sa cellule de garde à vue, en lui lâchant qu'il avait tort, et que l'affaire regardait désormais le juge d'instruction qui le placerait en détention.

Il n'avait toujours pas réussi à dormir, lui qui était capable de se lever à deux heures de l'après-midi, quand il sortait le soir... Plus tard dans la soirée, des policiers étaient venus le chercher pour le transférer auprès du juge d'instruction « en charge de l'affaire Robin ». Ils l'avaient menotté et installé à l'arrière du fourgon bleu qui s'était engouffré sur l'autoroute pour remonter la vallée du Rhône. Le policier de gauche lui avait chauffé les oreilles, au début du voyage, en lui répétant que le juge le placerait en cabane, et qu'il en prendrait pour trente ans aux Assises. Puis il l'avait laissé tranquille. Le policier de droite n'avait rien dit et semblait complètement indifférent.

Les yeux fixés sur la nuque du chauffeur – qui paraissait sale à travers la vitre de sécurité fumée –, Johnny se sentait perdu. Il ne se savait coupable du meurtre d'aucune femme, mais était conscient qu'il aurait le plus grand mal à le prouver. C'était impossible ! Il ne comprenait pas leur langue, il n'était vraiment pas de leur monde. C'était joué d'avance. Mieux valait s'enfuir avant d'être jeté dans une prison défendue par une enfilade de portes infranchissables.

Chapitre 20

Johnny et Lopez

Le fourgon pénétra dans les sous-sols du Palais de justice où il fut accueilli par le brigadier Lopez et deux agents qui étaient d'audience, ce jour-là. Lopez contresigna l'ordre de transfèrement et libéra les policiers qui avaient convoyé Johnny. Le fourgon redémarra aussitôt, les hommes étaient pressés d'avaler la route en sens inverse pour rentrer chez eux. Ils avaient déjà dépassé la durée maximale de travail de huit heures, comme chaque jour. Et les heures supplémentaires n'étaient toujours pas rémunérées.

Johnny suait à grosses gouttes dans ses habits qui puaient. Il ne s'était pas changé depuis deux jours. Sa panique n'avait fait que grandir quand il était descendu du fourgon. La nasse se refermait sur lui, dans ce sous-sol glauque mal éclairé par des néons qui clignotaient. Les nouveaux policiers avaient l'air encore plus obtus que ceux qui l'avaient accompagné jusque là, et auxquels il s'était malgré tout habitué. Seul Lopez avait un visage ouvert et sympathique. Il avait presque son âge, se rassura Johnny. Au moment où il avait été remis entre les mains de la nouvelle équipe, l'un de ceux qui l'avaient escorté, le grand qui n'avait pas encore desserré les dents, leur avait demandé :

– Comment est-il votre juge ?

Un agent avait ri en lâchant ces paroles sibyllines :

– Tricard ? « Au trou ! » Il ne connaît que ça ! Allez, viens, avait-il dit en prenant Johnny par l'épaule, on est déjà en retard et il ne faut pas nous l'énerver.

Johnny fut emmené jusqu'à l'ascenseur qui desservait l'étage de l'instruction où se trouvait le cabinet du juge Tricard. La cage n'était pas vaste et les trois flics se serraient contre lui. Il étouffait. À présent la tête lui tournait, tandis qu'une petite voix insidieuse lui soufflait. *Sauve-toi, sauve-toi. Fous le camp avant qu'il ne soit trop tard.* Mais comment faire avec des menottes au poignet ?

L'ascenseur s'immobilisa d'un seul coup en faisant sursauter ses passagers. *Trop tard, c'était trop tard.* Il se maudissait de ne pas avoir osé s'enfuir, ce matin, quand le fourgon s'était arrêté sur une aire d'autoroute. Pour pouvoir aller pisser, ils l'avaient démenotté quelques instants. Cela aurait été si facile. *Et maintenant, c'était trop tard.*

Impatient, Tricard attendait son monde au bout du couloir. Il salua sèchement l'escorte, et les trois hommes entrèrent avec Johnny dans la pièce. Le juge désigna quatre chaises d'un geste du bras. Le jeune prévenu était placé au milieu, à côté de l'avocat de permanence qui venait d'arriver. Deux autres hommes les entouraient. Le brigadier attendait debout près de la porte.

– Vous pouvez le détacher, ordonna Tricard.

Le policier obtempéra aussitôt et s'assit pesamment sur sa chaise. *Ils le détachaient, c'était le moment.*

Les poignets libres, Johnny bondit sur la porte du bureau que Lopez était en train de refermer. D'un coup de coude, il frappa au visage le policier qui s'effondra, et le repoussa d'un geste. Avant même que les deux autres policiers ne se lèvent de leur siège, il courait dans les couloirs du bâtiment. Les locaux étaient en pleins travaux. Des ouvriers en salopette blanche, la perceuse à la main, le regardèrent médusés, sans faire un geste. Ils étaient en train de monter des cloisons et une porte renforcée à digicode qui défendrait bientôt les couloirs de l'instruction. Johnny courait, aérien, et sautait par-dessus les obstacles qui parsemaient le sol, comme un athlète disputant une course de haies.

Lopez avait affreusement mal au nez, mais il surmonta sa douleur et réagit le plus promptement. Il se lança à la poursuite de Johnny qui détalait devant lui, au bout de ce couloir interminable. Il lui lança les sommations d'usage :

– Arrête-toi, arrête-toi ou je tire !

Mais Johnny accéléra de plus belle et Lopez sut qu'il ne le rattraperait jamais. Le fuyard atteignait déjà la double porte du couloir, restée malencontreusement ouverte. Ensuite, il dévalerait les escaliers, le hall du Palais, et gagnerait la sortie vers le salut. Car personne, en effet, ne le rattraperait. Il était beaucoup trop rapide, Lopez l'avait compris tout de suite.

Johnny allait lui échapper. Lopez réitéra ses sommations et sortit son revolver.

– Arrête-toi, ou je fais feu. Pour la dernière fois !

Lopez le tenait maintenant au bout de son arme. Pour lui, ce n'était pas plus compliqué qu'au stand de tir. C'était même un jeu d'enfant, car la cible était grosse et se détachait bien sur le blanc cassé des couloirs. Les ouvriers effrayés par l'arme s'étaient plaqués contre les murs. Personne ne se glisserait plus dans sa ligne de mire. Il confirma ensuite lors de l'enquête, qu'il avait bien réitéré les sommations.

Oui, il aurait pu l'abattre aisément, mais il ne l'avait pas voulu, car il n'était pas en situation de légitime défense. On ne tire pas dans le dos d'un homme qui n'est pas armé. L'usage de l'arme devait répondre à une *nécessité absolue,* on le lui avait assez souvent répété. Et il avait estimé que ce n'était pas le cas en l'occurrence. Les conditions d'ouverture du feu n'étaient pas réunies. Il était un flic responsable. Qu'aurait donc fait un bleu dans une telle situation ?

Johnny prit peur, à la voix du policier. S'il continuait vers la porte, il se dit qu'il prendrait une balle dans le dos. Il changea ses plans en une fraction de seconde. Il lui fallait sortir du champ de tir. Justement, sur sa droite, un des hommes du chantier avait laissé une fenêtre ouverte à hauteur d'homme, sans doute pour chasser l'odeur entêtante de la peinture. D'un seul bond, Johnny s'élança sur l'appui de l'ouverture. Le sol était au moins à vingt mètres sous ses pieds. Mais, en face de lui, à trois mètres à peine, le toit de l'immeuble voisin semblait lui faire signe. S'il pouvait bondir jusque là, il aurait beau jeu de gagner ensuite une terrasse, de rentrer dans un appartement et de descendre l'escalier de service pour s'enfuir par derrière.

Trois mètres, pour lui c'était facile, même sans élan. Il prit sa respiration, et sauta dans les airs. Le toit de zinc résonna sous le choc de ses baskets. Tranquille. Même pas mal. L'autre n'oserait pas le suivre. Il se mit à courir sur le toit plat, vers cette terrasse, vers la liberté. Il courait en recroquevillant les doigts de pied, pour ne pas perdre ses chaussures dont on avait ôté les lacets. Arrivé sur la rive qui surplombait la terrasse salvatrice, il ralentit l'allure pour s'apprêter à rejoindre le béton qui débordait d'un mètre à peine sur le toit.

Mais au lieu de retomber sur la terrasse, Lopez le vit hésiter et faire un curieux pas de danse, les jambes en avant, avant de chuter sur le dos. L'enquête supposa qu'il avait glissé sur le zinc humide. Il tomba bien en avant du garde-corps de la terrasse qu'il heurta du crâne.

Il s'écrasa vingt mètres plus bas sur le trottoir, dans un bruit violent que Lopez compara à un claquement de fusil. Il ne bougeait plus et reposait, disloqué sur le sol, tandis que des passants courageux s'enfuyaient aussitôt.

– Merde, murmura Lopez entre ses dents. Pauvre gosse...

Chapitre 21

Lapsus linguae

Dans son bureau, le procureur s'arrachait les rares cheveux qui lui restaient. Les choses étaient décidément mal parties. Un crime perpétré dans le sérail du personnel judiciaire, tout d'abord, puis un suspect qui trouvait la mort dans l'enceinte même du Palais. Il se défendrait d'appeler bavure ce deuxième incident. Mais son avancement allait avoir du plomb dans l'aile, et ne reprendrait peut-être plus jamais son vol.

Devançant l'appel de la Chancellerie qui ne tarderait pas, il décida d'user de la disposition du code de procédure pénale qui l'autorisait à faire une déclaration à la presse. Il demanda à sa greffière de convoquer immédiatement les médias locaux. Il aurait pu attendre encore quelques heures, le temps que la presse nationale débarquât elle aussi. Mais il se serait alors exposé au risque d'un contrordre de la

Chancellerie. Mieux valait faire vite avant qu'on ne lui coupe l'herbe sous les pieds. Il n'en dit rien non plus au procureur général, son supérieur hiérarchique, avec lequel il ne s'entendait pas.

Après avoir soigneusement lissé les quelques cheveux qu'il n'avait pas encore arrachés et refait le nœud de sa cravate, il descendit dans le hall du Palais pour affronter quelques objectifs de caméras et d'appareils photos. Meunier aimait se montrer à la presse, et l'affaire Robin lui avait déjà donné l'occasion d'une première intervention télévisée. Débonnaire avec les journalistes, il pensait naïvement en être payé de retour. En fait, il ne s'en méfiait pas assez.

L'appariteur les avait conduits dans la partie ouest du Palais, là où la lumière était la plus favorable à cette heure. Par réflexe ou par inconscience, le procureur posa devant la porte de la Cour d'assises, dont les lettres d'or s'inscrivirent à l'arrière-plan de l'image, produisant la plus fâcheuse impression. Symbole douteux ou signalétique malheureuse qui faisaient peu de cas de la présomption d'innocence d'un mis en examen, ou d'un suspect accidentellement décédé.

Fidèle à son habitude, Meunier avait pesé les moindres mots d'une déclaration en apparence spontanée.

Alors qu'il était conduit par la police au Palais de justice, pour y être entendu par monsieur le juge d'instruction Tricard (autant le mouiller un peu en le désignant nommément), *Johnny Winterstein, jusqu'alors gardé à vue, a trouvé accidentellement la mort au cours d'une tentative d'évasion. Bousculant violemment les policiers qui l'escortaient dans le bureau du magistrat instructeur, il a échappé un instant à leur vigilance et s'est enfui. Par une fenêtre* (inutile d'en dire plus sur un quelconque dysfonctionnement des services de la justice), *il a gagné les toits d'un immeuble voisin, d'où il a glissé avant de faire une chute de près de vingt mètres. Il est décédé sur le coup. Les policiers qui le poursuivaient n'ont pas fait usage de leur arme. L'enquête établira les responsabilités éventuelles de chacun.*

Sec comme un coup de trique, le communiqué était acceptable, même si on aurait pu attendre un brin de compassion pour la famille du jeune homme.

Meunier aurait dû s'en tenir à cette unique déclaration et ne point céder à la tentation de répondre aux questions pièges que les journalistes s'ingénièrent à lui poser. Il était peu doué pour l'improvisation. Autrefois éloquent à l'audience, bien qu'il n'ait plus mis les pieds dans un prétoire depuis des années, pour chacune de ses interventions il écrivait d'avance ses réquisitions qu'il récitait par cœur ensuite, à la virgule près, sans les lire. Mais sa verve bafouillait sitôt qu'il parlait sans filet.

Un journaliste de la chaîne locale, un petit moustachu au regard moqueur, ouvrit le feu :

– Monsieur le procureur, est-ce là une nouvelle bavure de la police ?

« Bavure », le mot résonna comme une insulte aux oreilles de Meunier qui se laissa aller à répondre, plutôt que de tourner les talons.

– Il n'y a eu aucune bavure. Le policier n'a pas fait feu. Il s'est contenté de sommations.

– Mais il a quand même sorti son arme... ce qui a pu effrayer le jeune homme, et peut-être causer sa mort ?

– Mais puisque je vous dis qu'il avait fait les sommations !

– Monsieur le procureur, le policier était-il pour autant en état de légitime défense ?

– Non, bien sûr. La légitime défense permet seulement de résister à une attaque... la riposte restant proportionnée à l'agression... Vous n'allez pas m'apprendre mon droit ?

– Alors, pourquoi le policier a-t-il sorti son arme, s'il n'était pas en état de légitime défense ?

– Mais vous mélangez tout, voyons. Il s'agissait d'une interpellation, d'un tir d'interpellation... Enfin, non, je veux dire, puisqu'il n'a pas tiré...

– Est-il normal qu'un suspect menotté puisse échapper ainsi à ses gardiens, dans l'enceinte du tribunal ?

– Non, bien sûr. Mais...

Les autres journalistes s'engouffrèrent dans la brèche ouverte par leur confrère premier « sapeur-mineur ».

– Alors c'est bien une bavure. Appelez-la comme vous voudrez, mais il s'agit bien d'un dysfonctionnement judiciaire.

– Je vous répète que la police n'a manifestement commis aucune faute.

– Alors ce sont les services judiciaires ?

– Non, les missions d'escorte relèvent des tâches de la police nationale ou de l'administration pénitentiaire... pas du tribunal.

– Alors, la faute vient de la police ?

– Peut-être... Enfin, je veux dire, je ne sais pas, attendons les résultats de l'enquête administrative. Pas de conclusion hâtive...

Meunier lâchait doucement la police, oubliant qu'il en était un des responsables, quand elle se faisait *judiciaire*.

– Monsieur le procureur, le gardé à vue se serait enfui par une fenêtre.

Meunier resta muet. Comment savaient-ils déjà ? Qui avait parlé ? Les ouvriers ou le personnel judiciaire ?

– Le Palais n'est donc pas sécurisé ? Tout le monde peut y pénétrer ou en sortir ? Comme dans un moulin ?

– Les travaux ne sont pas encore obligatoires. La Chancellerie a donné deux ans aux tribunaux pour procéder aux modifications. (*Aïe, il ne fallait pas mettre en cause la Chancellerie*, se dit-il). Ici, on a commencé depuis peu... De toute façon, la justice est publique, mesdames, messieurs, chacun peut assister à une audience...

– Nous pensons que l'instruction était secrète ?

– L'instruction, oui, c'est vrai...

Meunier regrettait de s'être prêté aux questions des journalistes. À l'École de la magistrature, il aurait dû suivre le séminaire intitulé « Relations avec la presse »...

– Mais les trois quarts des tribunaux de France sont déjà sécurisés, comme des aéroports. Et pas le nôtre... Ce retard n'a-t-il pas coûté la vie à la victime ?

– Victime... La seule victime, à ce jour, s'appelle Juliette Robin.

– Justement, Johnny Winterstein était-il le principal suspect du meurtre de Juliette Robin ?

– Au même titre que Pierre Robin, oui. *(Zut, la présomption d'innocence. Cela allait de mal en pis).* Enfin, disons que des charges existaient...

– Il était sur le point d'être mis en examen par le juge d'instruction ?

– Vraisemblablement, oui. *(Qu'en savait-il ? Depuis des années, le juge d'instruction pouvait prendre ses décisions sans plus en référer au parquet).*

– Que va-t-il se passer maintenant ?

– Si Johnny Winterstein était bien l'assassin, l'action publique s'éteindra, et il sera mis un terme à l'enquête.

– Et Pierre Robin ?

– Pierre Robin bénéficiera alors d'un non-lieu.

Il sembla que le procureur pensait à voix haute, car il continua :

– Ce serait évidemment la solution la plus *souhaitable* pour tous.

– Qu'est-ce qui serait souhaitable ? Que Winterstein soit le coupable ?

Mon Dieu, qu'avait-il dit ? Il se rendit compte de sa bévue et il tenta de se rattraper.

– Non, je veux dire... Vous m'avez bien compris. Ne déformez pas mes propos. Je vous en prie...

Il bredouillait. Les journalistes se régalaient du trouble du procureur, et en rajoutèrent une couche :

– Vous pensez que Winterstein est coupable, ou bien est-ce la justice qui le *souhaite* pour innocenter Pierre Robin ?

– Je veux dire qu'il serait souhaitable que Pierre Robin bénéfice d'un non-lieu... si Johnny Winterstein est bien l'assassin de Juliette Robin. Comme c'est probable, enfin, possible...

– Et la présomption d'innocence ?

– Sous réserve, bien sûr, de la présomption d'innocence.

Il avait complètement perdu pied. Il fallait qu'il arrête tout de suite ce massacre. Dans un sursaut de courage, il tourna les talons et les planta là, en les saluant d'un :

– Ce sera tout, mesdames et messieurs, je vous remercie.

*

En retournant à son bureau, il se maudit de sa prestation catastrophique. Il n'aurait jamais dû rentrer dans le jeu des questions et des réponses. Ses propos maladroits seraient immanquablement tronqués, et l'effet sur l'opinion serait déplorable.

Il demanda à sa secrétaire d'appeler le directeur de la télévision régionale, avec lequel il avait dîné chez le préfet quelques semaines auparavant, à l'occasion d'une quelconque opération charitable. Hélas, le directeur ne serait pas à son bureau avant quinze heures. Mais voulait-il parler au directeur de la rédaction ? Meunier se ravisa. Il ne connaissait pas le journaliste et craignait que sa démarche n'eût un effet contraire à celui qu'il escomptait. Il raccrocha précipitamment en bredouillant qu'il rappellerait plus tard.

Il tenterait de joindre le directeur dans l'après-midi, pour lui demander de faire couper au montage les propos malheureux... De toute façon, comme il était midi, l'interview ne pourrait pas être techniquement retransmise au journal régional de 13 heures. Il espérait aussi que les journalistes, s'ils avaient un fond de conscience professionnelle, se seraient censurés d'eux-mêmes. La presse écrite pourrait être traitée différemment. Qui lisait encore les journaux de nos jours ? Rien ne paraîtrait avant le lendemain, et il serait toujours temps de leur opposer un démenti ou un droit de réponse. Au chant de ces raisonnements rassurants, il berça son inquiétude pour l'endormir. Mais décidément, il connaissait bien mal la presse...

En réalité, ses propos furent bien diffusés au journal de 13 heures. Ravis de l'aubaine, les journalistes avaient mis les bouchées doubles pour monter le reportage en un temps record. Ils ne tronquèrent rien de l'interview qui fut donnée in extenso. Trois minutes de pur bonheur.

Les substituts de Meunier, qui ne l'aimaient pas, se régalèrent. Ils regardaient la télévision à l'heure du déjeuner, quand ils étaient de permanence. Ils en firent une plaisanterie rituelle qui égaya les murs du parquet de longues semaines durant, quand, imitant le ton maniéré et suranné de Meunier, ils improvisèrent ce type de dialogue :

– Le fils du proviseur du lycée Clémenceau a reconnu être l'auteur du trafic de shit...

– Mon cher, sa culpabilité ne serait pas *souhaitable*. Je vous prie de me dégotter rapidement un coupable plus approprié...

À l'audience correctionnelle du lundi après-midi, un jeune substitut facétieux commençait même ses réquisitoires avec la « scie d'usage », qui faisait sourire l'avocat de la défense, et parfois le tribunal :

– Monsieur le président, madame, monsieur les assesseurs, je n'affirmerais point que la culpabilité du prévenu serait *souhaitable*. Je dirais plutôt qu'elle est certaine, comme je vais m'efforcer de vous le démontrer...

Lorsque les télés nationales et les internautes s'emparèrent de l'interview dans les heures qui suivirent, ils en tirèrent la pépite et diffusèrent la phrase malheureuse, sans s'encombrer du contexte ou du reste du propos.

– Si Johnny Winterstein était bien l'assassin, l'action publique s'éteindra, et il sera mis un terme à l'enquête.

– Et Pierre Robin ?

– Pierre Robin bénéficiera alors d'un non-lieu. Ce serait évidemment la solution la plus souhaitable pour tous.

Baudry et Dornier eurent tous deux la même réaction, sans s'être consultés, quand ils allumèrent la télévision chez eux.

– Quel con ! s'écrièrent-ils simultanément.

En quarante-huit heures, la vidéo fut visionnée plus de six cent mille fois sur internet. Meunier faisait le buzz de la semaine. Les chiffres retombèrent vite ensuite, une déclaration chassant l'autre, mais la citation figura en bonne place au bêtisier de fin d'année.

Les ambitions de Meunier étaient fortement compromises.

Chapitre 22

Le siège du Palais

La communauté des gens du voyage ne fit malheureusement pas preuve du même humour que les commentateurs de la presse. Le clan de Johnny accueillit la nouvelle de sa mort avec une stupeur mêlée d'indignation. Un gamin de dix-huit ans avait été assassiné, alors qu'il était innocent. Son assassinat ne faisait pour eux aucun doute, puisque le policier menaçait de le descendre, et qu'il avait sauté du toit pour lui échapper. Peut-être même avait-il été poussé dans le vide par son poursuivant ? En tout cas, poussé ou non, le résultat était le même, se disaient-ils en se montant la tête.

Sur l'aire d'accueil où leurs caravanes stationnaient toujours, les hommes se réunirent et prirent en commun la décision d'accompagner la famille de Johnny qui remontait le jour même vers le nord, afin de récupérer la dépouille mortuaire de leur fils et demander des comptes à cette justice qui assassinait les gitans.

« C'était un gamin adorable, et toujours prêt à rendre service », déclara une des aînées de la troupe aux journalistes dépêchés sur place pour filmer quelques images du campement. « Il n'aurait pas fait de mal à une mouche. Personne ne comprend ici pourquoi il a été assassiné par la police... Les gens ne nous aiment pas... ».

La déclaration malheureuse de Meunier, complaisamment relayée sur les ondes par des journalistes inconscients, acheva de bouter le feu aux poudres et aux têtes.

Dans une manifestation de solidarité d'apparence spontanée – mais dont l'enquête révéla plus tard qu'elle fut orchestrée par quelques meneurs – des clans alliés rejoignirent celui de Johnny dans sa marche vers la vérité. Un peu comme la troupe de Napoléon filant sur la route de Paris, lors des Cent jours, et s'accroissant des ralliements qu'elle provoquait, le cortège s'enfla rapidement. Finalement, une centaine de caravanes convergèrent vers le lieu où Johnny avait rendu son dernier soupir.

La cohorte arriva dans la soirée devant le Palais de justice, créant un embouteillage monstre qui paralysa les rues de la ville. Les gens qui rentraient chez eux ne comprirent pas la raison de ce blocage. Les agriculteurs en tracteur et en colère, les grévistes *cum pedibus* ou le blocus des routiers en camion, ils avaient l'habitude et étaient prêts à accepter, mais les gitans manifestant en caravane, c'était une première inédite.

Arrivé au but, l'un des caciques du clan des gitans descendit solennellement de son fourgon et mena lentement une délégation vers le Palais à l'intérieur duquel il disparut. Un autre leader fit évacuer le gros des voitures et leurs attelages et les dirigea vers un coin plus tranquille, éloigné du centre ville. Sitôt franchies les portes du temple, le chef s'adressa poliment à l'hôtesse d'accueil et demanda à parler au procureur, celui-là même qui avait eu les mots malheureux répercutés depuis lors sur les ondes. À tout hasard, la jeune fille se risqua à décrocher son téléphone pour appeler le secrétariat du parquet et lui transmettre la requête. Mais elle essuya une fin de non-recevoir, au motif que le procureur n'était pas dans les murs. Il était bien là, mais ne voulait pas descendre, de peur de compromettre la République et sa Justice qu'il représentait, dans une tractation de bas étage avec une population nomade.

Comme le cacique s'énervait en tapant du poing sur le pupitre en bois de l'accueil, les trois vigiles qui gardaient l'entrée du Palais intervinrent et lui demandèrent de se calmer. Ils étaient enchantés d'avoir l'occasion de briller aux yeux de l'hôtesse en difficulté. Mais le leader se refusa à déguerpir tant que le procureur ne serait pas descendu. Ils le ceinturèrent avec peine, car l'homme était de forte corpulence, et ils l'expulsèrent du Palais, *manu militari*, tandis qu'il se débattait violemment.

Dehors, aucun bruit ne sourdait encore des rangs des centaines d'hommes qui faisaient maintenant cercle autour des portes du Palais. La tension était palpable, électrique, orageuse. Mais, disciplinés comme un seul homme, ils attendaient sans mot dire et sans bouger, qu'on voulût bien leur rendre justice.

On ne leur rendit rien, sinon leur représentant qui réapparut fermement empoigné par des vigiles téméraires ou

inconscients. Devant la foule silencieusement hostile, ils l'abandonnèrent juste
avant de battre en retraite. Dans une chute
accidentelle ou volontaire – l'enquête ne
sut trancher – le cacique s'effondra de tout
son long devant l'entrée du Palais, sous les
yeux des gitans incrédules et inquiets. Une
femme hurla :

– Ils ont tué José ! Ils l'ont tué, comme
ils ont tué Johnny ! Ils l'ont frappé ! Voyez
comme ils nous traitent !

Cette étincelle mit le feu aux poudres et
déclencha l'explosion. Des hommes bondi-
rent au secours du vieux qui tardait à se
relever, comme un joueur de football
blessé qui se roule en grimaçant sur la
pelouse. Leur cacique n'avait rien du
tout, mais l'assaut était lancé qu'il était
désormais impossible d'arrêter. La foule
n'obéissait plus qu'à ses pulsions de violence.

L'avant-garde de la troupe vint se
cogner contre les grilles du Palais que les
vigiles affolés avaient rabattues en hâte.
Les hommes tapèrent du poing sur les
portes et les murs en criant : « Ouvrez !
Justice, nous voulons la justice. Vengeons
Johnny ! »

Les premières barres de fer sortirent des coffres des Mercedes garées à proximité. Manipulées par des mains furieuses, elles firent bientôt voler en éclats les vitres du rez-de-chaussée du bâtiment, heureusement défendues par des grilles. Des projectiles commencèrent à fuser dans les airs, toute une mitraille de boulons et de billes d'acier, jetés vers les fenêtres des étages dont le verre se brisait sous les impacts, tandis que les têtes du personnel, un instant attirées au carreau par le tintamarre de la rue, se reculaient prudemment se gardant bien de s'afficher. Les grilles de l'entrée résistaient toujours, et la foule lassée se chercha un autre objectif.

– Les voitures, brûlons les voitures !

Les véhicules du personnel du Palais stationnaient à l'extérieur des murs, surtout ceux des greffières, car les magistrats avaient droit au confort du parking souterrain où les leurs seraient épargnés. Très vite, les premières voitures furent renversées comme de malheureuses tortues. Une poignée de costauds suffisait à la tâche : deux pour chaque essieu, un pour le capot, un pour le coffre… *À la une, à la deux, à la trois*, et la voiture se soulevait sur deux roues, avant de basculer dans le bruit des pare-brise qui explosaient et des portes qui se tordaient sous le choc. Les barres de fer achevaient l'œuvre de destruction. La même voix retentit de nouveau :

– Foutez-y le feu !

Les premiers cocktails Molotov furent lancés. Avaient-ils été préparés à l'avance ou bien improvisés sur le champ ? L'enquête ne trancha pas non plus. Les langues de feu couraient sur les châssis et s'engouffraient sous la tôle, cherchant frénétiquement les réservoirs d'essence défoncés dont le contenu suintait sur la chaussée. Les flammes ronflèrent soudain dans un appel d'air, et l'atmosphère s'embrasa, cramant sourcils et cheveux des hommes qui reculaient en hurlant.

– Tirez-vous, ça va péter !

Les voitures n'explosaient pas mais se consumaient, et le feu se propageait aux autres véhicules. Dans les flammes qui dansaient dans le soir, la façade du Palais s'éclaira jusqu'à l'acrotère, mais tous les bureaux s'étaient éteints en un réflexe de défense passive. Le Palais se préparait difficilement à un siège en règle où cinquante personnes étaient retenues en otages. Un car de policiers, appelé par les vigiles qui se terraient dans le guichet de l'accueil, n'insista pas devant des manifestants qui le caillassèrent copieusement.

Ravie du spectacle, la foule se tourna alors vers d'autres amusements. Les grilles des platanes qui bordaient le Boulevard du Palais furent arrachées et précipitées dans les vitrines des commerces alentour aussitôt mis à sac. Un des meneurs cria sans être entendu :

– Ne pillez pas, ne pillez pas, on n'est pas là pour ça !

Mais la tentation était trop grande. Les gens s'engouffrèrent dans les boutiques dont les occupants surpris n'eurent pas le temps de descendre les rideaux de fer. Ils en ressortirent les bras chargés de téléphones portables ou d'écrans plats. La librairie du Palais ne fit pas recette en revanche : personne n'emporta le moindre livre, mais un cocktail Molotov enflamma bientôt les dépôts de papier qui dormaient sur les rayonnages. Les grilles du Palais, elles, tenaient toujours.

Le rugissement des tronçonneuses éclata dans le tintamarre et les cris des casseurs. Méthodiquement, des hommes abattirent les platanes centenaires qui tombèrent à grand fracas en travers du boulevard, l'obstruant et interdisant le passage aux véhicules de secours qui donnaient du capot dans les branches. Quelques manifestants se dirigèrent vers les premières voitures prises au piège. Les portières furent ouvertes, les occupants expulsés, et plusieurs 4×4 flambèrent à leur tour sur le boulevard. Des feux tricolores et des lampadaires s'effondrèrent aussi, cisaillés à leur base. La hampe du grand feu de la place de la Nation servit de bélier pour défoncer les abribus environnants.

Un barrage de feu et de métal tint ainsi à distance les maigres forces de police insuffisantes en nombre pour pouvoir intervenir. Même si l'ordre public ne dépendait pas de lui, Baudry, courageux, se porta sur les lieux et monta dans un car qui stationnait à distance respectable de l'émeute. La radio grésillait. Successivement, les observateurs placés en quelques coins stratégiques décrivirent en termes angoissés le cortège désordonné qui menaçait de gagner l'Hôtel de ville.

– On ne peut rien faire, la situation est incontrôlable. Nous ne sommes pas assez nombreux. Je n'ai jamais vu ça !

– Cela regarde les CRS ! Demandez qu'on mobilise d'urgence une compagnie avant que la ville ne flambe.

*

La CRS 238, qui cantonnait aux faubourgs de la ville, fut enfin appelée à la rescousse par le préfet. La première compagnie, composée d'une centaine d'hommes, arriva sur les lieux moins d'une heure après le début de l'émeute.

Fraîchement émoulu de l'école de police, le gardien de la paix Khalid Benameur, vingt ans, n'oublierait pas son baptême du feu. Le bras gauche passé dans la poignée de son bouclier, la main droite serrée sur le Tonfa, bien protégé par le casque à double bande jaune, visière baissée et protège-nuque en place, il attendait de pied ferme les ordres de ses chefs, mais son cœur battait fortement. Il était carapaçonné comme un chevalier du moyen-âge, dont il se sentait l'âme ce soir. Les coudières, les protège-tibias, les rangers lui faisaient une armure qui le rassurait. Les brigadiers s'étaient munis de gazeuses lacrymogènes. Benameur avait quatre grenades passées dans les boucles de son uniforme qu'il palpait fréquemment, de peur de les perdre.

Le commandant de compagnie rassembla ses chefs de section pour leur donner ses instructions. La première section « s'infiltrerait » jusqu'à l'arrière du Palais, en longerait les murs, en colonne simple, pour se reformer dans l'angle ouest du bâtiment et charger les manifestants qui campaient devant l'entrée. Elle les refoulerait vers le boulevard, tandis que la deuxième qui lui succèderait sur les lieux, prendrait position devant le Palais pour le sécuriser. La troisième se placerait à l'affût, en ligne, derrière les premiers barrages des boulevards, pour alpaguer les casseurs qui ne pourraient que s'enfuir devant les grenades lacrymogènes de la première section. Elle procéderait aux interpellations, les prisonniers seraient conduits dans les fourgons qui attendraient dans une rue adjacente où le commandant de compagnie installerait son P.C. La quatrième section stationnerait devant l'Hôtel de ville qu'elle protégerait, tout en servant d'appui de réserve aux deux premières.

Benameur était dans celle qui mènerait l'assaut. Le lieutenant leur donna de brèves consignes, mais tous connaissaient leur rôle pour l'avoir répété jusqu'à satiété à l'entraînement. *Au contact. Suivez vos brigadiers. On progresse ensemble, sans se laisser entraîner. Pas de guéguerre perso. Limitez les interpellations, on les repousse à coups de lacrymo. Et pas de bavure.*

Benameur eut la sensation de se trouver au milieu d'un gigantesque « son et lumière », dans lequel tous ses sens étaient à la fête. Les mille bruits de l'affrontement composaient une jungle musicale dans laquelle il s'enfonçait sans appréhension. Il distinguait la détonation brève des lanceurs de l'explosion sèche des grenades. Devant lui, les claquements lointains des pétards et le ronflement du feu omniprésent, comme une basse obstinée, soutenaient l'ensemble. Plus diffus, la clameur de la foule, les cris et les hurlements surgissaient de chaque rue dont les lueurs d'explosion trouaient l'obscurité.

L'air du soir apportait cent odeurs qu'il s'efforçait de décrypter en marchant sur le Palais : les vapeurs de l'essence en feu, la fragrance lourde et poisseuse du caoutchouc brûlé, le poivre piquant des gazeuses et l'odeur « poireautée », musquée des hommes, gibier ou chasseur, qui se déplaçait avec eux dans un sillage invisible.

Il s'appliquait soigneusement à suivre son brigadier qui progressait rapidement. Comment expliquer à sa petite amie qu'il aimait ce métier qui le rendait heureux ? Personne ne comprendrait jamais : les C.R.S. avaient trop mauvaise presse. Mais ces minutes exaltantes de l'action le payaient des longues heures d'attente dans les fourgons stationnés en marge de toutes les manifs. « Ça paie le voyage », disait un brigadier-major qui avait quinze ans de service.

Les manifestants se débandèrent rapidement, répugnant à un affrontement direct dans lequel ils auraient le dessous. Ils s'enfuirent vers la souricière du boulevard qui se referma sur eux. Près d'une trentaine d'entre eux fut interpellée. Jetés à terre, menottés, pleurant, vomissant le gaz, ils furent conduits à l'arrière des camions, tandis que le butin s'amoncelait entre deux fourgons : haches, barres de fer, tronçonneuses et même trois fusils à pompe... Mais aucun homme n'avait essuyé de tir. On ne déplora aucun blessé sérieux.

Khalid Benameur observait avec curiosité, sans hostilité, les gardés à vue qui restaient silencieux, humiliés d'avoir été pris. Le brigadier-chef lui lança :

– Quand je pense que ces couillons de juges et d'avocats vont nous les faire sortir dès demain matin. On se demande à quoi on sert ? Et pourquoi on protège leur Palais, hein ?

Chapitre 23

Suites et retombées

Le Palais avait somme toute été épargné, à la grande déception de l'association des Amis des vieilles pierres. Ce cénacle regroupait les protecteurs du quartier classé, dans lequel le bâtiment avait poussé comme une verrue dix ans auparavant. Ce bunker dont la laideur avait fait crier au scandale lors de sa construction, s'avérait d'une solidité désarmante. Il était là pour des siècles encore, et peut-être ce *parti pris architectural* serait-il classé un jour à son tour ? Les boutiques des commerçants, dont certains étaient membres émérites de l'association, avaient plus souffert. Mais leurs propriétaires seraient indemnisés par l'État.

Les dégâts étaient surtout d'ordre moral et politique. Pour la première fois peut-être dans l'histoire de la France contemporaine, un Palais de justice, symbole de la République et de ses attributs régaliens, avait été attaqué... Les plus hautes autorités réagirent aussitôt.

Ministre de l'Intérieur et Garde des sceaux – rivaux qui se détestaient cordialement – se rendirent fraternellement sur les lieux encore fumants, pour crier leur indignation devant toutes les télés nationales, voire même étrangères. Les Européens étaient friands de ces émeutes urbaines quand elles se passaient chez le voisin, et la France, si prompte à jouer la mouche du coche en matière de diplomatie, y semblait abonnée.

Meunier s'était rendu à la gare pour accueillir les ministres à leur descente du train. Le maire s'y trouvait déjà, battant la semelle sur le quai. Un membre du cabinet du préfet s'approcha du procureur et, gêné, lui fit comprendre que sa présence n'était pas particulièrement souhaitée en haut lieu : « Monsieur le ministre n'aura pas le temps de vous rencontrer ce matin ».

Écœuré, Meunier rentra au Palais et se barricada dans son bureau. Il n'avait pas perdu tout espoir, le membre du cabinet n'avait mentionné que le matin. Peut-être pourrait-il approcher le ministre l'après-midi et tenter ainsi un début d'explication et de justification ? Toute la matinée, il escompta être convié au banquet des officiels qui déjeuneraient avec le maire et le préfet, avant de rentrer à Paris. Hélas, il dut se rendre à l'évidence : il était désormais *persona non grata* sous les ors de la République, et son avancement risquait de s'en ressentir, sauf retournement politique toujours possible, qui propulserait aux premières places les pestiférés de l'ancien régime. Mais l'heure de la retraite pouvait sonner avant le retour de la fortune...

L'interview donnée par le Garde des sceaux sur le quai de la gare, acheva de lui dessiller les yeux et le précipita dans le désespoir :

– La République ne tolérera aucun trouble à l'ordre public. Ces scènes d'émeute sont inacceptables en France... Des déclarations irresponsables ont pu attiser l'incendie. À l'heure des bilans, chacun rendra compte de ses actes et de ses paroles...

Rendre compte ! Peut-être le Conseil supérieur de la magistrature serait-il saisi d'une plainte à son encontre... ? Meunier en aurait pleuré. Toutes ces années d'efforts à suer sur les dossiers, tout ce temps passé à tisser la toile d'un réseau, à composer de mondanités en flatteries, tout cet édifice était parti en fumée dans l'incendie du Boulevard du Palais. Il était finalement la victime principale de cette émeute, et il resterait à vie le malheureux procureur dont le Palais avait été investi par des coupables *souhaitables*.

Et le meurtre de Juliette Robin dans tout cela ? Il n'avait toujours pas été élucidé.

Pour chasser ses inquiétudes, il se replongea dans la compilation de ses statistiques. Dans quel type d'infraction fallait-il ranger ce qui venait de se passer ? S'abandonner à cette question allait le mettre en règle avec sa conscience professionnelle, mais ne calmerait pas ses angoisses sur son avenir...

Chapitre 24

Dornier, Chazal et Baudry

Dornier vint travailler de bonne heure au bureau ce samedi. Cette journée ne suffirait pas à lui faire rattraper le retard de son travail. Un jour de plus ou de moins n'y changerait rien. Mais il n'avait rien à faire chez lui. Au petit matin, sous la pluie battante, il avait remisé son vélo au garage, la mort dans l'âme et le mollet contrarié. Demain, si le ciel le voulait bien…

Divorcé, sans enfants, il lui arrivait de s'ennuyer à la maison, le week-end, quand il n'avait programmé ni sortie ni invitation. Il adorait la lecture, mais il ne pouvait passer toute la journée à lire, tout de même. Des scrupules hérités de l'enfance l'en empêchaient : la lecture est un divertissement auquel on se livre le soir venu, les corvées achevées. Alors, il venait tuer ou rattraper le temps perdu au bureau. Il choisissait un dossier en se demandant ce qu'il faisait là. Puis, emporté par son métier, il travaillait sans voir passer les heures, et ressortait de son cabinet au soir, enfin content de rentrer chez lui. Il n'osait pas s'avouer que ce qu'il aimait, ce n'était pas tant *être* chez lui que *rentrer* chez lui.

Chazal venait parfois travailler le samedi, mais seulement quand il était sûr de trouver Dornier au bureau. Courtisanerie ou peur de la solitude : il tournait les talons si le cabinet était désert. Mais ce matin-là, la pluie était si violente qu'il était sûr de ne pas faire chou blanc. Son patron était bien là ! Des cataractes dégoulinaient sur les vitres de son bureau. On se serait cru au poste de commandement d'un navire par gros temps. Dornier l'accueillit rituellement :

– Tu es là ? Tu n'as rien de mieux à faire un samedi ?

– Le devoir m'appelle, patron...

Ravis de discuter, les deux hommes commentèrent les événements de la veille :

– Je suis passé devant le Palais. Le quartier est encore quadrillé...

– As-tu entendu le Garde des sceaux à la télé ? Les jours de Meunier sont comptés, dirait-on...

– Personne ne le regrettera. S'il avait seulement eu la jugeote ou le cran de descendre dans la rue pour calmer la foule...

– On n'en serait pas là, c'est vrai.

Un coup de sonnette l'interrompit. À l'interphone, Dornier reconnut une voix familière.

– Monsieur le bâtonnier, c'est Baudry. Je passais dans le coin. J'ai vu votre voiture sur le parking. Je peux monter ?

– Bien sûr, commissaire, je suis avec Chazal. Voulez-vous que je vous prépare un café ?

Baudry avait besoin soit de parler, soit de fuir sa femme, se dit Dornier. Avec ces deux bavards, ce n'est pas aujourd'hui que l'avocat achèverait de rédiger les conclusions du dossier Herbert. Mais qu'importe, il aimait bien ces conversations à bâtons rompus du samedi, quand la pression de la semaine s'était relâchée.

Baudry était vêtu d'un col roulé, d'une veste en tweed et d'une casquette qui lui donnaient un air anglais. Sous ce temps digne des Cornouailles, l'illusion aurait été parfaite, s'il n'avait pas ouvert la bouche et laissé vibrer son accent sonore du Sud-Ouest. Mais ce matin-là, l'homme en avait trop sur le cœur pour pouvoir se taire.

– Quelle histoire, hein, quelle histoire !
J'en ai vu pas mal dans ma carrière, mais
celle-là... À Marseille encore, je veux
bien... Mais ici, chez vous, où il ne se
passe jamais rien !

– Beaucoup de dégâts, commissaire ?

– Vous savez bien qu'en P.J., je ne
m'occupe pas de l'ordre public. Mes collègues estiment que la casse a été limitée du
point de vue matériel. Une quinzaine de
voitures brûlées. Quatre boutiques pillées.
Un feu rouge à terre. Les assurances paieront...

– Ou ne paieront pas, lâcha Chazal, ce
qui nous fera des procès intéressants...

– Le Palais a tenu le choc. Quelques
vitres cassées, des portes à changer. Ils
n'ont pas eu le temps d'y pénétrer...

– Les vraies victimes, ce sont les arbres
du boulevard, avança Dornier, mi-sérieux,
mi-ironique. Pensez-donc, des platanes
plantés par Gambetta !

– Et vous oubliez le jeune gitan, renchérit Chazal. Il ne s'en remettra pas non
plus... Quelle bavure !

Baudry réagit immédiatement.

– Je vous arrête tout de suite. Il n'y a eu
aucune bavure.

– Comment appelez-vous alors la mort d'un innocent ?

– La presse a monté l'affaire en épingle, mais le policier n'a commis aucune faute, j'en suis persuadé. L'enquête interne le démontre. Il n'a même pas fait usage de son arme, car il a estimé que les circonstances ne le justifiaient pas. Et elles ne le justifiaient pas, en effet. Il a agi avec mesure et intelligence. Où est la faute ?

– Oui, mais il a fait des sommations qui ont pu effrayer le fuyard. Le gamin a légitimement cru qu'on allait lui tirer dessus, et il s'est affolé en conséquence. Voici la faute, monsieur le commissaire : des sommations inappropriées.

Chazal n'en démordait pas et provoquait le policier qui s'énervait.

– Des sommations inappropriées, bien sûr que non ! Les sommations sont prévues par la loi, vous le savez bien... Tout agent de police judiciaire dans ses fonctions peut y recourir et...

– Peut-être ne fallait-il pas les faire, en l'occurrence... ni le menacer avec une arme... surtout si votre policier n'avait pas l'intention de s'en servir !

– Et que fallait-il faire alors ? Le laisser s'évader peut-être ? À quoi sert la police dans ce cas ? Mais enfin, vous marchez sur la tête. La faute, c'est de s'enfuir quand on est entre les mains de la justice. S'il n'avait pas pris la poudre d'escampette, il ne serait pas mort en glissant d'un toit...

– C'est trop facile. Si votre agent a été incapable de le rattraper – ce qui est une carence de sa part – il n'avait pas à l'effrayer et...

– Mais vous délirez !

Dornier intervint pour calmer les deux hommes, avant qu'ils ne se brouillent définitivement. Deux vraies têtes de bois !

– Allons, allons, Chazal, calme-toi. J'aurais plutôt tendance à me ranger à votre avis, commissaire. Le policier n'a fait que son travail, je ne vois pas qu'il soit fautif. Si cette fenêtre n'avait pas été ouverte...

– Pardon, mais cette fenêtre, c'est un dysfonctionnement qui incombe à l'administration judiciaire et non à la police judiciaire, l'interrompit Baudry, tout aussi excité que le jeune homme.

– Oui, bien sûr. Disons que c'est un malheureux concours de circonstances.

– Je connais bien le brigadier mis en cause. Sportif, très bien noté, champion de tir. Sa femme doit accoucher le mois prochain. J'espère sincèrement que sa carrière n'en souffrira pas. Encore une fois, il n'y est pour rien.

Comme Chazal allait répliquer, Dornier se hâta de changer de sujet de conversation.

– Johnny Winterstein mort, l'enquête ne s'arrêtera pas pour autant, puisque ce n'était pas lui l'assassin de Juliette Robin. Si j'ai bien compris, il n'a fait que cambrioler une maison voisine, cette nuit-là, et n'a rien vu du crime perpétré à côté…

– C'est ce qu'il a effectivement déclaré dans son interrogatoire. Du coup, on n'en saura jamais plus. L'enquête se poursuit donc, elle va même s'accélérer.

– S'accélérer ? Pourquoi donc ? demanda Dornier au policier.

– C'est politique, monsieur le bâtonnier. Après ce cafouillage, la justice doit redorer son blason et montrer qu'elle sait reconnaître ses erreurs en poursuivant de préférence les vrais coupables, plutôt que les coupables *souhaitables*… Et si le jeune gitan n'était pas le coupable, le vrai coupable peut être Pierre Robin…

– Le bouc émissaire aussi, sans doute… Attendez, je crois deviner ce que vous allez m'annoncer…

– J'ai vu Tricard ce matin. Il s'apprête à demander la mise en détention de votre confrère.

– Il aurait pu me prévenir, le chameau… Je vais encore être convoqué *in extremis*, gronda Dornier entre ses dents.

– Je ne doute pas de votre talent pour le sortir de là, monsieur le bâtonnier.

Tu parles, autant pisser dans un violon, oui, murmura Dornier, comme s'il s'adressait à lui-même.

Il reprit à voix haute à l'endroit de Baudry :

– Mais enfin, ce n'est pas lui. Pour rattraper une bourde, on commet une erreur judiciaire. On tombe de Charybde en Scylla. La belle justice que voilà ! Vous le savez, vous, commissaire, que Robin n'est pas l'assassin…

Cette fois, c'était au tour de Dornier de s'énerver. Il insistait auprès du commissaire, comme s'il avait voulu lui arracher un aveu qui aurait pu sauver Robin.

– Peut-être. Mais qui, alors ?

Ils se turent tous les trois, avouant leur ignorance. Un ange passa. Baudry détourna le regard, et ses yeux s'arrêtèrent sur un dossier cartonné, rempli à craquer, qui traînait sur la table de verre du bureau de Dornier. Le policier lut machinalement le nom écrit sur la tranche.

– Dupuis. Tiens, vous avez ressorti le dossier de la petite Clémence Dupuis ?

– C'est Chazal, répondit Dornier. Il a trouvé des similitudes troublantes entre les deux crimes. C'est assez étonnant, d'ailleurs.

En quelques mots, il lui exposa la théorie de son collaborateur. Baudry écouta avec un air narquois, le jeune homme l'aurait juré. Puis se tournant vers Chazal, il reprit avec un rien de condescendance dans le ton :

– J'avoue que votre hypothèse d'un tueur en série ne me séduit guère, mon jeune ami.

D'un haussement de sourcils impérieux, Dornier intima le silence à Chazal qui s'apprêtait à répliquer. Le policier poursuivit :

– J'ai moi aussi repris le dossier. Je sais bien qu'il y a des similitudes entre les deux crimes, la même signature, comme vous dites. Mais de là à voir la même main derrière ces deux meurtres que tout sépare, il y a un fossé que je ne franchis pas.

Chazal ne put se contenir plus longtemps.

– Mais enfin, monsieur le commissaire, si vous rapprochez les indices des deux dossiers, il doit bien être possible de profiler « Herbert »…

– « Herbert » ?

Dornier vola au secours de Chazal.

– Nous avons baptisé ainsi le tueur, à supposer qu'il existe… C'est plus commode pour le désigner.

– « Herbert »…, oui c'est intéressant, répondit Baudry comme il aurait pu tout aussi bien dire : c'est complètement idiot.

Il poursuivit :

– Mais il vous manque quelques tomes du dossier… Je me souviens que c'est plutôt le *Grand Larousse* en douze volumes…

– Ils sont chez moi, répondit Chazal avec gêne.

– Saine lecture que vous avez là, jeune homme ! Et vous avez pris le temps d'aller au bout de ce pensum ?

Cette façon de l'appeler « jeune homme » exaspérait Chazal qui comptait déjà quelques années de barreau.

– Non, je ne l'ai pas encore fini, je relis tous les procès-verbaux de l'enquête. Mais donnez-moi quelques jours encore et je trouverai…

– Ou vous ne trouverez rien du tout, mon pauvre ami. Ne perdez pas votre temps à jouer les jeunes détectives de la Bibliothèque verte...

Chazal rougit violemment. Pour qui se prenait Baudry ? Avant que celui-ci n'ouvrît la bouche, Dornier mit un terme à l'échange qui risquait encore de tourner à l'affrontement, en leur servant un café.

– Je vous propose d'enterrer la hache de guerre. Tenez, commissaire, un sucre ou deux ?

Le policier et le jeune avocat se calmèrent. Baudry pensa qu'il était allé trop loin, mais n'en dit rien. La conversation se poursuivit, décousue, mais retomba bien vite. Chazal se mura dans un silence boudeur et planta les deux hommes pour retourner travailler dans son bureau. Dornier pensait à l'incarcération prochaine de Robin et songeait aux moyens de l'en tirer. Mais son esprit battait la campagne. Baudry supportait seul les frais de la conversation, et ce n'était pas pour le gêner, car il faisait aussi bien les questions que les réponses.

– Et Laurence Mauvezin, me direz-vous ? Elle est repartie pour l'Italie. Nous n'avons aucune charge contre elle. Une femme assez curieuse, mais très franche, je vous assure…

Dornier écoutait à peine. Il se rappela les propos de Marie-Christine Luce, que Chazal lui avait rapportés l'autre jour. Après tout, si elle savait quelque chose, il faudrait bien qu'elle parle. Il y avait déjà eu deux morts, et il aurait été criminel de se taire davantage. C'était la seule piste, de toute façon. Il irait la voir dès aujourd'hui. Il résolut de taire sa démarche à Baudry qui continuait à parler tout seul. Il avait hâte qu'il s'en aille à présent.

Le policier se leva enfin pour aller « rejoindre sa femme ». Mais il lui fallut bien quinze minutes pour s'exécuter. Dornier le raccompagna jusqu'à l'ascenseur dont il pressa le bouton d'appel. Baudry ne se décidait pas à y pénétrer, il avait toujours quelque chose à dire. Dansant d'un pied sur l'autre, il laissait les portes se refermer, relançant une conversation dans laquelle Dornier ne voulait plus rentrer.

– Vous irez pédaler si le temps s'améliore ?

– Hum hum…

Dornier se décida à pousser le quintal de Baudry dans l'ascenseur, pour aussitôt tourner les talons. Décidément, sa femme devait être épouvantable pour qu'il montre si peu d'empressement à la retrouver.

Il lui tardait de rencontrer Marie-Christine. D'un appel rapide, il vérifia qu'elle était chez elle. Elle accepta de le recevoir, mais lui donna rendez-vous dans un café au bas de son immeuble car elle estimait que son appartement n'était pas présentable.

Il salua Chazal qui se trouvait toujours dans son bureau, la tête penchée sur un dossier dont il avait répandu les feuillets sur la moquette de la pièce.

– J'y vais. Tu n'oublies pas de fermer quand tu pars ?

– Bien sûr, patron, d'ailleurs, je vais aller déjeuner.

– Oh ! mais tu es toujours dans le dossier de Clémence...

Comme le policier tout à l'heure, il avait lu le nom sur la tranche d'un carton éventré.

– Oui, patron, je voudrais bien rabattre son caquet à ce flic. Quel imbécile !

– Allons, allons, ce n'est pas un mauvais bougre, tu verras. Il a un cœur d'or, et je pense qu'il regrette déjà ses mots qui ont dépassé sa pensée Tu n'aurais pas dû le provoquer, toi non plus, tu sais...

– Peut-être, mais il sera forcé d'admettre que j'avais raison, pour « Herbert » !

– Ne me dis pas que tu as trouvé quelque chose ?

– Je crois bien que si. Mais c'est extrêmement ténu, patron. Les traces dans l'escalier de la maison des Robin...

– Quoi, les traces ?

– Je n'ose pas en parler, de peur de dire une énormité. Donnez-moi quelque temps pour vérifier...

– Comme tu voudras... Mais pas d'imprudence, n'est-ce pas ? À lundi.

Décidément..., se dit Dornier, *après Marie-Christine Luce, c'est Chazal qui jouait à son tour les Sherlock Holmes ! Qu'avaient-ils pu trouver, chacun de leur côté ? Quant à lui, il nageait en plein brouillard. Quelles traces dans l'escalier ?*

Chapitre 25

L'Univers

Il s'assit à la table du café de L'Univers et commanda un demi à la patronne, une femme bouffie entre deux âges, qui traînait lourdement ses pantoufles de son comptoir à la table des rares clients. L'Univers était un établissement miteux qui survivait grâce à la vente du tabac et à son activité de P.M.U., drainant quelques habitués qui venaient sacrifier indifféremment à la cigarette et au tiercé. Deux hommes commentaient l'actualité au comptoir. Ils avaient dû attaquer au blanc plus tôt dans la matinée, à en juger d'après leur élocution hésitante.

– Quel beau bordel !

– Moi je dis qu'il faudrait les forcer à tout nettoyer et à tout reconstruire. Tu as cassé, tu nettoies ! Et tu travailles pour la collectivité jusqu'à ce que tu aies remboursé les dégâts.

– Mais non, tu sais bien que ces gens-là, ça ne sait pas travailler ! Le remède serait pire que le mal...

Marie-Christine était en retard, *comme toutes les femmes*, soupira Dornier qui commençait à avoir faim. Il hésita, puis se commanda un jambon-beurre. Il déjeunerait plus légèrement chez lui pour compenser cet extra. Il l'avait à peine entamé qu'elle ouvrait la porte du café en en faisant tinter la cloche.

Il avala précipitamment sa bouchée et se leva pour l'accueillir. Elle était vêtue d'un jean, d'un imperméable noir et d'un petit chapeau de pluie, qui rapetissait encore son visage et son museau pointu. Elle libéra des boucles de cheveux qu'elle ébouriffa d'un geste dénué de toute coquetterie. Elle garda sur elle son imperméable mouillé, signe qu'elle ne voulait pas s'attarder, et commanda un Perrier citron. Elle soutenait son regard mais ne disait rien, attendant qu'il veuille bien vider son sac. Après avoir laissé de côté son jambon-beurre, car il lui semblait incongru de la confesser avec un sandwich dans la bouche, il mit les pieds dans le plat sans tergiverser :

– Marie-Christine, cela suffit maintenant. Il y a eu deux morts. Si vous savez quelque chose, il faut le dire à présent. Car vous savez quelque chose, n'est-ce pas ?

– Qu'est-ce que je saurais ?

Elle le regardait d'un air candide. Elle se fichait de lui.

– Ne me racontez pas d'histoires. Chazal m'a tout rapporté. L'autre soir, vous lui avez dit avoir trouvé la preuve de l'innocence de Robin dans le dossier. Je n'y ai rien vu, quant à moi. Mais je n'ai peut-être pas votre intuition. Aujourd'hui, je viens vous demander de m'aider. Si vous savez quelque chose, il serait criminel de continuer à vous taire... Qu'attendez-vous, bon sang, pour aider ceux qui comme moi, tiennent à faire éclater la vérité ?

Elle continuait à se taire et lui opposait sa petite mine butée. Elle savait, cela crevait les yeux. Il avait envie de la prendre par l'imperméable et de la secouer.

Dans l'autre coin de la pièce, les deux piliers de bar continuaient à refaire le monde à coups de ballons de blanc et de brèves de comptoir plutôt lourdes :

– Il faudrait faire comme les Américains avec les Indiens. Les parquer dans des réserves, quelque part en Camargue... On fermerait le parc avec une enceinte de béton... Des flics à l'entrée... Et on leur dirait : d'accord les gars, vous pouvez faire ce que vous voulez, planter vos tentes où bon vous semble, vous égorger à qui mieux-mieux. Personne ne vous demandera de comptes, mais vous faites ça entre vous, vous n'avez pas le droit de sortir. Et dans dix ans, si vous vous êtes tenu à carreau, on pourra reconsidérer les choses...

– Tu parles, je suis sûr qu'ils s'entretueraient dans les six mois et qu'il n'en resterait pas un !

– Eh bien, ça résoudrait peut-être le problème !

Que faisait-il là dans ce bouge, avec cette gamine, à boire de la mauvaise bière ? Il ne cultivait pas plus que cela l'amour des bistrots et leurs échos avinés. Il perdait son temps. La patronne vint débarrasser les verres et leur demanda s'ils voulaient déjeuner. *Parce qu'elle fait aussi brasserie*, soupira Dornier. Il se résolut à abattre son unique atout.

– Tricard est sur le point de convoquer Robin pour le faire coffrer. Il veut boucler son dossier avant la fin du mois. La Chancellerie a exigé que la justice fasse un exemple pour rattraper sa bourde...

Il mentait à peine, se dit-il.

– ...Et une fois en détention, il sera trop tard pour celui que vous croyez défendre. Dans son état, vous savez bien qu'il n'y survivra guère...

Elle était déjà si pâle qu'elle ne pouvait pâlir davantage. Elle avait même rosi, sous l'émotion. Le sang affluait à ses joues... Il venait enfin de toucher la corde sensible : son amour pour Robin. Il en rajouta une couche :

– Vous croyez le protéger en vous taisant ?

Il se dit fugacement que Robin avait passé avec elle la nuit du crime et qu'elle n'osait pas l'avouer. Mais elle avait deviné sa pensée. Il se méprenait comme Baudry s'était mépris avant lui.

– Vous avez peut-être raison. Je comptais le dire au juge plus tard, de toute façon. Seulement à la fin de l'instruction, pour mettre par terre son dossier. Mais il est inutile d'atermoyer davantage.

Quinze minutes plus tard, il ressortait de L'Univers en se disant que cette avocate aurait fait un juge d'instruction remarquable. Elle venait de sauver la mise à Robin, il en était convaincu, et Tricard lui-même serait forcé d'en convenir. Il n'y avait plus qu'à identifier « Herbert », mais la tâche serait malaisée.

Il emporta son jambon-beurre pour le finir tranquillement chez lui. Il avait horreur du gaspillage.

Chapitre 26

Révélations

– Monsieur Robin, j'envisage de demander votre placement en détention provisoire, dans la nécessité de préserver l'ordre public.

Tricard récitait son code à Robin qui le connaissait pas cœur. Le mis en examen était entouré de ses deux avocats. Luce, à sa gauche, et Dornier, à sa droite, faisaient face au bureau du juge. Comme à son habitude, Pierre Robin ne disait rien.

Dornier et la jeune femme s'étaient concertés avant d'entrer dans le bureau du magistrat. Il avait été décidé que ce serait elle qui parlerait : après tout, c'était son idée à elle, et il se serait voulu de lui en disputer la paternité. Sur un signe de Dornier, elle se lança :

– Monsieur le juge, avant de commencer l'interrogatoire, je voudrais vous faire part d'une réflexion que je souhaiterais voir figurer au dossier. Je conviens que la démarche est inhabituelle...

– Une réflexion de votre client ou de votre cru, maître ? interrogea Tricard, circonspect.

Il détestait que les avocats sortent du rôle accessoire qu'il leur assignait.

– Écoutez, ce n'est pas le moment, poursuivit-il. Vous me ferez part de vos réflexions dans un mémoire écrit que vous voudrez bien m'adresser après le réquisitoire du parquet. Commençons l'interrogatoire, si vous voulez bien.

Dornier renchérit pour emporter le morceau.

– J'insiste, monsieur le juge. J'ai la conviction que le fruit des réflexions de maître Luce fait obstacle à toute mise en détention de monsieur Robin.

Le juge soupira ostensiblement. S'il fallait croire à toutes leurs salades !

– Bon, allez-y, je vous donne cinq minutes.

La jeune femme troussa soigneusement sa démonstration, comme elle l'avait fait à L'Univers devant un Dornier captivé.

– Voici, monsieur le juge. Je souhaite revenir sur les circonstances de l'effraction. L'assassin de Juliette Robin s'est introduit dans la maison en brisant un carreau de la porte-fenêtre, ce qui lui a permis de manœuvrer la poignée intérieure en passant la main dans l'ouverture qu'il s'était ainsi ménagée, n'est-ce pas ?

– Si c'est pour nous rappeler qu'il fait jour à midi…, lâcha Tricard qui regrettait visiblement d'avoir laissé la parole à la jeune femme.

– Je vous en prie, un peu de patience. La vitre brisée, des morceaux se sont répandus à terre. Ils ont d'ailleurs été ramassés par les enquêteurs, et mis sous scellés…

– Je vous arrête tout de suite, maître, car ces morceaux sont vierges de toute empreinte, l'interrompit Tricard.

– Peu importe. C'est donc l'assassin qui a brisé cette vitre, n'est-ce pas ?

– Je vais vous demander d'aller au fait, maître, s'énerva Tricard, excédé.

Robin devait passer avant midi devant le juge des libertés – terme consacré sans ironie – qui déciderait son placement en détention, à la demande du juge d'instruction. À midi pile, comme à son habitude, son collègue irait déjeuner, et il lui faudrait patienter jusqu'à deux heures de l'après-midi. Or il était déjà onze heures et demie…

– J'y viens, monsieur le juge. Si je puis vous démontrer que la vitre a été brisée après 7 heures 17 – moment précis du passage de Pierre Robin au péage –, force sera d'en conclure qu'il ne peut être l'assassin.

Tricard se taisait et faisait ostensiblement mine de consulter sa montre pour marquer son impatience. Un vieux truc de magistrat fatigué d'une plaidoirie qui se prolonge trop à son goût. Mais au fond de lui-même, une petite lueur d'intérêt s'était allumée. Où voulait-elle en venir ?

– Or la vitre a bien été brisée après l'arrivée de la femme de ménage, à 8 heures 30. Si vous relisez la déposition de madame Fernandez, vous constaterez qu'elle ne dit mot d'un carreau cassé... alors même qu'elle explique avoir passé l'aspirateur dans le salon... Le nez sur le sol, des bouts de verre n'auraient pas échappé à son regard. Et on les aurait retrouvés dans le sac de l'aspirateur, dont le contenu a été analysé en pure perte !

Tricard ne jouait plus la comédie, mais plongeait du bec dans le dossier pour aller y piocher la déclaration de madame Fernandez. Il la relut compulsivement. Pas un mot sur la présence de morceaux de verre. Cette gamine avait raison. Comment avait-il pu laisser passer une telle évidence ?

Elle lui donna le temps de lire et de relire la déposition, et enchaîna :

– Vous la réinterrogerez au besoin, monsieur le juge, mais la déposition est très claire. Je reprends. Lorsque madame Fernandez monte à l'étage, vers 9 heures 30, pour y chercher un produit d'entretien, la vitre n'est pas brisée. Elle découvre le cadavre dans la chambre et s'enfuit précipitamment de la maison pour se réfugier chez la voisine. Elle n'y retournera plus, trop terrorisée pour y remettre les pieds. La voisine ne bougera pas non plus... C'est dire que personne ne franchira le seuil de la maison jusqu'à l'arrivée des gendarmes sur les lieux, vers dix heures, lesquels constateront que la vitre est brisée. La conclusion s'impose : l'assassin a cassé le carreau entre 9 heures 30 et dix heures, alors même que Pierre Robin se trouvait à Nancy, comme en font foi les relevés de péage. Pierre Robin ne peut donc être l'assassin.

Sur sa chaise, Robin se mit à esquisser un vague sourire. Comprenait-il au moins qu'elle était en train de lui sauver la mise ?

– Mais comment conciliez-vous le fait que l'assassin ait cassé le carreau pour s'introduire dans les lieux vers dix heures environ, et la quasi-certitude que Juliette Robin était morte dès 9 heures 30, quand madame Fernandez a découvert son cadavre dans la chambre ?

Elle réfuta l'objection qui montait aux lèvres du juge qui s'était mis à écouter sans plus manifester le moindre signe d'impatience.

– Si Juliette Robin était déjà morte quand l'homme s'est introduit dans les lieux, vous me rétorquerez qu'elle aurait pu être tuée par son mari à six heures du matin et que c'est un cambrioleur qui se serait introduit dans une maison qu'il croyait vide, vers dix heures, en brisant un carreau... Mais l'hypothèse est peu vraisemblable, car on ne voit pas un cambrioleur agir en plein jour, alors que la voiture de madame Fernandez était garée devant le portail..., et que la porte d'entrée était entrouverte, ne l'oublions pas..., signes évidents que la maison n'était pas vide... Car madame Fernandez n'a pas refermé derrière elle la porte d'entrée, dans sa précipitation à fuir les lieux. Les gendarmes ont noté que la porte « béait » à leur arrivée. J'exclus donc l'hypothèse du cambrioleur tardif, et j'affirme que c'est bien l'assassin qui a brisé la vitre, alors qu'il avait déjà tué madame Robin. Mais alors, pourquoi est-il revenu sur les lieux pour briser cette vitre, en s'exposant dangereusement au risque d'être découvert ?

Elle fit une pause. Tricard écoutait, subjugué, sans plus chercher à dissimuler l'intérêt qu'il prenait à la démonstration de la jeune femme. Le vieux renard était bluffé, pensait Dornier, qui regardait mi-ému, mi-admiratif, le profil de Marie-Christine qui lui paraissait belle tout d'un coup.

– La seule réponse logique à cette question, c'est que l'assassin n'a pas eu à revenir… puisqu'il n'a jamais quitté les lieux ! Il s'est attardé sur la scène de son crime bien malgré lui, car il s'est trouvé coincé par la présence de la femme de ménage qui l'empêchait de descendre ! Pendant qu'elle passait son aspirateur, il rongeait son frein à l'étage, dans la chambre de la morte, à deux pas de la femme qu'il venait de torturer et d'assassiner !

– Oui, ça se tient…, murmura Tricard.

– Voici donc comment se sont passées les choses, sans vouloir être présomp-

tueuse. Pierre Robin quitte la maison vers
6 heures 30. Il en ferme soigneusement la
porte à clef, comme à son habitude.
L'assassin arrive entre 6 heures 30 et
8 heures, et il ouvre nécessairement la
porte avec une autre clef, car il n'y a pas
eu effraction.

Elle se tourna vers Robin pour l'interroger brièvement :

– Je crois que comme beaucoup de personnes, vous avez caché un « trousseau de
secours » dans votre jardin, pour pouvoir
rentrer chez vous au cas où vous auriez
égaré ou oublié vos clefs au bureau, n'est-
ce pas ?

– Oui, il y a une clef pendue à un clou,
dans le chéneau. Il faut tirer une bûche du
tas de bois pour s'en servir comme d'un
marchepied, et accéder à la clef...

Ce furent là les seuls mots qu'il pro-
nonça de la matinée. Dornier ne l'avait
pas mis dans la confidence, mais peut-être
la jeune femme l'avait-elle fait ? Pouvait-
on expliquer ainsi l'apparente indifférence
à son sort affichée depuis des jours. S'il
savait que Marie-Christine Luce détenait
la clef de son innocence, pourquoi s'en
faire ? *Après tout*, se dit Dornier, *ces deux-
là s'étaient peut-être joués aussi de lui ?*

Elle se montrait beaucoup trop maligne pour des gens comme Tricard, Baudry ou lui, s'avoua-t-il un peu vexé.

– L'assassin trouve la clef dans le chéneau. Peut-être savait-il d'avance où chercher ? Il s'introduit dans la maison silencieuse et referme la porte à double tour derrière lui en emportant la clef. Il monte à l'étage dans la chambre où Juliette dort. Son sommeil est lourd, parce qu'elle a trop bu la veille au soir. Il se penche sur elle, elle se réveille maussade, car elle imagine que c'est son mari qui vient la déranger. Mais ce n'est pas lui, c'est un visage inconnu, elle hurle... C'est trop tard, et de toute façon personne ne peut plus l'entendre. Il est sur elle. Il la maintient du poids de son corps. Il la torture de longues minutes, elle ne meurt pas tout de suite.

Emportée par son éloquence, elle décrivait la scène avec une complaisance qui devait faire souffrir Pierre Robin. Dornier la rappela à l'ordre, d'un bref toussotement. Elle comprit et poursuivit sans emphase :

– L'assassin s'attarde sur les lieux du crime, pour je ne sais quelle raison. Mais voici qu'arrive la femme de ménage. Le

bruit de la clef tournant dans la serrure a
dû le faire sursauter, car il ne s'y attendait
pas. Peut-être était-il déjà redescendu ? Il
remonte précipitamment pour se cacher
dans la chambre de Juliette. Il est pris au
piège, car il ne peut s'enfuir par la fenêtre
de la chambre, qui est à plus de quatre
mètres du sol. Il ne peut descendre par
l'escalier, car elle le surprendrait. Alors, il
attend..., il attend pendant près d'une
heure qu'elle veuille bien s'en aller. Mais
soudain, l'aspirateur s'arrête et elle monte
l'escalier. Elle entre dans la salle de bain
qui ouvre sur la chambre du crime. Il a
dû se cacher derrière la porte qui était
entrouverte, selon madame Fernandez...
Il est perdu, elle va tout découvrir et le
surprendre..., à moins qu'il ne la tue, elle
aussi... Mais il est sauvé au contraire...
parce que madame Fernandez s'arrête,
interdite, sur le seuil de la pièce. L'horreur
du spectacle provoque la fuite de cette
femme qui dégringole les marches et
s'enfuit chez la voisine. L'assassin doit
souffler, il est sauvé. Il n'a plus qu'à redes-
cendre, à remettre la clef dans sa cachette.
Mais avant de partir, il se livre à une
petite mise en scène : il casse un carreau
de l'extérieur, pour faire croire à une

effraction. Puis, il regagne son véhicule qu'il a garé dans un coin discret, assez loin de là. Il n'est certainement pas venu à pied..., la ville est à près de dix kilomètres.

– Mais pourquoi simule-t-il une effraction ? interrogea Tricard.

– Parce qu'il ne veut pas que l'on sache qu'il est entré avec la clef de secours, puisque seul un familier du couple pouvait en connaître la cachette. Il veut détourner les soupçons sur un tiers...

– Mais pourquoi pas sur Pierre Robin, alors ?

– Je ne crois pas qu'il l'ait jamais envisagé. Il savait que Pierre Robin ne ferait pas un coupable idéal, car il n'avait aucune raison de tuer sa femme. Il lui suffisait de la quitter s'il ne l'aimait plus, puisqu'elle n'était pas un obstacle à sa passion pour Laurence. L'obstacle, c'était plutôt Laurence Mauvezin, elle-même.

Elle se tourna vers le mis en examen.

– Excusez-moi d'évoquer des choses aussi pénibles... Il fallait à l'assassin un coupable plus solide. Un coupable imaginaire, donc introuvable. Un étranger. Un assassin de hasard... Mais la justice s'est fourvoyée sur la fausse piste de Pierre

Robin, à raison d'indices qui n'en étaient pas vraiment. La dispute entre les époux la veille, les lettres de Pierre Robin à Laurence... autant de circonstances ignorées du véritable assassin. Tout le monde s'y serait trompé, il est vrai. Mais il ne fallait pas prendre ces courriels à la lettre. Pierre Robin aimait encore Laurence, ou croyait l'aimer, et n'aimait plus Juliette dont la raison vacillait dans l'alcool. Il hésitait à la quitter, craignant de la rendre plus malheureuse encore. Elle avait pourtant consulté maître Dornier sur la possibilité d'un divorce, il y a quelques mois, mais n'avait jamais donné suite. Pierre Robin, dont la bonté confine à la faiblesse, se débattait dans ses contradictions. Il en était moralement miné... Abandonner sa femme malade, ou faire semblant de rester avec elle par compassion...

Elle parlait à présent de son patron comme d'un enfant dont on se figure, à tort, qu'il est trop jeune pour comprendre ce qu'on dit devant lui.

– Vous pourrez interroger le docteur Caen, le psychiatre qui suit Pierre Robin depuis deux ans : il lui avait conseillé de coucher par écrit ses dilemmes pour y voir plus clair. Ces courriels n'étaient qu'une thérapie. N'y voyez rien d'autre !

Elle avait désormais fini, et tous se taisaient, attendant le bon vouloir du juge qui tenait le sort de Robin entre ses mains. Tricard était convaincu par les explications de la jeune femme, mais il ne pouvait perdre la face. Il grommela dans sa barbe :

– Ouais, c'est pas complètement idiot tout ça. On va vérifier tout de suite, je vais appeler Baudry.

Il décrocha son téléphone, avant de se raviser et de laisser retomber le combiné.

– Je vais suspendre l'interrogatoire quelques minutes. Je vous demanderai de rester à proximité. Nous reprendrons dès que possible.

Pierre Robin et ses deux défenseurs se levèrent et sortirent du bureau pour gagner la salle d'attente de l'instruction. Il était midi passé. Le juge des libertés avait filé depuis longtemps, lassé d'attendre Tricard. Ce n'est pas aujourd'hui que Robin coucherait en prison. Ni aujourd'hui, ni jamais, se dit Dornier avec soulagement. Tricard avait ses défauts, il était tout d'une pièce et souvent de parti pris, mais il ne péchait pas contre l'esprit. Si on lui

démontrait avec des arguments raison-
nables que sa proie n'était pas la bonne, il
la relâchait. Restait alors à lui trouver un
autre gibier à se mettre sous la dent... Car
il avait visiblement un gros appétit.

Ils firent les cent pas dans la salle
d'attente, à quelques mètres du cabinet du
juge. Quelques jouets d'enfant, tirés d'une
caisse en plastique, jonchaient le sol. Des
revues déchirées traînaient sur une table
basse, dans un coin. Sur les murs, une
affiche invitait les jeunes licenciés en droit
à passer le concours de greffier, pour
embrasser une carrière *valorisante et
diversifiée*. L'antichambre de la justice ressemblait à une vulgaire salle d'attente de
dentiste. Et pourtant, combien d'angoisses
avaient transpiré entre ces murs !

– Que va-t-il encore nous inventer ?,
demanda Dornier à la jeune femme. Il n'a
pas besoin de suspendre pour interroger
la femme de ménage... Le temps qu'il la
trouve, cela peut durer des heures, et il
peut remettre à demain... Cela cache
autre chose, mais quoi ?

Elle ne répondait pas. Elle pressait le
bras de Pierre Robin gagné par l'émotion,
qui semblait se retenir de pleurer.

Pourtant, de son bureau, Tricard appelait Baudry et le mettait brièvement au courant :

– Je vous remercie de faire interroger madame Fernandez dans les meilleurs délais, commissaire.

Baudry traduisit le « dans les meilleurs délais » en un « sur le champ ». Pourquoi la basoche abusait-elle de ces euphémismes, alors qu'il aurait été plus simple de dire clairement ce qu'elle voulait ? Il dit adieu au déjeuner qui l'attendait chez George, et répondit au magistrat, en accentuant un soupir de mauvaise humeur :

– J'y vais tout de suite, monsieur le juge. Elle habite Villecomte.

Tricard se tourna vers sa greffière, une vieille fille à l'âme de martyr qu'il terrorisait depuis près de dix ans, sans qu'elle ose jamais demander sa mutation.

– Monique, allez me chercher de quoi manger à la cafétéria. Avec une bière et un café. Je vais déjeuner ici sur le pouce. Non, ne prévenez pas Dornier ni les deux autres… Qu'ils restent dans la salle d'attente. On va les faire mariner un peu. Ils n'ont pas besoin de manger !

Sitôt qu'elle fut sortie, il décrocha son téléphone. Peut-être serait-il encore joignable à cette heure ? Oui, il était là...

La conversation ne dura que quelques secondes, et le magistrat raccrocha sur ces mots.

– Très bien, à tout de suite, maître.

Il sourit en se frottant les mains puis la barbe, signes d'une jubilation intense. L'avocate l'avait médusé, c'est vrai, elle avait oublié d'être bête. Mais elle n'avait pas poussé son raisonnement assez loin, et s'était arrêtée à mi-chemin de la vérité... Lui irait au bout, et leur montrerait... Le cercle se resserrait sur le véritable coupable qui n'était pas loin, il en était persuadé.

La greffière revint avec un sachet de papier encore chaud, et un café fumant à la main. Elle avait fait un détour par les couloirs du Palais pour ne pas passer devant la salle d'attente, à droite du cabinet où se morfondaient toujours Robin et ses deux défenseurs. Tricard déjeuna goulûment, assis à son bureau, sans couverts. Quand il eut fini, il suça soigneusement chacun de ses doigts pour en enlever le gras du poulet qu'il venait de désosser. Il finit sa bière et avala son café avec un certain contentement, même si celui-ci était infect comme à l'ordinaire. Il se leva et ouvrit la fenêtre de son bureau pour en chasser l'odeur de nourriture. Il distinguait l'immeuble et la corniche où Johnny avait trouvé la mort, mais cela ne lui faisait ni chaud ni froid. Il y avait bien longtemps qu'il avait cessé de s'émouvoir du spectacle du malheur des autres. Seuls ses dossiers lui importaient encore. Il rit doucement et chantonna même quelques mesures d'une valse de Strauss. La greffière n'en revenait pas, son juge était d'une bonne humeur inhabituelle. Il se recomposa un visage impénétrable et demanda à Monique de faire rentrer Dornier, Luce et Robin.

Dornier avait l'air excédé par cette attente et par la faim qui le tenaillait, mais en bon diplomate, il se contenait. Le visage de la jeune femme était impassible. Robin avait l'air d'avoir pleuré. Quelle lopette, pensa Tricard, la gamine a plus de cran que lui !

– Je suis navré de vous avoir fait attendre, commença-t-il.

Personne ne le croyait, et il ne s'excusa même pas.

– Mais j'ai voulu faire vérifier la déposition de madame Fernandez. Le commissaire devrait me rappeler d'un instant à l'autre... Je ne doute guère que vous ayez raison, maître, dit-il en se tournant vers Luce. Et pour tout vous dire, face à ces nouvelles circonstances, je ne pense pas qu'il soit opportun d'envoyer monsieur Robin en détention...

Ouf, se dit Dornier. *Il s'est convaincu. Mais il n'est pas dans sa nature de se coucher ainsi. Il nous réserve un chien de sa chienne...*

Dornier connaissait son juge par cœur, en effet. Car sitôt lâchée cette concession qui ne lui avait rien coûté, Tricard attaqua pour reprendre l'avantage :

– Ceci étant dit, si les explications de maître Luce mettent hors de cause monsieur Robin, elles confondent aussi le coupable. Nous savons maintenant que c'est un proche du couple Robin, vous nous l'avez expliqué, maître Luce. Mais nous devons aller plus loin et tenter de l'identifier...

Où veut-il en venir ? se demanda Dornier avec inquiétude.

– ...Le cercle se referme sur trois coupables potentiels, dont l'un est mathématiquement le vrai coupable. Et je vous propose de refermer ensemble ce cercle...

Ils le regardèrent interloqués, quand la sonnerie du téléphone les fit sursauter. Tricard décrocha aussitôt, devançant le geste de la greffière qui s'apprêtait à congédier l'importun qui osait troubler l'audition.

– Oui, commissaire, vous avez entendu madame Fernandez, et elle vous confirme que le carreau n'était pas cassé quand elle est arrivée dans la maison. Parfait, je m'en doutais un peu, mais je voulais en être sûr. Quoi d'autre... ? Ah, c'est intéressant ! Ce n'était pas son jour de travail habituel... Elle venait seulement le lundi et le jeudi... Mais ce jour-là, un mardi, elle était venue exceptionnellement travailler pour rattraper une absence. Très bien, je vous remercie, commissaire.

Il raccrocha et reprit la parole. Ses procédés les mettaient mal à l'aise – ils ne comprenaient pas où il voulait en venir – et il s'amusait de leur trouble.

– Je disais que le cercle se refermait sur trois suspects que je vous propose d'entendre.

On frappa à la porte.

– Ah, voici les personnes qui nous manquaient. Entrez !, ordonna-t-il.

La porte s'ouvrit sur maître Mathieu et une secrétaire du cabinet Mathieu & Robin. Celle-ci était jeune, un peu forte. Mathieu portait un costume de velours de couleur prune et un foulard à pois qu'il avait glissé dans l'échancrure d'une chemise rose. Il ressemblait à un vieux dandy. Il se confondit en courbettes.

– Monsieur le juge, je suis venu aussitôt que vous m'avez appelé, avec ma secrétaire. Mais permettez-moi de vous dire que je ne comprends guère... Oh, mais vous êtes là, vous aussi !, remarqua-t-il en découvrant Dornier, Luce et Robin dans la pièce.

– Asseyez-vous, maître, et vous aussi madame. Je vais vous demander de répondre à quelques questions brèves, si vous le voulez bien. Je vous précise, madame, que, puisque vous avez accepté de comparaître volontairement en tant que témoin, vous êtes tenue de déposer, sauf à encourir l'amende prévue à l'article 109 du code de procédure pénale. Je vais vous demander de prêter serment et de dire toute la vérité, rien que la vérité.

Ne sachant que faire, elle regarda les avocats qui se trouvaient à ses côtés, mais personne ne se souciait d'elle, hormis Dornier qui lui précisa qu'elle n'avait pas besoin d'un défenseur pour déposer. Elle accepta d'un signe de tête et murmura :

– Je le jure.

Tricard s'adressa à eux comme un maître d'école à ses élèves. Mathieu roulait de gros yeux ronds, inquiets, en regardant alternativement le juge et Dornier. Il ne s'était pas intéressé à l'enquête, et le développement du juge ne le captivait guère. Il voulait seulement comprendre les raisons de sa présence dans ce bureau.

– Nous savons maintenant que le coupable était un proche qui connaissait les habitudes du couple Robin. Or Pierre Robin n'est pas un matinal. Il quitte habituellement la maison vers 8 heures 15, en même temps que sa femme, pour arriver au bureau vers 8 heures 30. C'est bien cela, monsieur Robin ? Madame, le confirmez-vous ?, dit-il en se tournant vers la secrétaire qui rougit violemment et répondit en regardant Mathieu du coin de l'œil :

– Oui, monsieur le juge. J'arrive à huit heures le matin, et j'ouvre le cabinet.

Maître Robin n'arrive jamais avant huit heures et demie.

– Et les deux autres avocats ?

Elle prenait un peu d'assurance, mais tremblait à l'idée que ses patrons puissent lui reprocher ses réponses. Mathieu la rassura :

– Allez-y, Maryse, nous n'avons rien à cacher à la justice.

– Eh bien, maître Mathieu arrive après neuf heures. Mais il reste travailler tard le soir, bien sûr. Il travaille énormément. Et maître Luce arrive la dernière, vers 9 heures 30.

Elle ne prenait pas les mêmes précautions avec la jeune fille à laquelle elle avait visiblement assigné un rang inférieur.

– Et quand ils se rendent à l'audience ? demanda Tricard.

– Quand ils ont audience à 9 heures 30, ils partent directement de chez eux, sans passer au cabinet le matin. Sauf maître Robin. Si c'est l'audience de onze heures, ils arrivent au cabinet aux heures habituelles...

– Bien, madame, je vous remercie, et je vais vous demander de sortir quelques minutes, le temps pour nous d'évoquer un dossier couvert par le secret de l'instruction. Je reviens à mes moutons, dit-il quand elle fut sortie. L'assassin connaissait nécessairement les habitudes immuables de Pierre Robin, et savait donc que madame Robin n'était jamais seule le matin, puisqu'elle partait travailler en même temps que son mari. Il n'avait donc aucune raison de s'introduire à leur domicile vers sept heures du matin...

Il changea de ton, et détacha lentement chacun des mots suivants :

– Sauf s'il savait que Pierre Robin devait partir à l'aube pour Nancy, ce jour-là, pour y plaider un dossier... Or, initialement, Pierre Robin ne devait pas se rendre à Nancy, puisque l'audience devait être renvoyée pour compléter le dossier. Ce n'est qu'au dernier moment, la veille au soir, qu'il a appris que le dossier se plaiderait tout de même ! N'est-ce pas, monsieur Robin ?

Comme Robin approuvait d'un hochement de tête, le juge demanda à la greffière de faire rentrer à nouveau la secrétaire, à laquelle il demanda :

– Que s'est-il donc passé le lundi soir ? Comment Pierre Robin a-t-il appris qu'il devait se rendre à Nancy ?

À nouveau, elle chercha une approbation dans les yeux de Mathieu qui lui répondit durement, avec impatience :

– Dites la vérité, Maryse !

– J'ai reçu un coup de téléphone du confrère de Nancy. Il était gêné, il n'a même pas voulu parler à maître Robin. Il m'a juste dit que sa cliente avait changé d'avis et qu'il plaiderait le dossier le lendemain. Je suis allé le dire à maître Robin qui se trouvait dans le bureau de maître Mathieu. Il a crié. Il était furieux de devoir aller à Nancy, car il avait maintenu d'autres audiences, ici, le lendemain matin...

– C'est tout ?

– Il a appelé maître Luce sur le téléphone intérieur pour lui expliquer la situation et lui demander de le remplacer ici... Il devait être 17 heures 30. Je m'en souviens bien, car c'est l'heure à laquelle je quitte mon travail. Après avoir informé maître Robin, j'ai branché le répondeur téléphonique et je suis rentrée chez moi.

– Personne n'a pu alors appeler le cabinet ?

– Si personne n'a enlevé le répondeur, non... Il n'y a que maître Luce qui sache faire la manipulation d'ailleurs...

– Il n'y a pas de ligne directe qui permette de court-circuiter le répondeur du standard ?

– Si, mais seul maître Mathieu a un numéro direct.

– Y a-t-il eu des rendez-vous, ce soir-là ?

– Non, aucun.

Elle montra le carnet de rendez-vous qu'elle avait apporté à la demande de Tricard, quand il avait appelé Mathieu, pendant l'heure de son déjeuner.

– Donc, maître Mathieu et maître Luce étaient les seuls à savoir qu'exceptionnellement, Pierre Robin quitterait son domicile à l'aurore le lendemain, pour se rendre à Nancy. Je vous remercie, madame, vous pouvez disposer après avoir lu et signé votre déposition. Oui, vous devez en signer chaque page.

Elle se leva et s'en alla, l'air un peu déçu de rater la suite de l'entretien. Au moment de refermer la porte sur elle, elle lâcha un *au revoir, messieurs dames,* mais personne ne lui répondit. Tricard reprit :

– Monique, arrêtez de taper et laissez-nous.

La greffière s'en alla à la suite de la secrétaire, sans une parole, habituée aux diktats du juge.

– Je vous propose de continuer notre échange hors procédure, si vous en êtes d'accord. Je sais bien que le procédé n'est pas courant, mais la vérité peut en sortir... Nous sortons du cadre de l'instruction, et rien de ce que nous dirons ne sera consigné par écrit. Ce n'est qu'une conversation informelle, et il est entendu que personne n'est tenu de répondre et que chacun peut s'en aller, s'il le veut. Pas d'objections ?

Le caractère de Mathieu ne le poussait guère à la contestation ouverte. Quant à Dornier, il fit taire son âme de grognard, et renonça à élever la moindre protestation contre cette irrégularité flagrante, car il sentait la vérité toute proche... La jeune femme s'en remit à lui, d'un regard, et il parla pour les autres.

– Après tout, monsieur le juge, rien ne vous empêche d'évoquer le dossier avec les défenseurs de Pierre Robin... Continuez, je vous en prie.

Les yeux de Tricard pétillaient comme du champagne sabré de frais.

– Bien, puisque nous en sommes d'accord ! Donc le coupable est soit maître Luce, soit maître Mathieu !

– Je proteste, glapit Mathieu qui retrouvait ses réflexes de vieux plaideur sitôt qu'il était personnellement mis en cause.

Dornier le calma d'une pression de la main sur le bras.

– Attends ! Laissons monsieur le juge nous exposer le fruit de sa réflexion. Nous sommes « off the record ».

– Mais enfin, je ne peux me laisser injurier ainsi...

– Tais-toi ! Laisse-moi répondre.

Dornier rentra dans le jeu de Tricard, pressé de le combattre avec ses propres armes et de répondre à sa provocation.

– En admettant que l'assassin soit l'un ou l'autre, il doit être possible de vérifier l'emploi du temps de chacun le matin du crime...

– Tous deux se sont rendus à l'audience à 9 heures 30, sans passer par leur bureau, ce qui leur aurait laissé le temps de se rendre à Villecomte à l'aube, répondit Tricard du tac au tac. Et comme ils vivent seuls, personne ne peut porter témoignage de leurs occupations ce matin-là !

Ni Luce, ni Mathieu ne démentirent.

– D'accord, ils auraient pu se rendre à Villecomte, reprit Dornier, mais qu'aurait pu leur rapporter un tel crime ?

– Vous savez, répondit Tricard, des mobiles, on en trouve toujours. Pour maître Mathieu, cela pourrait être l'esprit de lucre. Non, calmez-vous, maître, je vous répète que nous parlons librement, et qu'il ne s'agit que d'envisager toutes les hypothèses. Je n'accuse personne. Donc, savez-vous que si l'un des associés ne peut plus exercer, les statuts de la société civile professionnelle Mathieu & Robin donnent pouvoir à l'autre associé de gérer l'ensemble et de percevoir la totalité des revenus, à lui seul, tant que dure l'empêchement de l'autre ? Et cet empêchement peut traîner vingt ans... soit la durée de la peine qui serait infligée par une Cour d'assises à Pierre Robin, s'il était convaincu du meurtre de sa femme...

– Mais enfin, c'est ridicule, hurla Mathieu. Je m'en vais, je ne supporterai pas d'en entendre davantage.

Dornier était plus troublé qu'il n'aurait voulu l'avouer. Il n'aimait pas Mathieu, mais de là à l'imaginer en assassin fratricide ! L'objection lui vint toutefois rapidement aux lèvres :

– Non, monsieur le juge. Si maître Mathieu avait voulu faire porter les soupçons sur son associé, il n'aurait pas monté cette mise en scène destinée à faire croire au meurtre d'un tueur de hasard !

– C'est vrai, monsieur le bâtonnier, reconnut Tricard. Alors tournons-nous vers maître Luce. En tuant Juliette Robin, elle aurait éliminé sa rivale ! Le mobile se tient...

Les yeux se tournèrent sur la jeune femme qui ne protesta pas. Sa pâleur fit peur à Dornier, tandis que Tricard lui assénait le coup de grâce :

– Je vous le répète, si ce n'est pas maître Mathieu, c'est forcément maître Luce, puisqu'elle était la seule autre personne à savoir que le champ serait libre au matin...

La jeune femme semblait près de s'évanouir.

– Mon Dieu, mon Dieu... ! murmura-t-elle dans un souffle, avant de défaillir sur sa chaise.

Elle ferma les yeux et s'affaissa sur elle-même comme une simple poupée de chiffon. Dornier se leva aussitôt pour lui porter secours.

– Marie-Christine... que vous arrive-t-il ?

Il la secoua violemment, mais elle ne réagissait pas. Il lui souleva la paupière, où il ne vit que le blanc de son œil. Il ne trouva pas le pouls lorsqu'il serra son poignet si frêle. Elle semblait morte. Les autres la regardaient sans bouger, comme des statues.

– Appelez un médecin, bon sang !, intima-t-il à Tricard.

Il l'allongea par terre et la couvrit de sa veste. Il arracha la sienne à Mathieu et roula en boule le précieux cachemire, pour lui en faire un oreiller. Mathieu protesta faiblement, cette veste lui avait coûté les yeux de la tête. Tricard rompit enfin le trouble qui les avait saisis pour décrocher son téléphone et demander à la standardiste d'appeler les urgences. Dornier semblait furieux.

– Votre mise en scène était stupide, monsieur le juge. Et je m'en veux d'avoir accepté de me prêter à ce petit jeu, je suis aussi coupable. Vous savez que maître Luce est gravement handicapée et très fragile !

Tricard n'en menait pas large. Il n'allait pas se trouver avec un mort de plus sur les bras, tout de même ! Mais déjà, la jeune femme revenait à elle et s'excusait de la peur qu'elle leur avait causée.

– Ce n'est rien, murmura-t-elle. Rien qu'un malaise vagal. J'y suis sujette. C'est la fatigue, sans doute. Non, je n'ai pas besoin de médecin, je dois juste rentrer chez moi pour m'allonger.

Tricard reprit le combiné pour décommander le médecin. Il avait l'air déçu que sa petite mise en scène ait été interrompue avant le dénouement qu'il escomptait. Mais il était pris à son propre piège. Il ne pouvait tirer aucune conclusion officielle de cette parenthèse procédurale, épisode qu'il avait voulu tenir secret. Il les salua entre ses dents, sans les raccompagner, quand ils prirent congé. Mathieu fit mine de reconduire la jeune femme, mais Dornier le congédia.

– Laisse, Marie-Christine habite sur mon chemin. Je m'occupe d'elle.

Tout en la soutenant, il l'emmena vers sa voiture, dans les sous-sols du Palais. Robin et Mathieu les virent s'éloigner. La silhouette frêle de la jeune femme disparaissait sous la veste de Dornier, qu'elle portait toujours sur les épaules.

La voiture démarra doucement. Pour une fois, il s'efforça de conduire calmement, afin de lui éviter de nouvelles émotions. Il se sentait plein d'une sollicitude paternelle à son égard. Comme elle ne disait rien, il attendit quelques minutes avant de parler. Il était torturé par la curiosité, mais il ne voulait pas la braquer par des questions pressantes, sous le feu desquelles elle se serait fermée. Elle continuait à se taire. Comme il arrivait devant son immeuble, il n'y tint plus et rompit le silence :

– Marie-Christine, il faut tout me dire.

– Je n'ai pas tué Juliette Robin, se contenta-t-elle de répondre.

– Je m'en doute bien. Mais alors, qui est-ce ? Mathieu ?

– Je ne crois pas. Enfin, je ne sais pas...

– Marie-Christine, vous connaissez le coupable. C'est la raison de votre évanouissement... Non, ne me dites rien, je l'ai deviné.

– Je ne sais pas. Je ne saurais dire.

– Je vous en supplie, parlez. Confiez-moi ce que vous savez... si vous ne voulez pas le dire à Tricard. Parlez, bon sang ! Vous n'avez pas le droit de vous taire ! Demain, il sera peut-être trop tard !...

Il s'était emporté malgré lui, car il sentait que la vérité était là, toute proche, nichée dans cette petite tête, plus sûrement que dans un coffre-fort. Il avait eu tort de lui parler sur ce ton. Il s'en rendit compte, car déjà, elle sortait de la voiture.

– Bonsoir, monsieur le bâtonnier. Et merci encore...

Le claquement de la portière étouffa la fin de sa phrase.

Chapitre 27

Baudry et Dornier

– Monsieur le bâtonnier ? Je suis désolé de vous déranger à huit heures, mais je sais que vous êtes matinal.

La voix de Baudry sonnait curieusement terne dans le combiné, comme si l'émotion lui avait fait perdre son accent du Sud-Ouest. Dornier se demanda ce qui se passait. Alors qu'il travaillait depuis l'aurore au divorce Herbert, sa secrétaire lui avait passé l'appel du commissaire, en lui disant :

– Il insiste pour vous parler. Il dit que c'est très urgent.

Il n'aimait pas être dérangé dans la rédaction de conclusions, et il en ressentit tout d'abord un mouvement d'humeur. Mais son affabilité lui revint aussitôt, habitué qu'il était à se composer un visage et une voix sur commande.

– Je vous en prie, commissaire. Mais vous avez l'air tout retourné...

– Il y a de quoi. J'ai une mauvaise nouvelle. La police municipale vient de retrouver le corps d'une jeune femme, dissimulé dans un buisson du square de la République. À deux pas du Palais. Étranglée... Les vêtements déchirés.

Les paroles du commissaire l'atteignirent comme un uppercut dans le plexus. Le souffle coupé, il ne put que balbutier :

– Comment cela... ? Qui ?

– Et je suis au regret de vous annoncer que la victime est l'une de vos consœurs...

Mais Dornier avait deviné le nom de la morte dès les premières paroles de Baudry. Il surprit le commissaire par son intuition :

– Marie-Christine Luce ?

– Comment avez-vous su ? Vous avez été prévenu ?

– Je vous expliquerai dans un instant. J'arrive.

Il enfila son pardessus et sortit en courant du cabinet. Le divorce Herbert attendrait. Il roula comme un automate jusqu'au Palais, sans rien voir des rues de la ville pourtant encombrées de leurs cortèges de voitures à cette heure où les gens se rendaient au travail. Dornier était exsangue. Abattu par le chagrin et la peur, son cœur battait la chamade, affolé. Ses mains serraient le volant pour ne pas trembler. La haine au bord des lèvres, il ne savait s'il valait mieux vomir, crier ou pleurer. Sa tête résonnait en écho : *Marie-Christine, assassinée... Étranglée dans un buisson.* Le visage de *la petite souris* dansait devant ses yeux. *Pas elle, pas elle, c'était trop injuste. Qui vous voudrez, mais pas elle. Elle était la plus généreuse et la plus innocente de tous.* Accablé et culpabilisé, il se maudissait de ne pas avoir insisté la veille, quand il l'avait raccompagnée chez elle. *C'est de ma faute. Si j'avais pu la retenir, elle ne serait pas morte. Je n'ai pas insisté, par crainte stupide de paraître importun. Je n'ai pas osé. Mais on en crève, de ne pas oser. Elle en est morte !* Il aurait voulu remonter le temps pour changer le cours des choses, rattraper les occasions gâchées, ou perdues comme il avait perdu cette jeune femme pourtant exemplaire. Il l'aurait alors ramenée chez lui, en lieu sûr, et ne l'aurait pas laissée ressortir. Son moral était si affecté qu'il se réfugiait dans ses illusions. Revenu au présent, il tentait de se bercer d'un espoir insensé : Baudry s'était peut-être trompé, il connaissait mal la jeune femme qu'il n'avait vue qu'une fois. *Et si ce n'était pas elle... Ce corps assassiné pouvait ne pas être le sien...*

Un petit attroupement s'était formé dans le square, derrière les grilles de fer forgé à demi rouillées. En cette saison, les platanes dénudés étaient sinistres. Le sol était jonché de cannettes vides et de mégots. Ce jardin avait mauvaise presse, comme ces lieux près desquels on passe sans jamais s'arrêter. La nuit, l'endroit servait de refuge aux clochards et aux marginaux chassés de la gare. Près d'une statue grisâtre qui s'ennuyait sur son socle, Dornier reconnut la haute silhouette de Baudry coiffé d'un feutre sombre. Deux policiers l'assistaient avec un brassard distinctif au bras. Trois pompiers attendaient près d'un brancard pour enlever le corps, sitôt que le médecin et les techniciens auraient achevé leurs constatations. L'un d'eux filmait la dépouille avec une caméra. Un flic fumait une cigarette, tandis que la radio à sa ceinture grésillait des phrases sans suite auxquelles il ne répondait pas. Le volume sonore de l'appareil était insupportable. Sans ôter la cigarette de sa bouche, l'homme prit la radio et gueula à l'adresse de son interlocuteur inconnu :

– Ici, Zebra trois. Terminé. Ouf ! OK pour la levée du corps. Direction la morgue. On va enfin pouvoir aller casser la croûte...

Dornier eut envie de lui intimer de se taire et de faire preuve d'un peu de décence. Il ne respectait donc rien ? Mais déjà Baudry l'accueillait avec des façons de croque-mort et lui présentait ses condoléances, comme s'il avait été de la famille.

– Je suis désolé de vous imposer cette épreuve... Voulez-vous reconnaître le corps ? Nous n'avons retrouvé ni ses habits ni ses papiers, mais je n'ai aucun doute, hélas. Je me souviens des traits de son visage quand je l'avais interrogée pour l'enquête. C'est elle, mais il faut que ce soit un proche qui l'identifie formellement...

Dornier vacillait sur ses jambes. Jusque là, il se croyait plus courageux. À près de cinquante ans, il avait assumé toutes les épreuves de l'existence, sans jamais se dérober. Même quand il avait frôlé la mort à plusieurs reprises, il ne s'en était pas ému plus que ça. Par orgueil, autant que par caractère, il avait toujours fait bonne figure devant l'adversité ou devant le danger. Non seulement il ne les avait pas craints, mais il les avait même recherchés. Mais à cet instant, la carapace qu'il s'était forgée était en train de se désagréger dans ce square glacé, face à ce petit cadavre. Il se sentait près de chialer, lui qui ne pleurait jamais. Jusqu'à cette heure, toute sa vie n'avait-elle été que simulation ?

– Je ne sais si je pourrais...

Sur un signe du commissaire, un policier découvrit le visage de la morte, dissimulé sous une couverture marron. La vision ne dura qu'une seconde. Il hocha la tête et détourna le regard. C'était bien elle, le petit visage pâle et innocent fermé dans la mort.

Il n'osait pas parler, de peur que des sanglots n'étranglent ses mots. Il ne pouvait décemment éclater en pleurs devant ces hommes. Avaient-ils déjà remarqué que son menton tremblait ? Il était comme à cinq ans, quand, petit garçon, il avait déjà dû retenir ses larmes sous une réprimande injuste... Le commissaire le serra contre sa grande taille. Il empestait l'après-rasage. Dornier se reprit peu à peu, tandis que Baudry le conduisait à l'écart en lui tenant le bras.

– On va aller se réconforter chez l'ami George.

À deux pas du lieu du crime, le restaurant n'était pas encore ouvert à cette heure. Mais, curieuse, madame George était à sa porte, attirée par le spectacle des policiers.

– S'il vous plaît, mettez-nous deux verres de blanc, au bâtonnier et à moi. Vous savez, votre Saint-Romain des Hospices...

Dornier but son verre d'un trait et s'assit sur un tabouret, tandis que Baudry enlevait méticuleusement chapeau et pardessus. L'alcool lui réchauffa immédiatement les sangs. Ses jambes cessèrent de trembler. Il se sentait mieux et eut honte de cet instant de faiblesse. Baudry commanda d'autorité deux autres ballons de blanc et deux tartines de rillettes, pour accompagner le vin. Dornier se laissa faire. Il ne trouvait plus indécent de manger et de boire à deux pas du cadavre qu'on emportait à la morgue. Flic à toute heure du jour et de la nuit, Baudry en profita pour lui tirer les vers du nez, sans en avoir l'air.

– Tout à l'heure, au téléphone, comment avez-vous deviné que c'était elle ?

– Hier après-midi, chez le juge...

Il lui raconta la scène qui s'était déroulée chez Tricard.

– Elle semblait bouleversée, au sortir du bureau du juge. J'ai essayé de la faire parler, mais je me suis heurté à un mur. Elle savait quelque chose, elle est morte de l'avoir su et peut-être de ne pas m'en avoir parlé.

– Elle ne dira plus rien maintenant. Tricard aurait pu me prévenir...

– Mais il s'est trompé. Ce n'est pas forcément Mathieu ou Luce qui ont pu tuer Juliette Robin...

Baudry mangeait goulûment sa tartine. Dornier avait à peine entamé la sienne. La circulation s'intensifiait sur le Boulevard de la République. Il reconnaissait des confrères qui se pressaient vers le Palais, leur serviette et leur robe sous le bras. Rien ne pouvait rompre ce manège qui ne cesserait jamais de tourner, et d'où Marie-Christine Luce était descendue pour toujours. Quelqu'un prendrait sa place encore chaude. Mathieu ne pouvait se passer d'un collaborateur.

– Que voulez-vous dire ? Qui peut être alors le coupable ?, demanda Baudry, histoire de rompre le silence.

– Il suffit que l'un des deux ait appris fortuitement à l'assassin que Pierre Robin ne serait pas chez lui, le lendemain matin... sans imaginer un instant qu'« Herbert » profiterait de son absence pour aller tuer son épouse Juliette. Vous savez, hier, quand Tricard nous a fait son petit numéro, elle a dû se souvenir qu'elle en avait parlé à quelqu'un, la veille du crime...

– Donc elle aurait deviné l'identité de l'assassin, chez Tricard, mais n'en aurait rien dit...

– Oui. J'imagine qu'elle a eu à cœur de vérifier avant de balancer son nom. Elle est allée trouver « Herbert » pour lui faire part de ses soupçons, et il l'a tuée pour qu'elle ne le dénonce pas. Elle s'est jetée dans la gueule du loup...

– Vous avez certainement raison. Je vais essayer de recomposer son emploi du temps d'hier soir. À qui a-t-elle pu parler ? Et peut-être a-t-elle laissé un indice chez elle ? Je vous abandonne à votre chagrin, je me mets en chasse. La note, c'est pour moi, madame George.

Mais la patronne refusa de leur présenter l'addition, au motif que ces messieurs étaient ses invités. Timidement, elle s'enquit de ce qui s'était passé. Visiblement, elle préférait être payée en renseignements plutôt qu'en espèces.

– C'est une jeune femme qui a été assassinée cette nuit. Une avocate.

– Mon Dieu… Je la connaissais ?

– Non, elle ne fréquentait pas chez vous, madame George, intervint Dornier.

– Ouf, dit-elle, soulagée, avant de se reprendre. Quelle horreur !

*

Dornier gagna le Palais en quelques enjambées pressées. Ça et là, sur le boulevard, il distinguait les stigmates de la flambée de l'autre nuit. Des souches d'arbres tronçonnés que les employés municipaux n'avaient pas encore eu le temps de déraciner, et des feux de chantier jaunes posés sur le trottoir. Trois morts violentes en moins d'un mois. Il éprouvait le sentiment d'un immense gâchis. La sensation d'écœurement de tout à l'heure lui revenait à la bouche. Son estomac, malmené par le « blanc », le tiraillait.

Le Palais s'animait, mais il n'avait pas envie de parler et se contenta de répondre d'un hochement de tête aux saluts qu'on lui adressait. Personne ne savait encore. Son haleine sentait si fort le vin, qu'il évitait de s'adresser aux gens qu'il croisait.

Sitôt arrivé dans le bureau de l'Ordre, il s'enferma. La pièce était fonctionnelle, mais laide. Elle changeait d'occupant tous les deux ans, au gré des élections au bâtonnat. Il n'était pas d'usage d'en modifier l'ordonnancement immuable. Une seule touche personnelle, une sérigraphie de Mondrian égayait la banalité des meubles marron.

Il allait se livrer aux corvées fastidieuses qui incombaient au bâtonnier lorsqu'un avocat mourait : prévenir le barreau d'une lettre circulaire, appeler la famille et convenir avec elle d'une date d'obsèques. Puis, nommer un administrateur qui s'occuperait de la clientèle de la jeune femme. Dans une armoire-forte posée dans un coin de la pièce, il consulta des dizaines de dossiers roses. Sur chacun était inscrit le nom d'un avocat. Chaque chemise ainsi affectée à un confrère, contenait les éléments et les secrets de sa vie professionnelle : ses diplômes, les sanctions disciplinaires qui avaient pu le frapper, les plaintes déposées contre lui par des clients, ses déclarations de revenus, etc... Un misérable tas de petits secrets qui ne reflètent pas la complexité et les difficultés de ce métier, se dit Dornier. Il extirpa le dossier de Marie-Christine Luce qui était le plus mince et ne pouvait encore faire état du courage et de la passion de l'intéressée. Hormis quelques pièces administratives, il ne contenait rien. Elle n'avait pas fait parler d'elle au cours de ses cinq années de barreau. Demain, plus personne ne se souviendrait d'elle. Sauf un couple de vieux parents qui porteraient leur croix jusqu'à la fin de leurs jours. Un accès de haine chassa son écœurement. Quel était le salaud qui s'arrogeait le droit de semer ainsi la mort ?

*

De son côté, Baudry tournait en rond dans les locaux de la police. Il houspillait ses collaborateurs pour tromper son impatience.

– Alors, ce fax, il arrive, oui ou merde ? Martin, ne t'approche pas de cette machine, tu es fichu de la coincer.

L'analyse du portable de la victime n'avait rien donné. Elle n'avait passé aucun coup de fil la veille de sa mort, pas plus que la veille de la mort de Juliette

Robin. Après avoir été raccompagnée par Dornier, au soir de la fameuse séance chez Tricard, elle avait dû ressortir de chez elle à pied pour retrouver l'assassin. Sa voiture était restée garée au parking du Palais, là où elle l'avait laissée dans l'après-midi, pour se rendre à la convocation du juge.

Baudry avait rapidement visité l'appartement de la jeune femme, avant de l'abandonner aux techniciens. Mais ils ne trouveraient rien, il en était sûr. « Herbert » n'avait jamais mis les pieds dans ce deux-pièces banal qui aurait pu appartenir à une étudiante. La solution se trouvait plutôt dans son bureau. Il avait demandé à Tricard de lui délivrer une commission rogatoire et de l'y accompagner, puisque la perquisition devait être légalement effectuée par un magistrat. Mais le juge était débordé : il devait siéger au tribunal correctionnel toute la journée, et ne pourrait se déplacer. Il enrageait de ne pouvoir mener lui-même cette perquisition. Tricard avait alors promis de faxer le précieux sésame entre midi et deux, afin que le policier puisse faire le nécessaire sans lui, tout en lui faisant observer que l'opération ne serait pas pour autant régulière. Mais il était honnêtement convenu qu'il valait mieux ne pas remettre la perquisition au lendemain, surtout si Dornier qui devait superviser l'opération, en sa qualité de bâtonnier en exercice, n'en faisait pas un fromage.

Mais que faisait Tricard, bon sang ? Enfin, le fax se mit à crépiter, et la commission s'imprima devant ses yeux impatients.

Nous, J. Tricard, juge d'instruction, vu l'information suivie contre X, ... et dans l'impossibilité de procéder nous-même aux actes ci-dessous, donnons commission rogatoire à Monsieur le Directeur Interrégional de la Police judiciaire...

Il s'en empara avant même que la machine ait fini de cracher son papier et bondit sur le téléphone, pour appeler Dornier.

– Monsieur le bâtonnier, vous pouvez m'accompagner au cabinet de maître Luce ? Vous savez bien que je n'ai pas le droit de perquisitionner hors votre présence, puisque vous êtes garant des secrets professionnels que je pourrais surprendre. Je puis passer vous chercher à votre bureau, je ne monterai pas, je me contenterai de klaxonner sous vos fenêtres...

– Je vous attends.

Dès qu'ils furent ensemble dans la voiture, Baudry confia à Dornier l'échec de ses investigations du matin.

– Pas d'appel téléphonique, pas d'opération sur son compte bancaire. Aucun témoin ne l'a aperçue... Qu'a-t-elle pu faire hier soir ? Si nous le découvrons, nous saurons du même coup qui est « Herbert ». Vous savez tout ce que je sais. Ce n'est pas l'usage, mais je vous propose de faire équipe. Au point où nous en sommes !

– Un flic avec un baveux ! Personne n'est plus désireux que moi de percer à jour ce salopard. D'accord pour jouer franc-jeu avec vous, commissaire !

Ils topèrent comme deux gosses. Très prudent au volant, Baudry avançait lentement. Le lieutenant Bertrand, assis sur le siège arrière, ne disait mot. Dornier éprouva tout de suite la solidité de l'alliance qu'ils venaient de nouer :

– Avez-vous contrôlé l'alibi de Mathieu ?

– Il a regardé la télé ! Invérifiable. Vous croyez que c'est lui ? S'il était l'assassin de Juliette, il signait sa culpabilité en tuant la petite, non ?

Dornier ne répondit pas. Il n'était plus sûr de rien.

Les locaux de la S.C.P. Mathieu & Robin étaient déserts. Seule était présente une secrétaire, fidèle à son poste depuis vingt ans, timonier d'un navire en perdition. Le cabinet survivrait-il aux événements ? Mathieu, souffrant, était resté chez lui, et Robin n'avait toujours pas la force ni l'envie de reprendre le travail. Ils gagnèrent le bureau de la victime, et se partagèrent la tâche. Le commissaire donna ses directives :

– On ne devrait rien trouver pour hier soir… Elle n'est pas repassée au cabinet en sortant de chez Tricard. Mais ce serait bien le diable si on ne découvrait pas ce qu'elle a pu faire le lundi 21 novembre.

Bertrand alluma l'ordinateur de la jeune femme. Dornier éplucha l'agenda posé sur un fauteuil. Baudry s'assit derrière le bureau et, méthodiquement, explora le contenu des tiroirs où tout était rangé au cordeau.

Hélas, ils durent rapidement déchanter. L'agenda était vierge à la page du lundi 21 novembre, constata Dornier qui en éplucha vainement les autres pages. Des audiences, des rendez-vous, des expertises... Et alors ? La boîte mail est vide, leur confirma Bertrand. Et dans le meuble qui lui servait de bureau, pas la moindre trace d'un rendez-vous, d'une lettre qui aurait pu les mettre sur la trace d'« Herbert ». Seul un post-it collé sur un sous-main faisait mention d'un numéro de téléphone portable. C'était celui de Dornier... Il en fut tout retourné. Ce signe laissait supposer qu'elle avait sans doute envisagé de l'appeler pour se confier, un jour ou l'autre. Il n'avait pas fini de culpabiliser... N'avait-il pas failli à sa mission, en laissant seule la jeune femme, et ne l'avait-il pas livrée à « Herbert » ?

– Rien, bon sang !, grogna le commissaire, en refermant les tiroirs d'un geste excédé. Rien chez elle, rien ici. Qu'a-t-elle bien pu foutre ce fameux soir ?

– On ne va quand même pas fouiller tous ses dossiers ? demanda plaintivement Bertrand.

– Il y en aurait pour des heures. Et à quoi bon ? Ils ne nous apprendraient rien, avança un Dornier désabusé.

Il était maintenant pressé de quitter les lieux, une fois passée la brève excitation de la traque. Il lui semblait qu'elle était encore dans la pièce. Il la voyait assise à son bureau, sa petite tête sérieuse plongée dans un dossier, devant une photographie qui la montrait en robe et en gants blancs, entourée de gens âgés – ses parents probablement – le jour de sa prestation de serment.

– Partons, commissaire. Nous n'avons plus rien à faire ici.

– Vous avez raison, reconnut Baudry, qui semblait vaincu. On embarque l'ordinateur, Bertrand.

Obéissant à une impulsion soudaine, Dornier s'empara de la photographie qu'il glissa dans sa poche, en souvenir paradoxal d'un être qu'il connaissait à peine.

L'espoir en berne, déçu, le trio s'avança dans le couloir qui menait à la sortie. La secrétaire les attendait, assise à son poste qui faisait face à l'entrée, comme une concierge dans sa loge. Elle avait posé sur sa tête un casque qui lui permettait d'écouter les cassettes dictées par ses patrons. Consciencieusement, elle en dactylographiait le contenu. Comme Baudry s'arrêtait devant elle, elle leur dit :

– C'est une cassette de maître Luce. Écoutez...

Elle débrancha le casque, et la voix de la disparue retentit dans la pièce, défor-

mée par l'appareil, spectrale. L'impression
fut pénible, et ils se regardèrent avec gêne.

– Epargnez-nous cela, s'il vous plaît,
supplia Dornier qui s'approcha machinalement de la femme.

Son œil fut alors attiré par un cahier
d'écolier posé sur le bureau de la secrétaire, et qui portait les initiales G.M. sur
une couverture rouge plastifiée. G.M.
comme Guillaume Mathieu. Avant même
de pouvoir expliquer le cheminement de
sa pensée, il comprit en un éclair tout
l'intérêt de son intuition.

– Bon sang, le cahier de frais, bien sûr...

Il s'empara du cahier rebondi ; une facture s'en échappa et vint tomber sur la
moquette du hall. Il la ramassa et la bran-
dit sous le nez des policiers, en leur disant
triomphalement :

– Le cahier de frais, commissaire !

Baudry ne paraissait pas comprendre,
et Bertrand faisait une tête lunaire.

– Commissaire, chaque avocat tient un
cahier de frais dans lequel il agrafe les
justificatifs de ses dépenses quotidiennes,
pour se les faire rembourser par son cabinet... C'est le cahier de Guillaume Mathieu.
Mais elle doit en avoir un également... Où
est-il ?, demanda-t-il à la secrétaire.

Il devait avoir l'air d'un fou, car elle se recula, terrorisée comme si on allait l'agresser.

– Quoi donc ? demanda-t-elle interloquée.

– Le cahier de frais de maître Luce !

Elle sembla enfin comprendre la question et répondit, après une hésitation :

– S'il n'est pas dans son bureau, il doit se trouver chez la comptable...

– Où est celui de la comptable ? renchérit Baudry.

– C'est la petite pièce qui se trouve à droite du bureau de maître Mathieu.

Baudry et Dornier s'y précipitèrent tous les deux, chacun cherchant à passer devant l'autre, comme s'ils faisaient la course. Dornier l'emporta. La pièce était en désordre : des classeurs, des facturiers étaient posés à même le sol. Dornier trouva tout de suite le cahier à spirale rouge marqué des initiales M.C.L.

Son cœur et sa respiration s'étaient accélérés. Il était impatient de l'ouvrir à la page du mois de novembre où il était sûr de trouver un indice. À côté de factures d'essence ou de repas, Marie-Christine avait consciencieusement agrafé sur la page gauche des tickets de parking dont elle avait additionné les montants, pour en porter le total sur la page de droite, d'une belle calligraphie :

« *Frais de parking : 31, 50 euros.* »

Fébrile, il arracha la liasse de tickets bleus et les éplucha de ses doigts tremblants. 18 novembre..., 19 novembre..., lundi 21 novembre. Baudry louchait derrière son épaule. Dornier eut un cri de triomphe.

– Regardez, commissaire !

Le ticket bleu portait la mention suivante : « Parking République. 21 novembre. Entrée 18 h 25. Sortie 19 h 05. »

– C'est le parking du Palais ! Elle s'y est rendue le fameux lundi soir, pour y déposer son courrier...

– Son courrier ? l'interrogea Baudry.

– Chaque avocat dispose d'une case au Palais, dans laquelle on glisse les correspondances et les actes de procédure qui lui sont destinés. Chaque fois qu'il se rend au tribunal, il « relève » sa case, ou distribue son courrier dans les cases de ses confrères. Elle est allée au courrier le lundi soir, au Palais, et c'est là qu'elle a rencontré « Herbert », à qui elle a appris que Robin devait se rendre à Nancy le lendemain matin, à l'aube...

– Mais alors…, commença Baudry.

– Oui, c'est donc un confrère, ou un juge… Vous avez deviné, commissaire… Je n'arrive pas à y croire ! C'est quelqu'un de chez nous !

– Bien joué, mon cher maître… Il ne devrait pas être trop difficile de pincer « Herbert » à présent. Je sais que vous travaillez tard, vous les avocats, mais il ne doit plus y avoir grand monde dans les prétoires, après dix-neuf heures…

– Non, personne, sauf les quelques confrères habitués de l'audience correctionnelle qui se termine souvent à la nuit. Enfin, elle ne se tient qu'un lundi sur deux. Et le bâtonnier qui repasse à l'Ordre, sa journée achevée. On le tient…

Il s'arrêta, interdit, pris d'un soupçon qui le glaça. N'était-ce pas ce lundi soir qu'il avait donné rendez-vous à l'un de ses confrères, pour arrêter le budget de l'Ordre, avant de le soumettre à l'assemblée générale du barreau ? Et ce confrère, c'était… Non, il se trompait sans doute. Il ne parvenait plus, ou ne voulait plus se souvenir. Cela remontait à plus d'un mois. Il lui fallait vérifier sans plus attendre sur l'agenda de l'Ordre. Il regarda sa montre qui marquait dix-neuf heures. Il avait encore le temps de faire un saut au Palais.

– Vous ne m'écoutez plus, monsieur le bâtonnier ?

Baudry lui parlait, mais il n'avait pas entendu, abîmé et perdu dans ses soupçons.

– Je disais que, dès demain, j'éplucherai le rôle des audiences de l'après-midi du lundi 21 novembre. Je vais demander à Tricard de me les procurer. Nous n'aurons plus qu'à interroger ceux qui étaient là le soir... Mais vous me semblez ailleurs, monsieur le bâtonnier ?

Baudry le regardait fixement, comme on regarde un malade un peu dérangé. Qu'avait-il bien pu deviner ? Dornier bredouilla :

– Oui, oui, bien sûr. Excusez-moi, c'est sans doute le contrecoup, mais je suis épuisé...

– Je comprends. Moi aussi, je n'en puis plus.

Dornier mentit sans peine, et Baudry feignit de le croire.

– Je crois que nous ferions mieux d'aller nous reposer. Il ne se passera plus rien ce soir, de toute façon. Je vais rentrer chez moi.

– Je vous redépose à votre bureau. Mais promettez-moi que vous ne jouerez pas cavalier seul ! « Herbert » est dangereux, il n'hésite pas à tuer ceux qui le soupçonnent...

Chapitre 28

« Herbert » !

Sitôt que la voiture de Baudry se fut éloignée, il bondit dans la sienne et fila au Palais. Son passe magnétique lui permettait d'y pénétrer à toute heure sans avoir à réveiller le gardien, un gros homme lymphatique qui n'aimait pas être dérangé. Il monta rapidement la volée d'escaliers qui conduisait aux locaux de l'Ordre. « L'agenda du Bâtonnier » était posé dans le bureau de la secrétaire. Un agenda « Président » gainé d'une couverture de cuir usé qui laissait voir une trame grise. Il l'ouvrit à la page du lundi 21 novembre, par acquit de conscience, car il savait déjà ce qu'il y trouverait. Il ne cherchait qu'une confirmation, ou plutôt espérait secrètement un démenti. Son souvenir pouvait-il l'avoir trompé ? Non, son excellente mémoire était rarement prise en défaut. Il eut beau lire et relire les deux lignes écrites par la main de sa secrétaire, il était impossible de s'y méprendre.

« 19 heures. Rendez-vous avec Me Moreau à l'Ordre. Budget. »

Jacques Moreau ! L'avocat fiscaliste, le solitaire auquel on ne connaissait que deux passions : son métier et le vélo. Au travail tous les matins, dès cinq heures. Son compagnon des échappées du dimanche. Jacques Moreau !

C'était bien lui, « Herbert », et tout s'expliquait. En vérité, comme il n'y avait pas eu d'audience correctionnelle ce lundi-là, aucun autre avocat n'avait eu de raison de se trouver au Palais dont les portes étaient fermées. Seuls le bâtonnier et les membres du Conseil de l'Ordre – dont Moreau faisait partie – disposaient d'une carte magnétique qui leur permettait d'y accéder. Ce lundi soir, Moreau, toujours ponctuel, l'avait retrouvé à son bureau de l'Ordre à dix-neuf heures précises, muni du budget prévisionnel qui était mauvais. Dornier s'en souvenait parfaitement. Les dépenses de fonctionnement augmentaient, les placements ne rapportaient plus rien. Et Moreau, pragmatique, lui avait suggéré d'augmenter les cotisations des avocats, mesure impopulaire qui avait fait tiquer Dornier.

L'entretien n'avait guère duré plus d'une demi-heure, et Moreau s'était sauvé vers dix-neuf heures trente, ou dix-neuf heures quarante-cinq. Il avait expliqué à Dornier qu'il avait encore un rendez-vous à son cabinet, qu'il ne s'arrêtait jamais. Tous deux avaient quitté le Palais désert, avant vingt heures.

C'était sans doute en arrivant un peu avant dix-neuf heures que Moreau avait rencontré Marie-Christine Luce, qui rentrait chez elle après avoir levé sa case. Elle avait dû arriver juste avant que les portes ne ferment, à dix-huit heures trente ; le ticket de parking en faisait foi. Ils avaient sans doute échangé quelques mots anodins près des cases. Il aurait pu écrire leur échange sans beaucoup se tromper.

— Je vous laisse, je rentre chez moi, il faut encore que j'étudie mes dossiers de référé pour demain matin.

— Dites-moi, cela ne vous ressemble pas de les préparer la veille pour le lendemain !

— Oui, mais il n'était pas prévu que je prenne l'audience. Maître Robin m'a demandé de le remplacer au pied levé. Un dossier qui devait être renvoyé, et qui se plaide à Nancy demain matin...

Et Moreau en avait profité pour commettre son crime en toute impunité. Et quand elle était allée le trouver le soir fatal pour le sommer de s'expliquer, il s'était débarrassé d'elle en l'étranglant...

Mais pourquoi avait-il torturé et tué Juliette Robin ? Qu'avait dit Chazal ? C'était un crime de psychopathe. Et le psychopathe est un individu en apparence normal, qui tue, torture ou mutile, parce que cela le fait jouir. Moreau était déjà si bizarre. Ce monolithe glacé ne souriait jamais et semblait toujours dissimuler ses pensées. Il était donc ce psychopathe qui avait cédé à l'instinct de meurtre un jour et qui avait « écrasé » les traits de sa victime. Peut-être était-il aussi l'assassin de la petite Clémence ?

Soudain, par une fulgurance de son esprit surexcité, il lui revint en mémoire un détail qui acheva de le convaincre. Un détail en apparence si absurde que personne n'avait cru bon de le relever, sauf Chazal qui lui en avait parlé l'autre soir. L'assassin était monté dans l'escalier de la maison, en marchant sur la pointe des pieds. Seul le tiers avant de son pied s'était imprimé dans la fine pellicule de poussière qui couvrait les marches. Et il était redescendu sur les talons, l'empreinte ne montrant que le tiers arrière du pied. Le rapport de l'enquête scientifique avait mis en lumière ce détail saugrenu, mais personne n'avait su en expliquer les raisons. Les policiers et le juge étaient allègrement passés sur ces détails, en ne leur reconnaissant aucune importance.

C'était pourtant tout bête, et seul un cycliste comme Dornier pouvait comprendre. « Herbert » portait des chaussures de vélo... Ces chaussures si singulières sont pourvues, au milieu de la semelle, d'une cale permettant de les fixer aux pédales. Cette excroissance rend toujours la marche malaisée. Dornier ne le savait que trop bien. Qui n'avait jamais vu un cycliste descendu de sa machine, la démarche mal assurée et curieusement empruntée ? Et pour ne pas chuter dans l'escalier de son garage quand, équipé de pied en cap, il allait chercher son vélo, il avait l'habitude de coincer la cale contre la contremarche... Il descendait ainsi l'escalier précautionneusement, la pointe des pieds dans le vide... Et remontait tout

aussi difficilement, le talon dans le vide...
« Herbert » avait eu le culot de se rendre
sur les lieux du crime, à vélo ! Et c'est la
raison pour laquelle les enquêteurs
n'avaient jamais trouvé trace de sa voiture
aux alentours.

Ainsi, « Herbert » était un cycliste,
comme Moreau. « Herbert » était aussi
familier de la maison Robin, comme
Moreau. « Herbert » avait également rencontré Luce au Palais le lundi soir, comme
Moreau. « Herbert » ne pouvait qu'être
Moreau. Mais il ne pouvait le croire. Il avait
côtoyé un criminel, – accompli ou en puis-
sance – pendant deux années... En faisant
du vélo, il lui avait même passé le relais !

Et maintenant, que faire ? Il quitta les
locaux de l'Ordre, puis le Palais, et reprit sa
voiture. Sans qu'il en soit très conscient, il
emprunta la direction de son bureau. Sans
doute n'avait-il pas très envie de rentrer
chez lui et de retrouver la tristesse qui
l'attendait, cachée dans le soir.

*

Chazal était encore là, qui préparait les
dossiers du lendemain. Dornier fut heureux de le retrouver, il avait envie de par-

ler. Le jeune homme l'accueillit avec la plaisanterie d'usage, mais il ne sourit pas.

– Encore là, patron ? Vous n'avez rien de mieux à faire qu'à vous tuer à l'ouvrage ?

– Si tu savais, mon vieux.

Il s'assit face au jeune homme, sur une chaise réservée aux clients, et se passa les mains sur le visage pour tenter d'en chasser la fatigue.

– J'ai passé une journée atroce. Il a fallu que je reconnaisse le corps de cette pauvre fille. Et que je prête main-forte à Baudry quand il a perquisitionné dans son bureau...

– Je sais bien, patron. Tout le Palais est bouleversé par la mort de Marie-Christine. Incrédules et tétanisés, les gens ne vont bientôt plus oser sortir de chez eux

– Oui. Tu sais, je crois que tu as raison et qu'« Herbert » est bien un tueur en série. Deux morts ! Peut-être trois...

– Je n'en ai jamais douté. Je vous avais bien dit que nous avions affaire à un monstre.

Le jeune homme se fit grave.

– Marie-Christine était une copine. Nous avions prêté serment ensemble, il y a cinq ans. Je ne m'en remets pas. Pas elle !

– C'est affreux. Je la connaissais à peine, mais je crois que j'ai autant de chagrin que toi, mon pauvre ami. Elle était la meilleure de nous tous...

Comprenne qui voudra
Moi mon remords ce fut
La malheureuse qui resta
Sur le pavé
La victime raisonnable
À la robe déchirée
Au regard d'enfant perdue...

Il ne se souvenait plus de la fin du poème d'Éluard, dont les vers lui étaient spontanément venus aux lèvres, à la pensée de la jeune femme. Chazal ne releva pas, il était imperméable à la poésie. Mais Dornier crut voir une larme fugace dans les yeux du jeune homme. Pour le consoler, il eut le même geste que Baudry le matin. Il le serra contre lui, quelques secondes durant. Chazal s'abandonna avant de se reprendre bien vite. C'était un orgueilleux, comme lui. Pas le genre à faire preuve de faiblesse en présence d'autrui. Comme il aimait ce jeune homme fougueux qui lui ressemblait tant qu'il aurait pu être son fils ! Le visage tendu, Chazal murmura, pour lui-même plus que pour Dornier :

– J'espère que Baudry le pincera vite, à présent. Ce n'est qu'une question de jours ou d'heures.

Puis, tournant son regard vers Dornier, il lui demanda :

– Mais pourquoi l'avoir choisie, elle ?

Comme à Baudry le matin, Dornier lui raconta la scène qui s'était déroulée chez le juge Tricard la veille. Le jeune homme semblait abattu.

– Alors c'est peut-être l'un d'entre nous. Mathieu ?

– Je ne sais pas. Baudry vérifiera demain matin. Dis donc, tu avais deviné qu'« Herbert » portait des chaussures de vélo. Tu te souviens de ta phrase de l'autre jour sur les traces dans l'escalier... n'est-ce pas ?

– Oui, patron. Ça devrait limiter le nombre des suspects. Vous pensez à quelqu'un d'autre ?

– Non, je n'en sais rien, je ne sais plus, lui mentit-il. C'est égoïste, mais je voudrais juste dormir et pouvoir oublier tous ces morts...

– Vous êtes épuisé.

– Toi aussi. Tu devrais rentrer te coucher. Il est près de vingt et une heures. Je vais faire de même.

– Je suis votre conseil, patron. Vous venez ?

– Pas tout de suite. Je boucle une assignation et je lève le camp. Ne m'attends pas. File et n'abuse pas de la télé !

Chapitre 29

La lutte avec l'ange des ténèbres...

Resté seul, Dornier tenta de rassembler ses pensées. Sa conscience le torturait. Ne valait-il pas mieux ne plus s'en mêler et laisser la justice et la police tâtonner tout leur saoul ? Après tout, ce n'était pas son rôle de jouer les enquêteurs. Non seulement l'avocat-justicier sort de ses compétences, mais encore il s'expose à des conflits d'intérêts dangereux... Que dire alors de celui qui en préside l'Ordre ? Qu'il s'occupe d'abord de tous ses dossiers qui l'attendent, et que chacun reste à sa place. Il était si las qu'il faillit succomber à la tentation de la facilité.

Dans la poche droite de sa veste, il sentit la présence d'un objet qu'il avait oublié. Le cadre photo qu'il avait pris dans le cabinet de la jeune femme... Avec émotion, il le posa sur son bureau, contre le pied de la lampe, comme on fait avec la photo de l'un des siens. Il lui sembla que

Marie-Christine Luce le fixait... Ce regard réveilla ses instincts de lutte et il se ressaisit d'un coup. Non, il n'avait pas le droit de la laisser tomber. Il ne l'abandonnerait pas dans la mort, comme il l'avait abandonnée dans la vie. Pas une seconde fois. Cet affreux sentiment de culpabilité le remobilisa.

Mais fallait-il pour autant prévenir Baudry pour qu'il arrête Moreau dès le lendemain matin ? Si, par extraordinaire, celui-ci n'était pas coupable, il ne se remettrait jamais d'avoir été soupçonné à tort. La justice avait fait assez de mal à Robin en le mettant abusivement en cause. Non, avant de le livrer, il lui fallait d'abord en avoir le cœur net.

Il arrêta sa décision en une seconde. Le cabinet de Moreau était distant de quelques pâtés de maisons. Peut-être son confrère s'y trouvait-il encore malgré l'heure avancée ? Rien ne l'empêchait d'aller le rejoindre. Mais il se devait d'être plus prudent que la jeune femme qui l'avait devancé. Il prit le soin de griffonner sur un papier qu'il laissa en évidence sur son bureau : « *21 heures. Je vais trouver Me Moreau à son bureau. Je le soupçonne d'être l'assassin. S'il m'arrive malheur, qu'on lui en demande compte.* »

Comme il n'avait pas d'autre arme, il se munit du couteau Laguiole à manche de corne qui lui servait à décacheter les enveloppes. On ne sait jamais, se dit-il...

Malgré la proximité, il choisit de prendre sa voiture, afin de rentrer directement chez lui sitôt sa visite achevée. Il fut d'abord déçu en se garant devant l'immeuble de Moreau : la fenêtre de son bureau, au premier étage à l'angle ouest, était éteinte, comme les autres d'ailleurs, signe que son occupant ne devait plus être là.

Il descendit tout de même de voiture et son pas fit crisser le gravillon rose du trottoir. Des lampadaires diffusaient une lumière ténue qui semblait tomber sur ses chaussures. La rue était déserte et le quartier sinistre, comptant surtout des immeubles de bureaux qui se vidaient le soir venu. Sur la porte d'entrée, la plaque signalant « *Moreau, avocat fiscaliste, 1er étage* » brillait étrangement et semblait se détacher des autres plaques professionnelles qui l'entouraient.

Pourquoi ne pas oser après tout ? Il connaissait le code, pour avoir vu Moreau le composer, un jour qu'il l'avait accompagné : *2042K*, comme le numéro d'un formulaire de déclaration de revenus... La porte du hall d'entrée se débloqua immédiatement dans un grésillement électrique. Il pénétra dans l'immeuble et monta au premier étage, par l'escalier qui s'alluma automatiquement. Qu'espérait-il, puisqu'il ne pourrait de toute façon entrer dans le cabinet s'il était fermé à clef ? Mais il était magnétiquement attiré par les lieux, comme il avait été attiré par la scène du crime, l'autre matin, à Saint-Martin.

Moreau était un homme moderne. La porte du cabinet ne comportait pas de serrure, mais était équipée d'un digicode qui en commandait l'entrée. Il n'en connaissait pas la combinaison. À quoi bon ? Il fut sur le point de faire demi-tour, et se ravisa. À tout hasard, il tenta sur le clavier *2035*, comme le formulaire de déclaration des revenus des professions libérales... Après tout ? Hélas, la porte resta muette. Croyait-il Moreau à ce point dépourvu d'imagination ? Il s'apprêtait à rentrer chez lui, mais il décida de s'accorder un autre essai. Il partageait avec son confrère un nombre symbolique, convoité, comme un passe..., *1038*. C'était la cote du col de Sainte-Croix. Après une seconde de

réflexion, il y rajouta la lettre S, la première initiale de Sainte-Croix.

Un déclic retentit discrètement, et la
porte s'ouvrit. Il n'en revenait pas. Il avait
trouvé le code au second essai. C'était
miraculeux... ou c'était écrit, se dit-il. Plus
question de reculer à présent. Il avança
avec précaution dans le couloir dont la
moquette absorbait le bruit de ses pas. Il
n'alluma pas. Pourvu qu'il n'y ait pas une
alarme quelque part... Mais il avait dû la
désarmer en composant le code d'entrée.

Il tâtonna un peu, les bras en avant, pour
donner le temps à ses yeux de s'accoutu-
mer à l'obscurité. Dans l'ombre, les pièces
semblaient animées d'une vie propre.
Elles émettaient mille bruits confus, soupirs, craquements de meubles, ronronne-
ment des machines au ralenti, et les
fauteuils de bureau ressemblaient vaguement à des silhouettes humaines. Il
renouait avec ses peurs d'enfant. Mais il
n'y avait personne, manifestement.

Où était donc le bureau de Moreau ? Au
fond, il ouvrit deux portes avant de trouver la pièce. On ne pouvait s'y tromper,
c'était la plus vaste du cabinet. Les mots
de Chazal lui revinrent à l'esprit. *Le tueur
en série est un psychopathe, individu en*

apparence normal qui tue, torture ou mutile, parce que cela le fait jouir. La majorité d'entre eux conserve secrètement des souvenirs de leurs forfaits (photographies, vêtements de leur victime...), pour se rappeler la jouissance qu'ils ont éprouvée en tuant. Ouvrez l'ordinateur d'un serial killer, et vous y trouverez des clichés de torture, de cadavre.

Dans l'obscurité, l'écran de l'ordinateur de Moreau se découpait sur le retour du bureau, à gauche. Il contourna le meuble et s'assit dans le fauteuil à roulettes, trop haut pour lui, qui grinça sous son poids. Il pressa l'interrupteur de l'ordinateur qui clignotait dans le noir. Que faisait-il, bon sang ? La machine démarra lentement et la lueur de l'écran se répandit dans la pièce. Pour ne pas être vu du dehors, il tira les rideaux des fenêtres sous lesquelles il avait garé sa voiture. Il se mit au clavier dont le cliquetis résonnait si fortement sous ses doigts, qu'il aurait juré qu'on l'entendait du rez-de-chaussée. Se pouvait-il que cet ordinateur livre enfin la vérité ? Dans un instant, il saurait... Son cœur s'emballait sous l'émotion. Mais s'il n'y avait rien ?

C'est alors que la lumière de la pièce jaillit et l'éblouit. Il sursauta sur son siège. Quelqu'un était là devant lui, mais sa rétine ne parvenait pas encore à distinguer le visage qui lui faisait face. Il n'apercevait qu'un objet sombre, fixé sur lui, dans la main de l'inconnu. Un pistolet !

*

– Bonsoir, patron.

Il reconnut la voix, avant que sa pupille n'accommode et que sa vision ne redevienne claire.

– C'est toi ? Que fais-tu ici, tu m'as surpris... Mais ce pistolet ?

– Une précaution élémentaire. Ne bougez pas ou je serais forcé de m'en servir. Restez assis dans ce fauteuil. Je vous assure que je n'hésiterais pas une seconde.

Dornier ne comprenait rien. Un voile noir l'empêchait de mettre de l'ordre dans ses pensées. Il biaisa :

– Tu m'as suivi ?

– Oui. Vous aviez l'air tellement troublé tout à l'heure, en revenant au bureau. J'ai compris que vous avanciez à pas de géant... sur la fausse piste qui menait à

Moreau. Votre visage me disait que vous alliez tenter quelque chose, sans avoir eu le temps d'en référer à votre ami et complice Baudry. Je vous ai attendu dans ma voiture planquée derrière l'immeuble. Vous n'avez pas été long à sortir, même si j'ai failli m'endormir. Je vous ai suivi à bonne distance. Je craignais que vous ne retrouviez Baudry. Mais vous avez préféré jouer perso. Heureusement pour moi, et malheureusement pour vous. Votre individualisme vous perdra, patron.

– Mais comment es-tu rentré sans le code ?

– Voyons, patron... Vous êtes toujours aussi ignare en matière de technologie... C'est une question de génération, vous le dites souvent. Comme pour internet... Une fois le code composé, la porte reste déverrouillée, jusqu'à ce qu'on réarme le système, en le réinitialisant ! Vous avez tout laissé ouvert derrière vous !

– Pourquoi m'as-tu suivi ? Et pourquoi me menaces-tu ? Tu es mêlé à tout cela ?

Dornier se déciderait-il à admettre l'inacceptable ? Chazal, son fidèle collaborateur était bien devant lui... ganté et vêtu de noir, curieusement affublé de surchaussures de toiles et d'un bonnet. Le jeune homme suivit le regard incrédule de son aîné qui le détaillait de la tête aux pieds.

– Pas très seyant, n'est-ce pas ? Mais ce petit costume évite de laisser des cheveux et de l'ADN sur la moquette, patron. Eh oui, c'est ma tenue de travail, à usage unique. J'en ai toujours une dans le coffre de ma voiture. Je m'en débarrasse après coup. C'est dans ce déguisement que j'ai tué Juliette Robin et Marie-Christine Luce.

Les yeux de Dornier se dessillèrent enfin.

– Tu les as tuées, toi ? Mais pourquoi ?

Chazal le regarda avec de la gêne dans les yeux, comme s'il retrouvait un peu de la déférence qu'il marquait ordinairement à son patron.

– J'y étais obligé. Je n'avais pas le choix. Et je vous assure que j'ai fait cela sans plaisir aucun. Je n'ai pas le goût du meurtre, mais il le fallait bien.

– Et cette mutilation alors ?

– Cette mise en scène m'a coûté plus que vous ne le pensez. Mais il s'agissait d'accréditer la fausse piste d'un psychopathe, d'un tueur en série pour détourner les soupçons...

Dornier, incrédule, secouait la tête et refusait d'accepter la vérité, victime probable du syndrome de Saint-Thomas.

– Pas toi, Chazal, ce n'est pas possible ? Je rêve ?

– Si, patron. Je suis désolé, mais votre Chazal et notre « Herbert » ne font qu'un. J'ai assassiné Juliette Robin le mardi 22 novembre vers huit heures du matin, et Marie-Christine Luce hier soir à vingt-trois heures.

– Mais pourquoi ? répéta Dornier.

– L'heure des explications a sonné, patron, il est minuit. Je vous dois bien ça... Et pour ce que vous en ferez...

Ces mots firent tressaillir Dornier. Ils annonçaient le sort funeste qu'allait lui réserver son jeune collaborateur. Son instinct de conservation se réveilla et ramena le calme et la clarté dans son esprit bouleversé par l'incroyable de cette révélation. Chazal était un tueur, et il allait le faire disparaître lui aussi dans un instant, sitôt achevée sa confession. Il n'y avait pas à en douter. Dornier devait donc gagner du temps. Le faire parler et feindre le désarroi pour ne pas le mettre sur ses gardes.

– Ce n'est qu'une histoire de gros sous, patron.

– Je ne comprends pas.

– Je m'explique. Figurez-vous que j'ai eu de gros besoins d'argent, il y a deux ans. Je sortais avec la fille Martin. Vous vous souvenez d'elle, vous la trouviez superbe ? Une gosse de riche élevée dans le luxe. L'argent lui brûlait les doigts…, d'ailleurs elle ne savait faire que cela de ses dix doigts, dépenser sans compter. Il lui fallait le 4×4, les week-ends à Saint-Moritz, le shopping à Paris… Un train de vie que je ne pouvais soutenir, avec mes seuls revenus d'avocaillon. Elle n'imaginait pas une seconde que les jeunes avocats puissent être fauchés. Mais j'étais très amoureux. Il n'était pas question de lui avouer que je n'étais qu'un minable, je l'aurais perdue immanquablement. Alors, j'ai pris l'argent où il se trouvait… J'ai commencé à ponctionner les fonds encaissés pour le compte des clients. Oui, l'argent que nous leur faisons gagner devant les tribunaux, et qui doit transiter par notre caisse avant de leur être remis. C'était très simple. Je ne leur restituais que la moitié des fonds que m'adressait la partie qui avait été condamnée à indemniser nos clients. Pour l'autre moitié de la somme, je rédigeais de faux ordres de virement que je signais sous le nom du client, à destination d'un compte que j'avais ouvert sous une fausse identité. Et j'expliquais que le reste de l'argent n'avait pas encore été versé par l'adversaire, et qu'il faudrait patienter avant de recouvrer le solde... Et sitôt que je recevais une nouvelle somme d'argent pour un autre client, j'en prélevais une partie pour désintéresser le premier que j'avais volé, en lui versant son solde. Et une partie pour financer mes dépenses. Et ainsi de suite, le troisième payant pour le deuxième, le quatrième pour le troisième... Avec ma dîme au passage.

– De la cavalerie pure et simple, dit Dornier avec un accablement feint. Tu es tombé dans l'escroquerie de bas étage !

– Oui, je sais que je ne suis pas le premier. Que voulez-vous, j'étais amoureux et j'avais honte de mes faibles moyens. Bien sûr, le trou grossissait à chaque opération, puisque je me servais chaque fois au passage. Au début, je pensais sincèrement me refaire avec une belle affaire qui m'aurait valu de gros honoraires susceptibles de combler le trou...

– Tu sais bien qu'ils disent tous ça, mais que c'est un leurre. De la cavalerie, personne n'en sort jamais. Et un matin, l'affaire éclate au grand jour...

– Oui, on le sait bien pour les autres. Mais pour soi, on se dit que ce n'est pas la même chose. C'est un peu comme la maladie ou la mort qui n'arrivent qu'aux autres... jusqu'au jour où elles vous donnent rendez-vous.

Dornier prit pour lui la réflexion. Il tressaillit à nouveau. Son heure avait peut-être sonné, mais il se défendrait bec et ongles. Il mourrait en combattant, plutôt qu'acculé à un mur. Le jeune homme reprit ses aveux :

– J'ai fini par rompre avec Hélène Martin, mais j'ai continué à ponctionner les comptes des clients. Et j'ai commencé à très mal dormir, car j'avais peur d'être découvert. Un jour, je me suis cru perdu. L'Ordre avait tiré mon nom au sort parmi d'autres, pour effectuer un contrôle de comptabilité.

– Les contrôles aléatoires... Tu sais que c'est moi qui les ai institués.

– Vous n'auriez pas dû... Je ne savais que faire. Il m'était impossible de m'y soustraire sans attirer l'attention. Et si j'étais contrôlé, je serais immanquablement pincé, car toute personne normalement intelligente éventerait la fraude en y mettant le nez. Et pas question pour moi de rembourser l'argent, j'étais incapable de combler un trou aussi énorme. Je n'en dormais plus. Vous vous souvenez que Pierre Robin avait été désigné pour les contrôles. Il s'y mettait le week-end, chez lui, car il n'avait pas le temps de s'y consacrer la semaine, au bureau. En tremblant, je déposais mes liasses comptables à son domicile, un vendredi soir. Il m'avait indiqué où il cachait la clé de sa porte, pour le cas où il aurait été absent.

– Ce qui t'a permis de revenir un matin à l'aube...

– Attendez, patron, vous allez trop vite. Vous me croirez si vous voulez, mais ce soir-là, j'ai raflé tout l'argent liquide que j'ai pu et je me suis disposé à fuir. Pour y refaire ma vie, je voulais gagner l'Argentine, un pays qui n'extrade pas les Français. Mais je ne suis pas parti tout de suite, espérant je ne savais quoi. J'attendais le dernier moment, le coup de fil de Robin..., l'instant où sa voix embarrassée s'étonnerait dans l'appareil : « Dis donc, je ne comprends rien à ta comptabilité qui est pleine de trous. Ce doit être une erreur comptable, mais j'aimerais bien que tu viennes t'expliquer devant le bâtonnier que j'ai mis au courant... »

– Et le bâtonnier, c'était vous, patron ! Et je tenais à votre estime.

Chazal le regardait, comme s'il guettait une approbation dans les yeux de son patron. Il avait l'air sincère. Tout le contraire d'un fou ou d'un illuminé, se dit Dornier. Un garçon lucide, intelligent, mais au cœur de glace. Peut-être le type de l'assassin amoral qui tue par nécessité seulement, sans éprouver ni plaisir, ni remords..., qui tue par corvée même, comme on fait ses courses. L'homme sans compassion... Or la compassion n'est-elle pas le propre de l'homme ? Non, Chazal n'était pas fou, mais c'était un monstre qui avait désappris le bien et le mal. Le cerveau de Dornier envisageait mille solutions : *J'ai un couteau dans la poche. Il faut que je lui saute dessus en le désarmant, et que je le lui plante dans la cuisse, ou même dans le ventre. Je n'ai plus beaucoup de temps. Il me tuera sitôt qu'il aura achevé sa confession. C'est ma seule chance.*

Chazal continua calmement ses explications, comme s'il avait été à la barre du tribunal de grande instance :

– Or l'incroyable se produisit. Une semaine après lui avoir remis mes comptes, je reçus un petit billet de Robin qui me donnait quitus. Selon la formule consacrée, il avait trouvé mes comptes « sincères et véritables ». J'étais abasourdi, je ne comprenais pas. Peut-être n'avait-il pas pris le temps de les examiner ? Quoi qu'il en soit, j'étais sauvé. J'ai sauté de joie. J'avais un an devant moi, peut-être plus, pour rétablir ma situation avant un éventuel prochain contrôle. Soit, je le croyais sincèrement, mille fois le temps de combler ce maudit trou. L'insouciance m'a repris et, bien sûr, j'ai continué mes ponctions comme si de rien n'était... Mais j'ai très vite déchanté, quand j'ai reçu un appel de Juliette Robin, la femme de Pierre Robin, qui me donnait rendez-vous dans un café discret de la ville... Elle était très mystérieuse au téléphone. Je ne la connaissais pas plus que cela, je me suis rendu au rendez-vous sans rien deviner. Je soupçonnais une vague histoire de cœur. Elle avait sans doute trompé son mari, et avait besoin d'un alibi que je pourrais lui fournir. Ah oui, tu parles ! Cette femme était une garce... Je ne sais pas si vous savez qu'elle était expert-comptable de formation. Eh bien, figurez-vous que Pierre Robin, débordé, lui sous-traitait les contrôles de comptabilité dont l'Ordre le chargeait ! Elle s'en tirait à merveille, c'était un jeu d'enfant pour elle. Et lui n'avait plus qu'à signer le rapport qu'elle lui remettait.

Dornier avait compris, et il aurait pu se passer d'écouter la suite qui ne lui apprendrait rien qu'il ne sût déjà. Mais comme tout bon avocat, Chazal se faisait un devoir d'infliger *in extenso* sa plaidoirie à son auditoire. Dornier commença imperceptiblement à bouger la main droite.

– Juliette Robin m'expliqua qu'elle avait percé à jour mes détournements. Elle n'en avait dit mot à son mari qui m'avait donné quitus, sur l'assurance de sa femme. Elle m'avait rendu un vrai service, mais en échange, il me faudrait payer ma dette.

Le jeune homme s'interrompit puis déclara solennellement à Dornier :

– Je vous assure que si le contrôle avait été mené par Pierre Robin, il aurait tout découvert. Et aucun de ces meurtres ne serait survenu. Je serais en Argentine à l'heure actuelle. Cela aurait été une simple histoire de détournement de fonds, une de plus...

– Je veux bien te croire...

Il aurait dit n'importe quoi pour dissimuler le mouvement de son bras droit. *Il
fallait qu'il s'empare de ce couteau avant
que la mort ne fonde sur lui.*

– Juliette Robin me confia qu'elle était
profondément malheureuse, car son mari
ne l'aimait pas. Elle aurait besoin de moi
à l'occasion, mais n'en dit pas davantage. Je
promis de l'aider. Dans tous les cas, j'étais
coincé entre ses griffes. Elle m'apparut
hystérico-dépressive... J'ai été présomp-
tueux, alors que je croyais qu'elle voulait
seulement coucher avec moi... Mais il
paraît qu'elle n'a jamais couché avec personne ! Un peu plus tard, elle me dévoila
son jeu. Elle voulait que je la débarrasse,
au sens le plus cru, de son mari. Rien que
cela ! J'étais bien embêté, elle était décidément folle. Je lui expliquais qu'elle n'avait
qu'à divorcer et que je l'y aiderais. Mais
elle avait longuement réfléchi à la question. Elle ne pouvait demander le
divorce, car si elle le faisait, elle endos-
serait tous les torts et serait déchue de
tout droit à indemnisation. D'ailleurs,
Pierre Robin pourrait prouver qu'elle s'était
toujours refusée à lui, ce qui constituait
un manquement grave aux devoirs du

mariage. Et pas question de partir sans le sou, car elle s'était habituée au train de vie confortable que Pierre Robin lui assurait, et qu'elle perdrait en le quittant. Elle n'avait rien à elle. Elle ne travaillait qu'à mi-temps dans ce cabinet d'expertise comptable qui ne la gardait que parce qu'il était en cheville avec Pierre Robin. Sa famille était fauchée. Bref, veuve, elle aurait continué à jouir de la fortune de son mari qui lui avait fait legs de tous ses biens, au jour de leur mariage.

D'un geste qu'il s'efforça de rendre le plus naturel possible, Dornier glissa enfin la main droite dans la poche de sa veste. Ses doigts se refermèrent sur le manche de corne de son Laguiole. *Le salut ... ! Se jeter sur lui ? Cinq mètres les séparaient. Deux ou trois secondes pour les franchir. Et ce stupide bureau, large comme un porte-avions, qu'il lui faudrait contourner, soit deux secondes de plus, au bas mot. Cinq secondes en tout, et dix fois le temps pour Chazal de lui vider son chargeur dans la poitrine. Il fallait qu'il l'amène à se rapprocher, à s'asseoir familièrement sur l'un des sièges qui lui faisait face ! Tant qu'il demeurait debout, il ne pourrait rien faire.* Il s'efforça de prendre un ton amical :

– Tu ne veux pas t'asseoir ? Tu me donnes le tournis !

Aussitôt, il regretta amèrement d'avoir prononcé cette phrase. Elle était désastreuse. La réponse de Chazal lui cingla les oreilles :

– Non, pas de tour de cochon. Et restez où vous êtes ! Je continue. Elle voulait que je tue son mari. Elle avait imaginé une mise en scène qui aurait fait croire à un accident de chasse. Je me dérobais, mais elle se faisait de plus en plus pressante. Elle me promit même une grosse somme à valoir sur la succession. Je n'y croyais pas une seconde. Elle m'aurait dénoncé aussitôt Robin expédié, et j'aurais pris vingt ans. Mais j'étais à la merci de cette folle qui menaçait de révéler mes tripatouillages. Je ne vivais plus. Je conçus peu à peu l'idée de m'en débarrasser... C'était logique. Comment faire autrement ? Et je crois sincèrement que son existence était parfaitement inutile et que personne ne l'a regrettée.

Le détachement de Chazal prouvait une absence de sensibilité flagrante, il était donc inutile de tenter de faire jouer la corde sensible. C'était perdre son temps en même temps que sa vie. Mais Dornier ne rêvait pas, *Chazal se rapprochait peu à peu du bureau* ! Pris par le flot de ses paroles, il avançait... Un pas... Puis un autre...

– ...Mais comment faire ? Le hasard m'en fournit l'occasion, un soir que je traînais au Palais où j'ai rencontré Marie-Christine Luce aux cases.

– Comment pouvais-tu entrer au Palais à cette heure-là ?

– Vous aviez perdu votre passe l'an dernier. Vous l'avez fait refaire, et vous avez même grogné quand l'Ordre vous a envoyé la facture. Le passe n'était pas perdu pour tout le monde. Je l'avais trouvé près de votre voiture, et je l'ai gardé...

Encore un pas. Oui, rapproche-toi !

– La petite Luce renaudait un peu car son patron venait de lui repasser *in extremis* l'audience des référés du mardi, parce qu'il partait pour Nancy à l'aube... Je me suis décidé en une seconde. Je me suis procuré cette tenue, et j'ai filé à Villecomte dans la nuit, à vélo.

– Tu fais du vélo, maintenant ?

Rapproche-toi. Voilà. Comme au temps de nos discussions du samedi, quand tu t'asseyais en face de moi. Viens !

– Je m'y étais mis en secret. J'avais eu
envie de me mesurer à vous, et de vous
battre sur votre propre terrain. Vous ne
vous en rendez pas compte, patron, mais
vous êtes d'une supériorité écrasante.
Dans le sport, dans le boulot, et même en
culture générale, vous faites toujours la
course en tête ! C'est écoeurant parfois de
travailler avec le bâtonnier Dornier et
d'être condamné à l'ombre.

Allons, un Œdipe mal placé. Il en aurait
souri, n'étaient les circonstances. *Mais
rapproche-toi encore, voilà, comme cela.*

– La suite, vous la connaissez. Je l'ai
étranglée dans son lit. Je vous passe les
détails.

Dornier se retint de crier. *Tu l'as tortu-
rée de longues minutes, salaud.* Mais il ne
fallait pas le braquer. *Je dois continuer à
le mettre en confiance.*

– Je l'ai un peu cuisinée. J'ai oublié de
vous dire que Robin ne m'avait pas rendu
ma compta, quand il m'avait donné quitus. Elle l'avait gardée par précaution. Et
ces documents m'auraient immanquablement accusé du crime, il fallait que je les
retrouve. Mais elle a tourné de l'œil avant
de m'avouer où elle les avait cachés.
J'étais furieux, je l'avais tuée sans récupé-

rer les documents. J'ai cherché de longues minutes, et j'ai perdu beaucoup du temps... J'ai fini par les dénicher sous une pile de linge, au fond d'une penderie. Mais la femme de ménage est arrivée à ce moment précis, me prenant au piège. Quand elle a monté l'escalier, je me suis caché dans la chambre, et j'étais prêt à la tuer elle aussi. Les choses en auraient été singulièrement compliquées... Heureusement, elle a pris la fuite. J'ai remis la clef dans sa cachette, brisé une vitre et j'ai repris mon vélo planqué à proximité dans les bois. Mais j'ai commis deux erreurs...

Incroyable, il tirait une chaise en face du bureau et s'y asseyait, en croisant les jambes. *Je lui saute dessus dès qu'il abaisse son arme.*

– La vitre brisée... et les chaussures de vélo qui ont laissé des demi-traces dans l'escalier. J'ai tenté de vous lancer sur la fausse piste d'« Herbert », qui a tourné court quand Luce a découvert ma première erreur. Mais la deuxième erreur m'a servi, tout compte fait. Mes traces dans l'escalier démontraient que l'assassin était un cycliste. Personne n'y avait encore songé, mais les enquêteurs ne tarderaient pas à le deviner. Bien... Mais alors,

Moreau, cycliste patenté, devenait un coupable idéal ! Un type seul, bizarre, mal aimé. Au bureau à cinq heures tous les matins, rien ne l'aurait empêché d'aller faire un saut à Villecomte pour la tuer. Et je savais qu'il avait eu rendez-vous à l'Ordre avec vous la veille, car je l'avais aperçu sans qu'il me voie. J'attendais que les soupçons se portent enfin sur lui ! Mais rien n'arrivait, et personne ne se souciant de ces curieuses traces, il fallait bien que je donne un coup de pouce à la police... J'ai donc surligné à votre intention le passage du procès-verbal des constatations, qui faisait mention de ces demi-traces dans l'escalier, et je l'ai glissé en tête du dossier pour qu'il ne vous échappe pas... Je me suis même laissé aller devant vous à une allusion à ces traces, l'autre soir. Je pensais que vous comprendriez tout de suite, mais il vous a fallu du temps, patron ! Pour une fois que je vous prends en défaut !

Dornier se raidit. Chazal posa le pistolet sur sa cuisse, pour détendre son bras engourdi. *Il lui faudra bien deux secondes pour relever l'arme, me viser et faire feu. Le temps de plonger sur lui par-dessus le bureau. Je tenterai tout plutôt que de me faire abattre comme un faisan fatigué...*

– J'arrive au bout de mon histoire, patron. Et vous aussi, vous êtes rendu au bout de votre propre histoire... Quand Tricard a commencé à démêler l'écheveau de la vérité, Luce a compris que j'étais « Herbert »... Elle est venue me trouver chez moi, le soir même. Nous sommes presque voisins. Elle en pinçait pour moi, et au fond d'elle, elle ne voulait pas croire que j'étais l'assassin. Elle s'imaginait que j'avais simplement renseigné « Herbert ». Je lui ai proposé de marcher un peu, en lui disant que j'avais un lourd secret à lui confier. Un secret qui me hantait, car je connaissais l'assassin... Et je l'ai étranglée dans le square. J'ai pris un risque terrible, car j'aurais pu être surpris. Mais je devais agir en urgence... Ce meurtre m'a encore plus coûté que le premier. Je vous assure qu'elle n'a pas souffert longtemps.

Il se tut et s'abîma en un examen de mauvaise conscience, à la recherche d'hypothétiques regrets. *Vas-y,* se dit Dornier en palpant ses quadriceps exercés, *c'est le moment !* Il hésita une seconde de trop. Déjà, Chazal relevait la tête et reprenait son arme. Dornier s'efforça de le faire parler :

– Et maintenant, que comptes-tu faire, Chazal ?

– Je vais vous tuer, patron. Je le regrette bien, croyez-le, mais je ne vois pas d'autre solution pour m'en sortir.

– Mais tu vas attirer sur toi les soupçons !

– Non, au contraire. Quand j'aurai fini avec vous, j'attendrai Moreau qui sera là à cinq heures, fidèle à ses habitudes. Je le tuerai aussi, avec la même arme, à bout portant, dans le crâne. Comme si c'était un suicide. Et je taperai sa confession sur son ordinateur.

Il désignait l'appareil de Moreau, à la gauche de Dornier. *Fallait-il agir maintenant ?* Non, sa vigilance s'était réveillée. Et il jouait avec le pistolet dont il serrait et desserrait tout à tour la crosse. Chazal reprit en détachant soigneusement ses mots, comme s'il avait dicté un courrier à sa secrétaire :

– *Je suis l'assassin de Juliette Robin et de Marie-Christine Luce. Cette nuit, j'ai tué Dornier qui m'avait deviné. Je préfère mettre fin à mes jours. Signé Moreau.* L'affaire sera classée. Et je serai nommé

administrateur de votre cabinet. Je pourrai combler le trou de mes dettes. Pour
moi, c'est le salut ! Je rentrerai dans le
rang, et je vous regretterai sincèrement,
patron...

À nouveau, il baissa la tête et se perdit
dans ses pensées. *Maintenant ou jamais*,
se dit Dornier. Les muscles bandés, il
jaillit de son siège qu'il jeta à la renverse
d'un revers du bras. Dans la même
seconde, il se ramassa sur lui-même et il
plongea sur Chazal en hurlant, les bras en
avant, pour l'écraser de son poids. Il ne
sentit pas la douleur quand ses genoux
cognèrent le cadre du bureau qui le sépa-
rait d'« Herbert ». Ses poings s'enfoncè-
rent dans les côtes de Chazal qui tint bon
sous le choc et se dressa pour tenter de le
repousser. Dornier pesa sur lui. Chazal
retomba dans son fauteuil, et le pistolet
atterrit sur le sol, sans un bruit.

Dornier lui saisit un bras, et de sa main
libre qui serrait le couteau, il tenta de lui
porter des coups à l'abdomen. Mais Chazal était vigoureux et s'arc-boutait. Il
s'efforçait de se relever, pour se dégager et
reprendre l'avantage sur son adversaire.

Le couteau échappa des mains de Dornier. Maintenant, à armes égales, ils

s'empoignèrent comme des enfants qui se poussent dans une cour de récréation. Ahanant, ils luttèrent tous deux, *mano a mano*, chacun essayant de renverser l'autre pour lui bondir sur le ventre. Dornier sentait le souffle de Chazal sur son visage. Leurs têtes se touchaient presque. Il voyait le visage grimaçant du jeune homme dont les traits étaient déformés par l'effort. La veine bleue de son cou se dilatait affreusement. Dornier s'encourageait mentalement.

Ce n'est pas Chazal, Chazal n'existe plus, c'est « Herbert », n'oublie pas !

Si Chazal ne parvenait pas à se redresser, Dornier l'emporterait vite, il en avait la certitude. Il avait foi en ses quadriceps puissants – entretenus par des milliers d'heures de vélo – pour faire plier un « Herbert » qui reculait et faiblissait peu à peu, il le sentait.

Tu es dans la côte de Sainte-Croix ! Et tu fais la course en tête ! Pousse encore sur les cuisses !

Les jambes prises sous le bureau, Chazal pliait sous l'étreinte de Dornier qui se relevait en pesant de tout son poids sur lui. « Herbert » perdait peu à peu pied. Bientôt son adversaire pourrait l'assom-

mer, avant de s'emparer de l'arme qui
gisait à un mètre de là.

*Encore un effort, tu arrives au sommet
du col ! Tu as presque gagné ! Voilà...*

C'est alors que le bureau de Moreau
bascula vers l'avant, entraînant Dornier
dans sa chute. Sans rien comprendre, il se
retrouva à terre, le nez dans la moquette,
tandis qu'un pot à crayons lui tombait sur
la tête.

Déjà, Chazal qui s'était reculé à temps,
se redressait, reprenait l'arme et la bra-
quait sur son crâne, à bout portant, en
disant d'une voix vengeresse :

– Vous avez failli m'avoir. Mais l'élève a
triomphé du maître ! Adieu !

Je suis mort, se dit Dornier. Dans une
seconde, sa cervelle mousseuse se répan-
drait sur la moquette, en s'écoulant de son
crâne explosé. Ce serait la dernière manifestation d'un cerveau qui se représentait
sa mort. *Quel gâchis de finir ainsi ! J'avais
encore tant de choses à faire.* Sa vie lui
parut affreusement terne. *Je n'ai finalement vécu que pour moi... Qu'ai-je fait de
ma vie ?,* eut-il encore le temps de penser.

*

Un coup de feu retentit dans la pièce et son tympan droit agressé se mit à siffler. Il lui fallut plusieurs secondes pour réaliser qu'il était toujours vivant et que son cerveau fonctionnait encore. *Je ne suis donc pas mort !*

Il se redressa et vit Chazal à terre, qui se tordait de douleur. *Il s'est tiré une balle dans la cuisse, ou quoi ?*

Puis il vit la grande carcasse de Baudry qui venait à lui, son bon visage travaillé par l'angoisse.

– Monsieur le bâtonnier, je ne vous ai pas blessé au moins ?

Baudry l'aida à se relever. Il se frotta les membres. Il n'avait rien, à part ces acouphènes qui bourdonnaient dans son oreille. *Brave Baudry, il l'aurait embrassé !* Dornier désigna Chazal qui râlait par terre.

– Et lui ?

– Ce n'est rien. C'est seulement une balle en caoutchouc. Une arme que j'ai toujours dans ma boîte à gants. Pour que notre cher ministre ne puisse me reprocher la moindre bavure ! Je lui ai cassé l'épaule ou l'omoplate, mais il s'en remettra !

– Mais par quel miracle, commissaire ?

– Le hasard, le dieu des flics ! Ou l'instinct, mon vieux ! Hier soir, j'ai voulu vous parler après vous avoir quitté. J'étais sûr que vous connaissiez « Herbert » et que vous le protégiez. Je suis retourné à votre cabinet, mais vous en étiez déjà parti... En rentrant chez moi, j'ai aperçu votre 4×4 devant l'immeuble de votre confrère Moreau. De la lumière filtrait à travers les rideaux à l'étage. Intrigué, je suis monté l'arme au poing... J'ai surpris la fin de votre conversation, et je suis intervenu au bon moment ! Vous savez tout !

– La cavalerie se fait désirer, mais elle arrive toujours à point nommé !

Ils éclatèrent tous les deux d'un rire complice.

Épilogue

Chez George, toujours

Baudry et Dornier étaient attablés chez George. Pour le remercier de lui avoir sauvé la vie, Dornier avait voulu inviter le commissaire dans le restaurant le plus étoilé de la ville. Mais Baudry n'avait rien voulu savoir. « Ce serait George, ou rien du tout », avait-il répondu. Il ne fallait pas déroger au rituel !

Alors, Dornier avait conduit Baudry chez George, mais il avait exigé de composer le menu. Madame George, dont le mari s'était surpassé pour le coup, annonça fièrement au policier :

– Deux douzaines d'huîtres de Marennes-Oléron accompagnées d'un champagne d'Épernay millésimé. C'est le bâtonnier qui l'a choisi. Puis ris de veau et pommes de terre rissolées aux petits oignons, arrosés d'un Gevrey Chambertin « Les Cazetiers », un premier cru. Plateau de fromages forts : Époisses, Munster, Vieux Lille…

Baudry raffolait des « puants » ! Dornier avait pensé à lui !

– Et en dessert, des œufs à la neige. Pour quatre personnes au moins !

– Mon dessert préféré, soupira d'aise le policier.

Baudry était aux anges. Après avoir englouti les huîtres, il avait déboutonné sa ceinture, desserré sa cravate et se préparait à monter à l'assaut des ris de veau, une pure merveille qui fondait dans la bouche. Il dit à son ami Dornier :

– Vous savez, monsieur le bâtonnier, lorsque j'aurai quitté votre triste région... Ah oui, j'ai oublié de vous dire que je serai muté à la rentrée... Eh bien, lorsque je ne serai plus là, ce qui me manquera le plus, après votre compagnie naturellement, c'est bien sûr l'Hôtel de Police et cette équipe remarquable qui m'entoure... Mais le plus *souhaitable,* ce sont surtout nos gueuletons chez George ! Ce chef est un génie méconnu ! Je reviendrai rien que pour lui et pour avoir le plaisir de déjeuner avec vous ! À George !

Et ils trinquèrent tous les deux à la solidarité entre les flics et la basoche !

Table

Prologue 9

Chapitre 1.   Scène de crime 13
Chapitre 2.   Chez le procureur 21
Chapitre 3.   Mathieu & Robin,
               avocats associés 31
Chapitre 4.   Chez George 51
Chapitre 5.   Autopsie 59
Chapitre 6.   Chez le proc, encore 71
Chapitre 7.   Dans les locaux de la D.I.P.J. 81
Chapitre 8.   Quelques flics 89
Chapitre 9.   Johnny 95
Chapitre 10.   La petite souris 101
Chapitre 11.   L'enterrement 111
Chapitre 12.   La côte de Sainte-Croix 123
Chapitre 13.   Chez le juge 131
Chapitre 14.   Au cabinet de Dornier 147
Chapitre 15.   Johnny et Stéphane 159
Chapitre 16.   Laurence 165
Chapitre 17.   « Herbert » ? 187
Chapitre 18.   Clémence Dupuis 201
Chapitre 19.   Le fourgon 209
Chapitre 20.   Johnny et Lopez 219
Chapitre 21.   Lapsus linguae 227
Chapitre 22.   Le siège du Palais 239

Chapitre 23. Suites et retombées 253
Chapitre 24. Dornier, Chazal et Baudry 257
Chapitre 25. L'Univers 271
Chapitre 26. Révélations 277
Chapitre 27. Baudry et Dornier 311
Chapitre 28. « Herbert » ! 335
Chapitre 29. La lutte avec l'ange
des ténèbres… 345

Épilogue. Chez George, toujours 377

PRIX DU QUAI DES ORFÈVRES

Le Prix du Quai des Orfèvres, fondé en 1946 par Jacques Catineau, est destiné à couronner chaque année le meilleur manuscrit d'un roman policier inédit, œuvre présentée par un écrivain de langue française.

• Le montant du prix est de 777 euros, remis à l'auteur le jour de la proclamation du résultat par M. le Préfet de police. Le manuscrit retenu est publié, dans l'année, par la Librairie Arthème Fayard, le contrat d'auteur garantissant un tirage minimal de 50 000 exemplaires.

• Le jury du Prix du Quai des Orfèvres, placé sous la présidence effective du Directeur de la Police judiciaire, est composé de personnalités remplissant des fonctions ou ayant eu une activité leur permettant de porter un jugement sur les œuvres soumises à leur appréciation.

• Toute personne désirant participer au Prix du Quai des Orfèvres peut en demander le règlement au :
Secrétariat général du Prix du Quai des Orfèvres
36, quai des Orfèvres
75001 Paris

E-mail : prixduquaidesorfevres@gmail.com

La date de réception des manuscrits est fixée au plus tard au 15 mars de chaque année.

Photocomposition Nord Compo
Villeneuve-d'Ascq

Achevé d'imprimer en novembre 2011 en France sur Presse Offset
par Maury-Imprimeur - 45330 Malesherbes
36-17-3031 - 6/01
N° d'imprimeur : 168534
Dépôt légal : novembre 2011
Imprimé en France